燕歌行
卷12
權謀天下
酒徒
著

目錄

CONTENTS

第一章

作繭自縛

什麼叫作繭自縛，這就是！
朱重九想不到能在轉眼之間雄踞天下豪傑之首。
而他的《高郵之約》，今後三年半之內，
張士誠和朱重八兩個無論怎麼折騰，
只要沒有主動向淮安軍進攻，他就找不到藉口消滅二人。

「那是自然，此乃杜某分內之事！」杜遵道的臉就像被人來回抽了二十幾個大耳光般，紅裡透紫。

劉福通是借著實際行動向他和韓林兒母子示威，這一點，杜遵道看得非常清楚，但是他卻沒有任何辦法可以反制對方，甚至心中隱隱湧起了一股莫名其妙的畏懼之意，他告訴自己，千萬別把劉福通給逼急了，否則，後果將不堪設想。

「那杜相就先回去做些準備吧，老夫事情很多，就不留杜相了！」劉福通輕輕打了個哈欠，揮手送客。

「杜某告辭！」杜遵道又恨又怕，與羅文素、崔德等人一道灰溜溜離去。

此番所受打擊頗為沉重，直到返回他的左丞相府，關閉了大門，四下裡安排了心腹衛士，心裡才找到了一絲安全感。破口大罵：「天殺的老賊，居然背叛教義，辜負教主當年知遇扶持之恩。我等跟他不共戴天！」

「這筆帳，早晚得跟他算個清楚！讓教中兄弟認清老賊的醜陋面孔！」

「杜相，咱們不能就這麼忍了，再忍下去，老賊肯定要得寸進尺，少主也會對我等徹底失望！」

「杜相，你下個令吧。縱使粉身碎骨，我等也認了！」

「杜相，杜相，您倒是說句話啊。杜相……」

「住口！」杜遵道聽得心頭火起，厲聲斷喝。「沒用的話都少說幾句，我等手中所有兵馬加起來也湊不足萬人，盔甲兵器缺口甚大，火炮更是沒有一門，想替少主剷除奸佞，拿什麼去鏟？能不被姓劉的倒打一耙，都算是燒高香了！」

一番話句句都說在了關鍵處，聽得眾人臉色發白，眼神飄忽不定。

的確，**眼下最大的問題，就是在座諸人手中根本沒有跟劉福通抗衡的實力，**而韓林兒母子的支持也只是道義上的，絲毫不能落於明處，**萬一劉福通被逼急了，連韓林兒這個少主都不認，等待著大夥的，就是死路一條！**

「那，我等就這麼算了？少主跟王后那邊該如何去交代？」足足沉默了一刻鐘之久，參知政事羅文素才又鼓起勇氣問道。

韓林兒秉性如何大夥不清楚，畢竟其年紀尚小，什麼事情都處於學習摸索階段，但韓林兒之母楊氏卻絕非一個等閒的女人，如果發現他們的實力連他們先前所誇耀的一半都不夠，絕對會立刻改變立場。

「楊后那邊也不要急著去解釋！」杜遵道皺起眉頭，「經過今天之事，老匹夫定然會心生警覺，不會再如先前一樣，任由外界消息傳入延福宮。而我等恰好利用老匹夫對楊后的不敬，把今天的事情含糊過去！崔將軍，你不是奉命修葺宮殿麼，正好帶些心腹進去，儘量不讓閒雜人等隨意靠近少主和楊后。李將軍，你儘快抽調好手，訓練一支精銳，讓楊后和少主能直接指揮，不需要太多人，有五百足夠！」

「是！」崔德和李武兩個齊齊拱手領命，但是目光裡卻寫滿了狐疑。

杜遵道剛才說的每一句話，他們兩個都懂，但這些辦法，要麼屬於剜肉補瘡，要麼是遠水難解近渴，沒有一招能立刻挽回局面的，甚至連給劉福通造成實質性威脅的都沒有。

「羅參政，這幾天你就和老夫一道，替少主修書給其他紅巾豪傑，請他們派人來觀宋王登位之禮！」知道大夥對自己有些失望，杜遵道補充道：「這是右丞相交代下來的大事，咱們必須做好。無論是趙君用、彭大，還是倪文俊、彭和尚、張士誠和朱重八那邊，都要發到，莫讓人家覺得少主怠慢了英雄！」

「是！」羅文素微微一愣，隨即俯身下去，大聲回應。

「左相……」崔德、李武等兵頭們也隱隱感覺出一些不對勁的地方，皺著眉頭，以目互視。很快，刀砍斧剁的臉上寫滿了殘忍。

趙君用和彭大都擔任過紅巾軍的大都督之職，然而他們兩個在去年兵敗之後，卻成了寄人籬下的喪家之犬，麾下兵馬遲遲得不到補充，曾經的地盤也都被芝麻李在臨終前以紅巾軍副帥的身分，轉贈給了朱重九，從此再也與他們無關。

倪文俊與彭和尚則是徐壽輝的左膀右臂，只是如今彭和尚被元軍隔離在池州一帶，無暇再顧及天完王朝的內部運作；而倪文俊據說已經慢慢將徐壽輝給架空了起來，軍政大事皆憑其一言而決。

至於張士誠和朱重八則屬於受過淮安軍的周濟，卻又明裡暗裡準備跟淮安軍分道揚鑣的地方實力派，據說前途都不可限量。

上述這些人，有一個共同的特點，那就是，除了其在本派勢力中的地位之外，**還都頂著一個劉福通給委派的官職**。雖然有些人從來沒宣布接受，但至少從潁州紅巾這邊算起，他們屬於紅巾將領，理當受右丞相兼兵馬大元帥劉福通調遣。

可以預見，這些信發出去之後，**將激起怎樣的驚濤駭浪**！弄不好，有人甚至會立刻掉過頭來，跟潁州紅巾兵戎相見。

而他們所恨的人，絕不是奉命修書的杜遵道和羅文素，更不會是剛剛出道的韓林兒，他們**只會將矛頭指向劉福通**，**讓後者百口莫辯**，甚至不得自貶身家，以做交代！

接下來半個月裡發生的事，正如杜遵道所料。接到信後，徐壽輝第一個跳起來，大罵劉福通卑鄙，不知道從哪找來一個孤兒冒充韓山童的後裔，挾天子以令諸侯，發誓要立刻帶兵殺入汴梁，看看那個假冒的韓林兒到底是誰的雜種？

「陛下不理睬便是！他們潁州紅巾再這麼折騰下去，早晚有一天會自己把自己搞垮掉，到那時，微臣剛好揮師北上，替韓山童清理門戶！」

天完帝國的左丞相倪文俊卻遠比徐壽輝冷靜，將自己的信也拿了出來，當著徐壽輝的面給撕了個粉身碎骨。

「左相說得當然有道理，但朕怕別人會上當受騙，畢竟我天完帝國的兵馬如今都分散在各地，彼此之間聯絡不暢！」

徐壽輝在自立為帝之後，沉迷於給帝國製造繼承人的大業，雄心壯志早就被消磨得差不多，聽倪文俊沒有出兵的打算，立刻改變了主意。

「這點陛下無須過於擔心，以彭相的見識氣度，斷不會被劉福通的這點小伎倆所騙！」倪文俊很自信地替同僚保證。

他與彭和尚並肩作戰多年，雖然最近聯繫少了，但彼此之間卻一直肝膽相照，無論外界如何傳言，彭和尚從沒懷疑過他準備謀朝篡位，他也從不相信彭和尚準備在外邊回自立門戶，將來會給天完帝國反戈一擊。

「這……」徐壽輝依舊有些遲疑，但看看倪文俊的臉色，又將心中的疑慮收了回去。

左倪右彭已經聯手瓜分乾淨了朝中全部力量，他這個皇帝如果敢做出什麼扯後腿的舉動，恐怕用不了太久，椅子就要換個人來做，所以在第三股力量崛起之前，他還是繼續糊塗地好。

「陛下放心，臣這就派人給彭相那邊送信。聽聽他到底什麼意思。」倪文俊絲毫不知道自己剛才的行為已經觸到了徐壽輝的逆鱗，依舊非常自信地許諾。

他個性乾脆俐落，當天下了朝，就立刻修書一封，派人乘坐快船，冒死送到彭和尚手中。

而彭和尚在此之前早就給潁州方面回了信，非但拒絕了「劉福通」的觀禮邀請，還苦口婆心地回信勸告道：「彭某乃天完朝丞相，只知當前緊要之事，是趁著脫脫身死重振紅巾聲威，而不是關起門來自相傾軋！」

「丞相切莫掉以輕心，此事恐怕還有些麻煩。」彭和尚的帳下愛將，前軍都督陳友諒湊上前提醒。

「嗯？」聞聽此言，彭和尚微微一愣，掃了後者一眼，「你把話說清楚些，切莫說一半留一半。麻煩在哪？莫非倪相會上了別人的當麼？」

「麻煩當然不在倪相那邊！」陳友諒以極低的聲音道：「倪相目光長遠，有他在，咱們天完朝應該沒人會接劉福通的茬兒，但那邊卻恐怕有些為難了。」說著話，他將手指朝東北方比了比，臉上隱隱帶出了幾分焦慮，「張士誠和朱重八兩個正愁沒機會徹底脫離淮揚掌控，如今劉福通將他們與朱重九並列邀請前往汴梁觀禮，簡直就是做夢送枕頭！」

「嘶——」彭和尚立刻色變，用力倒吸冷氣。

他去年之所以能在連番大敗之後還重新站穩腳跟，全靠著趙普勝和陳友諒等人出使揚州，成功地與淮安軍那邊達成了以糧草換取火器的協定。從某種程度上說，朱重九算是對他有雪中送炭之恩。而有朱重九在，長江沿線的大部分蒙元兵馬就被牢牢地吸引在各自的防區之內，誰也不敢輕易離開老巢來找他的麻煩！

萬一朱重八和張士誠兩個上當受騙，那朱重九恐怕就要被逼著搶先下手清理門戶了。畢竟，當年劉福通就用極為類似的手段分化過他和芝麻李，而朱重九和這兩個人的關係，卻遠不如當年芝麻李和他之間那樣，可以毫無保留地相信彼此。

「要不然，末將帶著水師去北岸兜幾圈，給朱重八那廝提個醒？」正鬱悶間，聽見陳友諒低聲提議。

這才是後者的真正目的，並非平白無故地替淮揚那邊抱打不平，而是想借著此機會狠狠敲打一下跟自己只有一江相隔的朱重八。當然，能趁機在北岸奪下幾座城池就更好了。他就有了更多的機會大展宏圖！

不知道猜沒猜出來陳友諒的真實企圖，彭和尚倒吸口冷氣。

從軍略角度上講，這是一個不錯的選擇，既然朱重八受了劉福通的拉攏，背叛了淮揚，淮安軍就不可能再替朱重八出頭，而自己正好可以打到安慶去，將其扼殺在羽翼未豐之時，一則報了朱重九去年雪中送炭之恩，二來，也能將天完帝國的領土重新連接成一整片。

「末將不敢苟同陳兄弟的意思！」然而沒等彭和尚想清楚到底該何去何從，門口卻又閃進趙普勝那魁梧的身軀，衝著他肅立拱手。

「丞相三思，此事絕對含糊不得！且不說那朱重八未必會如陳兄弟想得那般目光短淺，即便他果真應了劉福通之邀請，也與當年的《高郵之約》無任何相悖之處。而我軍如果貿然引兵江北，恐怕與淮揚方面會立刻反目成仇！」

「什麼？」彭和尚被說得滿頭霧水，眉頭緊鎖。陳友諒也是大吃一驚，兩隻眼睛在眼眶裡咕嚕咕嚕亂轉。

「前年末將奉命出使揚州，去年又曾經多次押運糧草去那邊交割，所以對那邊的事情也算多少有個瞭解！」趙普勝咧了下嘴，「丞相莫非以為朱總管不想與張士誠和朱重八兩人兵戎相見，非不想，而是不能也！他當年實力孱弱之時，借著芝麻李的支持，在高郵與群雄立約。第一條便是『韃虜未退，豪傑不得互相攻殺。』那張士誠和朱重八雖然有負於他，卻懂得約束部眾，愛惜百姓，所以他自己就被《高郵之約》束縛住了手腳，根本無法出爾反爾！」

「這……」彭和尚和陳友諒二人恍然大悟，也陪著苦笑不止。

什麼叫作繭自縛，這就是！朱重九當年恐怕也想不到他的實力能在轉眼之間雄踞天下豪傑之首吧。而他的《高郵之約》約定的時間還是五年；也就是說，今後三年半之內，張士誠和朱重八兩個無論怎麼折騰，只要沒有主動向淮安軍發起進攻，他就找不到藉口消滅二人，否則，他就是自己犯下了《高郵之約》第一條，然後被「天下群雄共擊之！」

「吾等起義兵，志在光復華夏山河，韃虜未退，豪傑不互相攻殺，有違背此誓者，天下群雄共擊之。」

「吾等起義兵，志在逐胡虜，使民皆得其所。必約束部眾，無犯百姓秋毫，有殘民而自肥者，天下群雄共擊之。」

「吾等起義兵，志在平息暴亂，恢復漢家禮儀秩序。必言行如一，不做狂悖荒淫之事。有以下犯上，以武力奪其主公權柄者，天下群雄共擊之。」

「吾等起義兵，志在剷除不公，匡扶正義……」

紅巾大元帥劉福通坐在燈下，手裡捧著一份早已發黴的報紙，搖頭晃腦地反覆揣摩著。

大帥的樣子不對勁！帳內的幾個年輕幕僚們以目互視，在彼此的眼睛中看到了一絲焦急。然而，卻是誰也鼓不起勇氣上前開解，也找不到開解的辦法，因為**導致大帥劉福通不對勁的，是小明王韓林兒，是韓林兒的母后楊氏，是左丞相杜遵道**，這完全是神仙打架的範圍，他們這些小人物根本沒資格插嘴！

但是，繼續讓劉大帥這樣自暴自棄下去，終究不是個辦法，潁州紅巾進入河南府路已經小半個月了，除了最初幾天跟張良弼的爪牙劉勇打了兩仗之後，其他時間都像劉福通本人一樣神不守舍。結果到現在，連一個偃師城還沒有攻破。想要在三個月內光復河南、南陽兩府，幾乎徹底沒有了可能！

「楊兄，要不然咱們派人去把盛大人請過來？」情急之下，有一名章姓幕僚提議。

參知政事盛文郁與劉福通一樣是明教中的老資格，並且一直很受後者器重，由他出面勸諫劉福通幾句，總比幾個普通文職幕僚效果要強。

然而，這個提議卻被對面那位姓楊的幕僚當場否決，「找盛大人有什麼用？盛大人自己估計心裡最近也煩著呢，咱們貿然派人去請，非吃掛落不可！」

「也是！」一章姓幕僚嘆息著點頭，滿臉無奈。

當初接小明王回來整合天下紅巾的主意，是盛文郁幫劉福通出的，並且在整個過程當中居功甚偉。然而誰也沒想到，小明王回來之後，**非但沒給潁州紅巾帶來什麼好處，反而很快就將第一把火燒到了劉福通本人頭上**。

「與其去找盛大人，倒不如去找唐左使！」一名姓李的參軍突然說道，令在座所有文職幕僚們眼神一亮。

大光明使左使唐子豪在潁州紅巾中的職位雖然不高，只是一個小小的七品樞密院都事，但是此人交遊卻非常廣闊。上到紅巾大帥劉福通，下到軍中某個百夫長，都能跟他處得來。並且此人那張嘴巴更是天底下排得上號的神兵利器。真要放開讓他說，恐怕棺材裡的死人都能被說得爬起來翻筋斗。

「啟稟丞相，參知政事盛大人，樞密院都事唐大人，連袂前來求見！」有心人天生經不住念叨，幾個文職幕僚話音剛落，門外就有當值的軍官入內來報。

「請他們進來，順便找人給老夫上一壺好茶！」劉福通戀戀不捨地將舊報紙放在桌案上，強打精神吩咐。

短短小半個月時間，他看上去比韓林兒回來之前足足老了五歲，古銅色的面孔上寫滿了疲倦之色，左右兩邊鬢角也染上了厚厚的一層「寒霜」。

把韓林兒接回來，絕對是一個失策之舉，接下來很長一段時間，潁州紅巾內部都會動盪不安，而今年和明年，正是各路紅巾全力發展的大好時機，蒙元丞相脫脫已死，新任首輔哈麻威望能力不足，根本調動不了全國兵馬；至於察罕帖木兒和李思齊兩個，光是洗清跟脫脫之間的關係就得費盡渾身解術，想要領兵南下，根本沒有任何可能！

想到如此天賜良機居然要生生被內耗給浪費掉，劉福通就恨不得以頭搶地。如果小明王再晚回來一年該多好，有這一年時間，自己能做成多少大事！

如果自己不那麼著急，犯賤將小明王母子接回來多好，杜遵道哪裡有勇氣再跟自己爭權！

夾河村距離朱屠戶的地盤那麼近，朱屠戶麾下的斥候和細作，居然就沒發現小明王母子的蹤跡。現在想想，**這裡邊藏著多少玄機**？朱屠戶腦袋被驢踢了，才會沒事幹給自己找個祖宗供起來！而他當初還唯恐朱屠戶出面來爭！

然而天底下卻沒有後悔藥可賣，並且在事實上，於情於理，劉福通都不可能得知小明王母子的消息後，和別人一樣裝聾作啞。畢竟韓林兒的父親韓山童，當年跟他是一個頭磕在地上的生死之交。欺負老朋友身後的孤兒寡母之事，他劉福通這輩子都做不出來！

正悶悶地想著，參知政事盛文郁和樞密院都事唐子豪已經雙雙來到帥案近前。看到劉福通形神俱疲的模樣，俱是微微一愣。隨即，便心疼地勸道：

「丞相，您這又是何苦？軍政大權，不是還抓在咱們手裡頭麼？杜遵道那小人折騰不出什麼風浪來。少主和王后也會很快認清他的嘴臉！」

「是啊，丞相，大不了咱們以後再也不回汴梁城，就在外邊領兵作戰好了，反正打完了南陽還有襄陽。打完了河南還有陝西。實在不行，咱們就一路打到大都城下去，讓杜丞相在汴梁裡吃屁！」

知道自家丞相心裡不痛快，所以二人都盡可能地將話往輕鬆裡頭說。

然而，劉福通聽罷，臉上卻依舊沒有一絲笑容，心灰意冷地搖了搖頭，嘆息著道：「那又如何？拿下一個杜遵道，說不定還有什麼王遵道、楊遵道會蹦出來！老夫是繼續跟他們爭，還是不爭？至於領兵在外避禍，去年這個時候，脫脫估計也是抱著同樣的想頭。可最後呢，妥歡帖木兒想對付他，又怎會在乎仗有沒有打完？」

話音落下，盛文郁和唐子豪二人心裡頭也是一片冰涼，作為潁州紅軍中的核心骨幹，他們所看到的東西，絕對比幾個文職幕僚多得多；心裡想到的，也要深出數倍。

前段時間杜遵道跳出來爭權的事，表面上看，是王后楊氏目光短淺，給了此人不該給的支持。深層次裡頭，卻是**赤裸裸的君權與相權之爭**，與蒙元那邊妥歡帖木兒與脫脫兩人之間的矛盾，沒任何兩樣！

誠然，由劉福通大權獨攬，比起幾方勢力傾軋不休，最後讓一個半大孩子來做仲裁者，對潁州紅巾絕對有利。但對於任何一個君王來說，無論昏庸還是睿智，恐怕都不會准許這種事情發生，所以隨著小明王的年齡增加，早晚有一天，劉福通要跟他直接產生衝突。無論中間有沒有杜遵道這麼一根攪屎棍，結果都是一樣。

這根本不以任何人的意志為轉移，是**龍皆有逆鱗**，**權力正是其中之一**，哪怕才三寸長，也不會容忍他人染指。所以，儘管脫脫是大元朝的擎天巨柱，妥歡帖木兒依舊恨不得他早點去死。而劉福通對於韓林兒母子何嘗不是又一個脫脫?!

沉默，死一般的沉默。饒是唐子豪嘴巴堪稱神兵，此時此刻，也說不出任何能令人開心的話來。

中軍帳內的氣氛登時冷得像冰，一眾文職幕僚和親衛們全都感覺到了撲面而來的寒意，紛紛側轉身去，儘量不往劉福通、盛文郁和唐子豪三人這邊看，以免不小心聽到了不該聽的東西，稀裡糊塗地就掉了腦袋。

接下來的一刻鐘，給人的感覺足足有十五年那般長，就在大夥都被壓抑得即將瘋掉的時候，劉福通忽然站了起來，衝著幕僚和親兵們用力揮手：

「都愣著幹什麼？沒事幹就回各自的帳篷裡頭去。鄭二，給我再去給我換一壺茶湯來！」

「是！」眾幕僚和親衛們如蒙大赦，急匆匆逃出了門外。親兵百夫長鄭二則上前抱起湯水已經冷掉卻一口未喝的茶壺，飛奔而去。

目送無關人等都出了門，劉福通又深深吸了口氣，臉上露出了幾分慘然，嘆道：「老夫這回是自作自受了！沒辦法，當年教主對老夫不薄，老夫聽到小明王的消息，就只想著要將他平安接回來，卻沒想到還會牽扯如此多的事情！」

「丞相且放寬心，少主那邊會慢慢懂事的！」

「是啊。丞相，少主畢竟還年幼！長大後就好了！」

盛文郁和唐子豪苦笑道：「將來的事將來再說吧，無論如何，老夫做到這一步，也算對得起教主了。你們兩個看看這個，呵呵，老夫現在終於明白了一些，那朱屠戶當初的用心是何等之深！」

說著話，他將桌案上發黃的報紙拿起來，非常小心地遞向了盛文郁和唐子豪。

「這個……」唐子豪目光剛掃上去，就認出了報紙的來源。

那是兩年前的秋天，自己命人從高郵給劉丞相送回來的舊物。上面印著芝麻李、趙君用、朱重九、郭子興等人商議出來的《高郵之約》。記得劉丞相剛剛看到此物時，還曾經惱怒了好一陣子，沒想到這麼快就完全轉變了態度。

「朱屠戶當年的弄出來的糊塗玩意兒！」盛文郁的想法和唐子豪差不多，粗粗掃了兩眼，就故意大聲說道：

「呵呵，他當初實力差，所以才硬拉著芝麻李等人立了這份盟約，讓別人即便打算動他，也不好直接下手。沒想到，現在他替代了芝麻李，成了整個東路紅巾的扛霸子。結果自己把自己給捆住了手腳，只能眼睜睜地看著朱重八和張士誠揚長而去，卻一點辦法都沒有！」

「東民不要再逗老夫開心！」劉福通喊著盛文郁的表字，不滿地抗議。「經歷了這麼多事情，老夫不信你心裡想得還如此簡單！」

盛文郁聽了，臉色瞬間變得極為灰敗，嘆了口氣，「丞相說得是，文郁心裡有很多話，不知道該從何說起！」

「不妨撿要緊的說來聽聽！」劉福通輕輕點頭，用眼神催促。

「唉，怎麼說呢。朱屠戶看得最長遠的地方，就是從沒想過給他自己找個主公頂在腦袋上！」盛文郁又嘆了口氣，「可笑我等當初還以為他是目光短淺，妄自尊大，事到如今，才知道那廝**打心眼裡，就沒把自己當成任何人的臣民！**」

這是他感觸最深，也是最痛的地方，說出來簡直是字字血淚。如果他們不急著把韓林兒母子請回來，潁州紅巾也不會面臨如此多的麻煩。而等潁州紅巾解決完了內部紛爭，其他各路紅巾諸侯早都不知道成長到何等地步了，大夥想要奮起直追恐怕都來不及了！

「是啊！」劉福通接過話頭，繼續低低的長嘆。每一聲，聽起來都好像心肝肺在一起抽搐，「整篇高郵之約，洋洋灑灑十數條，居然一條都沒提將來誰做皇帝，只提了驅逐韃虜，善待百姓，不自相殘殺，不以下犯上……」

「第三條是別人加上的，不是朱佛子的本意！」作為親歷了整個《高郵之約》出爐過程的見證者，唐子豪大聲道：「朱佛子的原稿中根本沒這條，但趙君用等人怕他憑藉實力奪了芝麻李的位，堅持要加上，他也沒有表示反對！」

「還有第八、第十和第十五條，也不是出自朱重九的本意吧！」劉福通對著報紙揣摩了多日，早已深得其中精髓，用手指著另外幾條，苦笑道。

「是，丞相猜得一點都沒錯！」唐子豪上前掃了一眼，「這些都是大夥彼此讓步後才得出的結果，朱佛子眼裡，眾生恐怕真的都是平等的，包括老天爺也無權隨意降罪於人；並且他也不在乎什麼恩出於上，反倒是處處強調平頭百姓的利益，甚至連朝廷官職都恨不得是老百姓授予，而不是來自上頭！」

「那豈不是受亞聖之學影響至深？」盛文郁聽了，本能地就想到了《孟子》裡頭反覆強調的一些觀點。

「算是，也不完全是！還有很大一部分應該出自佛家！」唐子豪不知不覺中，臉上湧起了幾分推崇之色，「反正他那個人到底在想什麼，誰也看不透，有時候好像見識非常長遠，有時候卻連眼皮底下的小事都稀裡糊塗！也許是非常之人行非常之事吧，我等凡夫俗子一時半會兒怎麼可能揣摩得到！」

「非常之人？你怎麼就知道他當初不是歪打正著呢？說不定正因為他讀書少，見識差，所以事事率性而為，不受外物所惑。」盛文郁最受不了唐子豪動不動就替朱重九說好話。

「讀書少？讀書少能造出火炮這等利器來？並且還能不斷推陳出新？」唐子豪音調漸漸轉高。「那不是讀書少，而是他知道許多我等根本不知道，或者聽都沒聽說過的東西，所以才能造出那些古怪的神兵利器，所以才能主動避免一些禍端，未雨綢繆！」

「又是被彌勒附體，夢中所授？」盛文郁不服氣，翻著眼睛搶白道。

「也許還真如你所說！」唐子豪點頭，「相傳彌勒佛乃三生佛，能同時看見過去、現在和將來，如果他早就知道韓林兒歸來之後，紅巾內部必然會出現大麻煩，他當初的一些舉動就完全可以解釋得通，如果他早就知道，芝麻李一定會傷重不治，並且會在死前傳位給他，當初答應把第三條加進去，就是一件無所謂的事情，所以也不會跟趙君用等人爭執！如果他……」

「行了，行了，子豪，打住！你再說，他就陸地飛升了。」劉福通忍無可忍，打斷道：「他要是真能看到將來之事，應該知道張士誠會背叛他自立，朱重八也會跟他越走越遠。唉，也不知道這兩個人的舉動算不算違背了第三條！」

「目前來說肯定不算！」唐子豪想了想，道：「據我所知，那張士誠自稱為吳王之後，給朱佛子的書信裡頭卻依舊以屬下自居，並且輸送到淮揚的糧草未曾減少半分，而那朱重八乾脆找個替罪羊直接宰了，向淮揚以做交代，並且到現在，依舊大批大批地朝揚州運送鐵礦，一年四季，禮數無缺！」

「這兩個奸詐狡猾的傢伙！」劉福通笑罵了句，「行了，不說他們了，朱屠戶那邊的事用不著咱們操心。且說那《高郵之約》裡頭，有沒可能被咱們拿來借用一些的內容！」

「很難！」

「極少！」

話音剛落，盛文郁和唐子豪異口同聲答覆。盛文郁道：「正所謂淮南之橘，淮北為枳，他那邊的情況，和咱們這邊完全的不一樣，朱重九的那些嫡系，要麼是他一手帶出來的，要麼是被他打服了的，所以無論他做什麼事情，都沒人敢真正地反對，充其量是查缺補漏！」

「趙君用、彭大、潘癩子現在等同於寄人籬下，手中那點兵馬全靠朱佛子定時接濟糧草才能勉強維持溫飽，根本沒力氣跟他相爭，也沒有多出來的主公替他們幾個暗中撐腰！」唐子豪看了劉福通的臉色。

「還有，他那邊從一開始，就不准明教干政！說什麼宗教歸宗教，國家歸國家！」

二人越說越多，越說越羨慕，簡直恨不能插翅飛過去再也不回來。相比之下，穎州紅巾這邊的情況就要複雜許多，首先，杜遵道和羅文素等人當年於明教中的地位，均不在劉福通之下。並且都擔任著俗世官職，有權力跟他分庭抗禮，最近兩年始終被壓制著一動不動，才不是正常情況。

其次，就是芝麻李已經死了，而韓林兒母子卻好好活著，並且被劉福通親手供在了頭頂上。

第三，則是明教和地方豪強的影響，早已滲透得無所不在。劉福通沒接回韓林兒之前，教規對他約束不大。而現在，如果他敢碰韓林兒一根汗毛，就不光是謀反，同時還屬於叛教行為。那些明教的真正信徒，會不顧一切跟他拼命！

「呱呱呱呱……」中軍帳外傳來一陣嘈雜的烏鴉聲，聽起來極為令人煩躁。盛文郁跑到軍帳門口，向親兵吩咐了幾句，隨即便有人彎弓搭箭，開始驅逐這些黑色的背運之鳥。

「東民，不要管牠。由牠去！聽幾聲烏鴉叫死不了人，那東西又沒長著尖牙利爪！」劉福通揮了下胳膊，大聲命令。

「是！」盛文郁答應著，怏怏而回。

劉福通嘆了口氣，「老夫又把事情想簡單了！本以為他山之石可以攻玉，呵呵，到頭來卻是彼之甘霖，我之毒藥。算了，老夫自作自受！大不了把兵馬全都交出去，然後隱居深山算了！」

話雖如此，他卻不是個坐以待斃的性格，想了想道：「子豪，麻煩你抓緊時間再去揚州一趟，替我帶個口信給朱重九，就告訴他，他的《高郵之約》，老夫讀過很多遍，深有感觸。」

「丞相……」唐子豪無法理解劉福通的用意。

「唉！」劉福通仰頭長嘆，彷彿要把心中的委屈全都發洩出來，「順便你也多少給他透露一些咱們這邊的實情。特別要讓他知道，邀請趙君用等人派手下前來觀宋王登位大典之舉並非出自老夫的授意，老夫現在的志向，只在早日驅逐韃虜，恢復漢家山河！」

「哇哇哇……」數百隻烏鴉慘叫著從中軍帳頂逃過，黑壓壓的翅膀遮住了頭頂的陽光。

「這……」唐子豪臉上的表情很是猶豫。

對於朱重九，他心裡有一種無法消除的畏懼感，總覺得對方真的有可能是彌勒佛轉世而來，肩負著什麼特殊的使命，自己最好對此人「敬而遠之」，否則一旦哪裡觸了霉頭，少不得要落個萬劫不復的下場。

「怎麼，子豪不願意見他？」劉福通從唐子豪的表情上察覺到問題。

「不，不是，下官只是怕自己能力有限，耽誤了丞相的大事！」唐子豪解釋道：「丞相也知道，他那個人一直對咱們明教防範頗重，而下官以前卻一直以大光明使的身分遊走在天下豪傑之間，難免被他也視為防備目標！」

「這倒也是！」劉福通想了想，非常認真的點頭。

和其他明教的核心人物一樣，處於他們這一階層，反而對傳說中的大光明神沒多少虔誠信仰。大多數情況下，都僅僅將其當作一種鼓動百姓參與造反的工具來使用而已。所以對朱重九限制明教的舉動，劉福通也能多少理解一二。

「依某之見，唐大人這次就以樞密院都事的身分去！」盛文郁不忍心看劉福通和唐子豪二人為難，在旁邊出主意。

「以樞密院都事的身分？」

劉福通輕輕皺眉，如果那樣的話，自己這邊可以位於朱重九之上的東西就又少了一份，唐子豪見到朱重九時，也少不得要自稱「下官」。然而比起無辜地結上淮安軍這麼龐大的一個仇家，所有「委屈」就立刻變得微不足道了，更何況明尊和大光明使這兩個身分，原本對朱重九就起不到什麼震懾作用。

「以樞密院都事的身分出使揚州，攜一封丞相的親筆手書，以示平輩論交之意！」盛文郁看了看劉福通，聲音抑揚頓挫。「昔漢高祖曾尊楚霸王為兄，唐高祖也曾以從弟之禮事李密。丞相……」

「東民不用解釋這麼多！東民所言，劉某心裡全都明白！劉某只是覺得不舒服而已！」劉福通臉色一紅，無可奈何地擺手。

自古成大事者不拘小節，在實力孱弱時，尊強者為兄，甚至尊強者為父，都算不得什麼屈辱。只要最後能將所有強者踩在腳下，史書上就只會記載你當初如何睿智，如何臥薪嚐膽。

但朱重九居然變得如此之強了？早在兩年之前，潁州紅巾這邊一聲令下，還能在淮安那邊掀起滔天巨浪！這地位的轉變也太快了些！

越琢磨，心裡頭越不是滋味，所以接下來很長一段時間，劉福通又變回了先前那種魂不守舍的模樣，無論幹什麼事情都提不起精神，倒是盛文郁和唐子豪兩人不願意看到他繼續自暴自棄，主動地在一旁商量起出使揚州的細節來。

劉福通的親筆信是一定要帶上的，反正平時大部分文案雜事，也是盛文郁代他捉刀，所以這次也由盛文郁去起草，他審閱通過後，在落款處寫個名字就能糊弄過去。

此外，既然是以平等的勢力地位相見，一些禮物也要備得充足些，好在去年整整一年時間，戰火都沒燒到汴梁附近，從官庫中調些糧食裝船送到揚州去，也不算太大的破費。

接下來，就是保舉對方繼承芝麻李留下來的官職問題。雖然完全是表面功夫，朱重九根本不需要任何人的承認，也照樣能牢牢控制住徐宿淮揚各地，但有總比沒有強，至少比對方自己給自己封官聽起來順當一些。

「舉他擔任太尉之職，開府建牙，節制潁州以東各地，及山東、浙東！」劉福通忽然又來了精神，冷不防地插嘴。

潁州以東原本就是芝麻李和朱重九等人的地盤，山東東西兩道眼下基本上也屬於淮安軍的勢力範圍，而浙東之地則非但包括了淮安第七軍團所控制的鎮江，甚至將尚在蒙元手裡的太平、寧國、建德三路以及吳王張士誠常州、湖州、平江、松江、杭州等地給包括了進去，結結實實的是一份**足以撐死朱重九的大禮**。

「丞相三思！」非但唐子豪被嚇了一大跳，盛文郁也開口勸阻。「如此一來，朱屠戶那邊想要吞併張士誠就愈發名正言順了，跟彭和尚的地盤，也直接碰上了頭！」

「老夫就要讓他把張士誠給幹掉！怕他不好下手，老夫才給他做個臺階；至於彭和尚，他們兩家沒接壤之前就能守望相助。兩家一接上了壤，必然越發肝膽相照。呵呵，屆時最著急的將是徐壽輝，老夫看他還有什麼精力來扯老夫的後腿！」劉福通道。

「丞相高明！」盛文郁和唐子豪齊齊拱手。

到底是名滿天下的紅巾大元帥，**劉福通不出手則已，出手便是見血封喉的狠招，非但在表面上討好了朱重九，同時還算計了張士誠和徐壽輝兩家。**甚至對與朱重九來說，恐怕也並非完全只佔便宜不吃虧。至少，剛剛經過了一場傾國之戰的淮安軍，未必有那個實力去染指江南！

第二章

以一敵三

劉伯溫勸阻道：「太平路對面便是廬州，
彭和尚的池州路則恰恰與寧國路相接，
主公若欲一口氣吃下集慶、寧國、太平、鎮江、廣德五路之地，
必須做好隨時跟朱元璋、彭瑩玉、張士誠三人衝突的準備，
必要時甚至要以一敵三！」

議定了最為重要的三件事之後，剩下的瑣碎之事就一揮而就了。很快，盛文郁和唐子豪兩人就全部處理停當。

第二天早晨，從潁州紅巾的水師中調了兩艘戰艦和三艘漕船，便拉著滿滿的貨物和使者，順流朝淮安駛去。

一路都是順風順水，剛過睢陽沒多久，就被淮安軍的第二水師迎頭接上，雙方亮出了彼此的身分，然後合而為一，浩浩蕩蕩前往淮安，然後再轉入運河，迤邐抵達了揚州。

早有禮局主事施耐庵帶領一干手下官吏等在碼頭上，動員人手熱熱鬧鬧地敲鑼打鼓迎接唐子豪，又調來數輛寬敞的新式四輪馬車，載著他們舒舒服服地進入揚州城。

城內的路面用了大量的水泥和砂石，遠比其他城市的青石板或者黃土路面平整，因此顛簸的幅度非常小，平穩到連車廂內杯子裡的茶水都不會灑出來。

一眾來自汴梁的官吏哪裡享受過如此舒適的馬車？興奮地從車窗邊探頭探腦，打量起揚州城的新貌。結果越看越覺得此地魅力非凡，只見萬物都透出勃勃生機。

只有唐子豪沒有心思欣賞車窗外的風景，心事重重地發了會兒呆，才對同車的禮局主事兼揚州提學施耐庵道：「大總管什麼時候有空，還請施大人多費心通稟一聲，劉丞相那邊戰事正緊，如果沒大總管的準信難免會分心。」

施耐庵原就是個老江湖，又在提學和主事兩個位置上歷練多時，早就練出一副火眼金睛，聽唐子豪如此說，立即就明白劉福通那邊最近遇到了大麻煩，因此點點頭道：

「正式會面麼，肯定要推到明天或者後天。畢竟你是奉劉丞相之命而來，我家主公不好接待得過於草率；但私下見面，主公早交代過，說您如果需要，下官隨時可以帶您去總管府找他。總之，都是同生共死過的老人了，還有什麼話不能面對面說個明白的！」

這番話讓唐子豪不禁心裡隱隱發疼，想當初，大夥一道於徐州城下死戰的時候，恐怕誰也沒想到會有今天這個局面；但過往之事已不可追，縱使心中存了太多遺憾，也只能繼續向前看。

「大人不必多慮！」看唐子豪臉色瞬息萬變，施耐庵安慰道：「我家主公其實一直對您推崇得很。」

「對我？」唐子豪簡直無法相信自己的耳朵，目光中充滿了困惑。

記憶裡，朱重九從跟自己第一次碰面那會起，就對他全神戒備，隨後許多共事的日子更是敬而遠之，彷彿自己身上帶著某種瘟疫般，唯恐一不小心就被傳染上，再也無法痊癒。

那種疏遠的感覺雖然不等於是輕視，但滋味並不比輕視好多少，所以在芝麻李身故後，唐子豪就一直不願意再來淮揚，不想自討沒趣，沒想到朱重九居然對自己的評價如此正面。

「大人不必質疑！」正滿頭霧水間，又聽見施耐庵道：「我家大人說過，明教的教義裡雖然煽動蠱惑的成分居多，但若不是大人當年全力奔走，也許至今徐宿百姓還心甘情願地被蒙古人當畜生對待，根本不敢拿起刀子來抗爭。所以，天下紅巾能有今天的局面，明教和大人都從中居功至偉，我家已故李平章當年也曾持同樣的說法。」

人和人之間的關係，有時候就是這樣微妙，**看似漫不經心的一句話，便可能令相交多年的老朋友之間產生間隙；而同樣漫不經心的一句話，也可能立刻拉近兩個陌生人之間的距離。**

施耐庵這句話的效果便是如此，前者原本心懷忐忑，不知道該怎麼去面對淮揚上下，耳裡猛的聽聞芝麻李和朱重九竟然給自己「居功至偉」四個字的評語，一時間激動得難以自持，覺得即便現在就死掉，這輩子也沒白活了。

「你的話當真?!」唐子豪結結巴巴地問，唯恐自己聽錯：「朱總管真的……真的說過……唐某不是個招搖撞騙的神棍？」

「我家大總管什麼時候拿你當做神棍看了？」施耐庵笑呵呵地反問。

「那就好，帶我去見大總管，唐某有要緊事需要當面稟告！」唐子豪心中又是一暖，恨不得飛到朱重九面前，將自己這些日子看到的和想到的一股腦說出來。

施耐庵見他如此焦急，不敢怠慢，從車窗探出頭去吩咐了幾句，車隊立刻一分為二，後面的載著一眾隨從繼續走向招待各路豪傑來使的驛館，而拉著唐子豪的這輛馬車，則轉頭直朝大總管行轅飛奔。

不一會兒來到行轅門口，剛好趕上侍衛旅長徐洪三送另一波軍中將領出來，見施耐庵的馬車來得匆忙，便走上前問道：「發生什麼事了，施大人？需要徐某立刻去替你通報麼？」

「不必，主公說我可以直接帶人去見他！」施耐庵跳下車，「是唐左使，奉劉福通大帥的命令而來！」

他悄悄給徐洪三使了個眼色，後者立刻心領神會，退開半步，刻意大聲說道：「哦，是大光明使麼？你們趕緊從側門進去吧，穿過迴廊，演武場那邊，主公正在那裡跟人切磋呢！小薛，過來扶客人下車！」

「是！」一名足足有五尺寬的胖子侍衛過來，用蒲扇般的大手托住唐子豪略顯纖細的胳膊，唐子豪頓時覺得自己的身體一輕，客氣話還沒等說出口，整個人已經如羽毛般飛到了地上。

那名字叫小薛的侍衛兀自不肯停手，繼續托著他，毫不費力地走進了側門。如此巨力之下，唐子豪身上即便藏著什麼刀劍之類的武器也早給抖了出來，更何況他原本就沒有任何不利企圖，於是雙方心照不宣地笑了笑，快步朝演武場走去。

朱重九正在裡面跟吳良謀對練，你來我往，打得非常熱鬧。但是站在旁觀者角度，很容易就能看出來吳良謀已經支撐不住了。

「不打了，不打了，主公武藝高強，末將甘拜下風！」吳良謀原本就將陪練視作一項苦差，聽見有腳步聲傳來，立刻縱身跳出圈外，氣喘吁吁地喊道。

「那你就別再喊冤！」朱重九從親兵手裡接過濕毛巾，一邊擦拭身上的汗水，一邊吐嘈道：「連我你都打不過，還想跟胡大海爭先鋒當？他憑什麼要把任務主動讓給你？」

「那不是一回事！」吳良謀跳腳抗議道：「跟主公動手，很多招數都不能用，但是跟他……」

說實話，跟朱重九比武根本就是找虐，殺招狠招都不能用，只能朝非要害部位輕拍，但這種程度的擊打，根本對皮糙肉厚的朱重九本構不成任何傷害。

然而，實話在大多數情況下等同於蠢話，所以不待吳良謀察覺自己犯下了一個致命錯誤，朱重九便將毛巾丟了出去，怒道：「你小子居然也敢隨便糊弄本都督，看本都督今天不把你捶成骨頭渣子！」

「主公，口誤，口誤！」吳良謀嚇得一哆嗦，雙腿一縱，跳出足足有半丈遠。「用上絕招也打不過您，主公武藝天下第一，末將打不動了，投降！投降！」

「不准投降！今天不打出個明白來，咱倆沒完！」朱重九卻不依不饒地照著吳良謀後背狠狠捶了兩拳，見對方寧死不還手，才只好悻悻作罷。

「嗯，咳咳咳！」施耐庵有些看不慣朱重九這種粗野作風，在旁邊輕咳數聲，然後報告道：「啟稟主公，大光明使唐大人奉劉福通元帥之命前來拜訪，微臣按照主公的吩咐，已經把他給帶來了！」

朱重九這才注意到有外人來，放棄對吳良謀的蹂躪，對唐子豪賠罪道：「朱某乃粗胚一個，久未上陣，所以憋得手癢腳癢，讓唐大人見笑了！」

「不敢，不敢，朱總這是哪裡話，相比裝腔作勢，下官更推崇大總管這種真性情！」唐子豪做揖道。

「唐大人口才還是如當年一樣便給！」朱重九誇讚了一句，然後發出邀請，「走吧，咱們去議事堂說，這裡連個坐的地方都沒有，實在是怠慢了大人！」

「不妨！只是替我家丞相給大總管帶封信而已，在哪裡都是一樣！」唐子豪原就沒想要擺譜，自謙地道。

「那也去屋子裡頭說吧，前面有個花廳，裡頭頗為涼快，我再讓人沏壺茶來！」

主客一前一後，緩緩走入演武場旁的休息廳，賓主落了座，然後陷入短暫的沉默。

朱重九是不知道對方來意，所以不願開口，唐子豪卻是不知道該如何開口，劉福通交給他的任務是澄清誤會，同時引淮安軍為強援，但這樣做，就會暴露潁州紅巾內部的矛盾已經到了瀕臨爆發的地步，令雙方在整體上的實力對比愈發地傾斜。

「唐大人說有急事要見主公？」施耐庵見雙方冷場，趕忙出言。

「唐某有一策欲獻給大總管，若有不當之處，還請大總管勿怪！」唐子豪只有硬著頭皮說道。

「大光明使不必如此客氣！」朱重九笑道：「咱們也是老朋友了，若有見教，朱某高興還來不及，怎麼可能挑三揀四？」

「那下官就斗膽了。剛才聽聞朱總管欲動刀兵，唐某不才，願給大總管指一處必爭之地，若得此地，帝王基業旦夕可成！」唐子豪深吸口氣，娓娓道來：

「大總管乃守信之人，既然在高郵之約裡跟紅巾諸將說定了五年之內不得相互攻殺，就肯定不會主動違誓。而淮安軍東面乃是大海，西面除了毛貴將軍、我潁州紅巾之外，只剩下一個朱重八。所以大總管下一步能攻略的地方，就只有黃河以北與長江以南。黃河以北的蒙元朝廷乃百足之蟲！而長江之南，自董摶霄死後，何人能擋大總管兵鋒？所以下官以為，大總管接下來肯定要揮師江浙，以兩浙之米糧養淮揚之民，不再坐視自家命根子握在他人之手！」

「這話倒是沒錯！可你剛才所說的**帝王基業又在哪裡？**」

朱重九強壓住心頭的驚詫，深深看了唐子豪一眼，霍然發現此人的見識非同一般，與先前的印象大相徑庭。

唐子豪接下來的表現，愈發讓朱重九刮目相看，只見他用手指沾了一點茶水，於身前的石桌上勾勒出一幅簡易的地圖，然後指著其中靠近長江的幾處說道：「在這兒！此乃鎮江，早已被大總管收入囊中，下官就不多囉嗦了。此乃常州，以南以東，如今盡入偽吳王張士誠之手，大總管不願意跟他一般見識，下官也不去做那個惡人，但鎮江之西，集慶、太平、寧國、廣德四路，眼下卻是無主之地，蒙元守將淮西宣慰使康茂才乃鼠目寸光之輩，只知道憑險據守集慶，以防王克柔將軍揮師西犯，卻不顧其身後的太平路，太平路治所當塗附近，其交匯處是個天然深水良港，萬石巨船可由揚子江長驅直入！」

「你說的可是採石磯?!」沒等他把話說完，朱重九的聲音已經變了調，吩咐吳良謀道：「去，找人把輿圖抬過來，讓唐左使指個清楚！」

他的確想攻掠江浙，但他先前的戰略構思卻是，先派胡大海的第二軍團過江，把王克柔的隊伍換回揚州來整訓，然後以胡大海為先鋒，徐達為主帥，吳良謀為策應，集中三個軍團的力量，由鎮江向西打垮康茂才，奪取集慶，也就是後世的江蘇南京。

這個辦法十分穩妥，憑著三個主力軍團，六萬餘戰兵，只要不犯下什麼難以彌補的錯誤，拿下集慶只是時間問題。

但這個構想卻有一個**巨大的缺陷，就是耗廢時日**。康茂才經營鍾山防線已經不是一年兩年，準備極為充分；集慶路的治所江寧，也是有名的易守難攻，萬一蒙元那邊被打急了眼，從北方調兵來進攻徐州，淮安軍就要再度面臨兩線作戰的風險。

而唐子豪今天所獻的策略，恰恰彌補了這個弱點，避開敵軍重兵佈防的東線，發揮淮安軍水師優勢，從揚子江上直撲採石磯。只要有三到五千兵馬成功登岸，構築起穩固防禦陣地，後續就可以源源不斷運送大部隊過去，屆時，康茂才就會面臨腹背受敵的局面，其苦心經營的鍾山防線將形同虛設。

「我早就該想到從這裡過江！」越琢磨，朱重九越覺得唐子豪的提議很有道理，「採石磯，我聽說敵軍站在岸上箭如雨下，常……」

「常遇春眼下早就投奔了朱元璋！」猛然間想到這員絕世猛將的歸宿，朱重九聲音戛然而止。

常遇春如另一個時空所載的歷史一樣，主動投奔了朱元璋，而以目前雙方所選擇的道路來看，自己和朱元璋，早晚必有一戰，到那時……

「大總管可是憂心採石磯易守難攻？」唐子豪發覺朱重九的情緒急轉直下，趕忙解釋：「不妨，那裡下官曾經去過多次，知道的登陸點不止一處，只要康茂才不在，守軍未必會抵抗得太認真。」

「那就有勞左使大人了！」朱重九不得不將心中的遺憾暫且隱藏起來，衝唐子豪拱手道：「請務必在輿圖上標得明白些，也好讓我軍在登陸時少損失一些弟兄！」

「那是自然！唐某將知無不言，言無不盡！」

說話間，吳良謀帶著一群文職參謀將輿圖取來，把圖鋪在桌案上，唐子豪抓起一根削尖的炭條，將採石磯一帶的地形打上七八處標記，並且將標記附近的水文地貌，逐一在輿圖下角的空白處注了個清清楚楚。

「以淮安水師之能，採石磯必將一鼓而下，但唐某所說的帝王基業，指的不光是奪取太平、集慶等路，而是在這……」

他在距離採石磯不遠處畫了一個不大不小的圓圈，說明道：

「此地多丘陵，其中大磕山、長龍山、金石墩等處，曾有人撿到黑色之石，鍛之則可得精鐵數斤；所以唐某推測，此地當隱藏著一個巨大的鐵礦。總管若遣一能吏開採之，淮安軍於十年之內將不再有缺鐵之憂！」

「馬鞍山！你說的是**馬鞍山鐵礦**！」朱重九脫口而出。

無數記憶碎片迅速湧過腦海，那些被他無意間忽略的東西迅速放大。

馬鞍山鐵礦，江南主要鐵礦基地，一向以高產和高品質聞名於世，礦區緊鄰著長江，所以可以直接裝船運往任何需要的地方。

「大總管居然早就知道那個地方？」此刻，唐子豪心中的震驚絲毫不小於朱重九。「沒錯，那裡的確有兩塊石頭叫做馬鞍山，據說是西楚霸王的馬鞍所化！」

「我只是曾經聽人說過，」朱重九隨口敷衍，「我知道的肯定不如唐大人詳細，否則朱某早就發兵去取了，何必天天坐在這裡為鐵礦不足而發愁！」

然而，朱重九越是輕描淡寫，落在唐子豪這個大光明左使眼裡越是欲蓋彌彰。

「唐某忘了大總管乃彌勒轉世！」唐子豪用力拍了一下自己的腦袋，恍然大悟道：「馬鞍山附近有人還撿到過天生的銅錠，想必大總管也知道得清清楚楚，有鐵，有銅，再加上淮揚的龐大工坊，大總管一統天下之期指日可待！」

「那個大肚子彌勒，跟我真的沒有任何關係！」朱重九尷尬地否認道。

「下官知道大總管不欲讓世人心生妄念！」唐子豪躬身施禮，一臉瞭然的表情。「下官只是想提醒大總管，眼下是最好的渡江之機！全取集慶、太平、寧國、廣德、建德，可令大總管府肋生雙翼，不日便可直沖九霄！」

「眼下當然是最好的渡江之機，只是唐左使的心思安得不太好！」話音剛落，劉伯溫邁著四方步施施然從小徑走了過來，冷笑道。

「來人可是青田居士？唐某久仰大名！」唐子豪的臉色瞬間接連變化了好幾次，向劉伯溫揖道：「青田欲附青龍尾驥乎？抑或欲獨貪天下大功？」

「劉某做什麼，不勞唐左使費心！」劉伯溫回擊道：「唐左使今日所獻之計，分明是欲借我家主公之手威懾彭、張、朱、郭等輩，如意算盤打得實在太輕巧了，是把我淮安眾文臣都當成了聾子和瞎子麼！」

「你……」唐子豪被說得面紅耳赤，嘴巴囁嚅著發不出任何聲音，原本就單薄的身體顫抖得猶如風中殘荷。

朱重九見此情狀，立刻明白劉伯溫的話不是無的放矢，但也不忍心看到唐子豪憋屈成這般模樣，只好緩頰道：「伯溫，唐左使是我的客人，南下之策也是大夥先前議論過的，非唐左使今日首倡。」

「主公說得極是！」劉伯溫對待朱重九，仍是保持著臣子應有的禮敬，「南下之策非唐左使所獻，但主公先前南下的目標只是在集慶、鎮江，短時間內，最多向南止步於廣德，未曾考慮連太平、寧國兩路，若現在欲囊括在手，未免過於貪心，鋒芒也露得太盛！豈不聞木秀於林，風必摧之？」

「嗯……」朱重九眉頭緊鎖。

淮安軍的兵力有限，大總管府也還沒有從去年和脫脫的惡戰中恢復過元氣來，所以在制定下一步目標時，大夥都不敢將步子邁得太大，只計畫拿下集慶之後，先在江南取得一個扎實的立足點，徹底解決糧草供給問題，並未打算現在就跟周圍的其他群雄起直接衝突。

正猶豫間，又聽劉伯溫勸阻道：「太平路對面便是廬州，彭和尚的池州路則恰恰與寧國路相接。主公若欲一口氣吃下集慶、寧國、太平、鎮江、廣德五路之地，就必須做好隨時跟朱元璋、彭瑩玉、張士誠三人衝突的準備，必要時，甚至要以一敵三！」

說著話，他也走到輿圖前，抓起炭筆，刷刷刷數下，將自己剛才提起的幾個地方塗成了淡黑色，淮安軍即將面臨的形勢立刻無比清晰。

打下太平府後，朱元璋的勢力就會被徹底憋在了廬州路，無論向南、向北還是向東，都得跟淮安軍起衝突。

而彭瑩玉的發展方向，也只能是西南。雖然眼下他有求於淮安軍，雙方關係極為密切，但倘若真的受到威脅，誰也保證不了他還能繼續跟淮安軍和平相處下去。

剩下一個張士誠，恐怕更不是個省油的燈，好不容易才擺脫了淮揚大總管府的掌控，在江南打下一片立足之地，回過頭，卻發現自己的藏身老巢就暴露在淮安軍的炮口之下，他不立刻嚇得汗毛倒豎才怪！

「主公，末將有一句話，不知道當講不當講！」眼看朱重九有可能被劉伯溫說服，吳良謀擠到輿圖前進諫。

「請說！咱們淮安軍沒有不准人說話的規矩！」朱重九意味深長地說。

「那末將就僭越了！」吳良謀看了看唐子豪，又看了一眼滿臉肅然的劉伯溫，道：「末將以為，淮安軍理會周圍那些諸侯作甚？他們想打，儘管放馬過來，末將就不信他們還能比韃子更厲害！至於堵了誰家，沒堵誰家的大門，更是無稽之談，有道是秦人失其鹿，天下共逐之。既然早晚會成為沙場對手，我淮安軍不趁著其弱小打上門去將其扼殺，已經是仁至義盡了，怎麼可能再給他足夠的地頭，養虎為患?!」

「劉參軍是怕我軍樹敵太多，兵力分得太散！」朱重九瞪了吳良謀一眼。

「末將說的不光是這一件事！」吳良謀梗著脖子，不服氣地回道：「咱們淮安軍總是對周圍的其他勢力太心軟，末將和末將手底下很多弟兄一說起來，都覺得十分憋氣；若是換了蒙古人，借他們幾個膽子，他們也不敢如此折騰！」

「行了，你先退下。蒙古人退出中原之前，我軍絕不主動向同僚挑起戰火！」朱重九又瞪了他一眼。

「是，末將遵命！」吳良謀氣哼哼地敬了個軍禮，轉身離去。經過劉伯溫和唐子豪兩人面前時，還故意把戰靴踩得「咚咚」作響以示不平。

「劉參軍不要跟他一般見識，這小子天生就是直腸子，並非刻意針對任何人！」朱重九望著他的背影搖搖頭。

「吳將軍乃武將，自然期望馬上博取功名！」劉伯溫輕輕拱手，臉上的表情卻顯得十分不自然。

他之所以選擇加入朱重九的陣營，很大原因是由於脫脫在睢陽炸開黃河殺人，徹底激發了他心中的義憤；另外還有一個不為人知的原因，則是他希望通過自己的潛移默化，對朱重九施加影響，讓後者不至於背離儒家理念過遠。

顯然後一種努力至今收效甚微，不光是朱重九一個人離經叛道，淮揚大總管府裡頭絕大多數文武都對程朱之學深表懷疑。甚至還有一群讀書人，以羅貫中、馮國用兩人為核心，隱隱形成了一個新的流派，公然宣布要復古，越過程朱，直接投入亞聖孟子門下。

這令劉伯溫覺得非常憤懣，也非常孤獨，雖然他身邊有一群堅持程朱理學才是正道的追隨者，但比起羅貫中和馮國用等人對整個大總管府的影響卻勢弱得多。好在大夥彼此間雖然政見不合，卻停留在君子之爭的程度，不至於黨同伐異，否則，劉伯溫早就被遠遠地踢出決策圈了。

「大總管這邊真讓人羨慕，所有話都能拿在明處說，誰都不用藏著掖著！」作為爭執的導火線，唐子豪趁著還沒被淮安軍殺人滅口之前，趕緊給大夥找臺階下。

「不怕爭執，整個議事堂裡只有一種聲音才可怕！」朱重九順著唐子豪的話說：「在做出最後決策之前，什麼話都可以說；但做出決策後，無論贊同還是反對，都必須不折不扣地去執行！」

「大總管此言甚善！」唐子豪大讚。

「總不能將精力都花費在內耗上！」朱重九回道：「朱某本錢小，耗不起！」

二人一搭一唱，將尷尬的氛圍化解開，至於唐子豪給淮安軍的提議是否包藏禍心，也無法繼續深究了。

「伯溫剛才說得也在理！一口氣吃下五路之地，的確超過了我淮安軍當前的負荷能力！」看氣氛緩和得差不多了，朱重九將話頭又轉到正題上，「所以唐左使的提議，本總管恐怕無法採納了！還請唐左使不要太失望！」

「不妨事，不妨事！唐某只是想對大總管有所回報而已！」唐子豪客氣地說：「大總管具體怎麼做，當然要自己來決定，唐某豈敢胡亂置喙！」

「但太平路，我軍卻不可不奪！」朱重九將目光轉向劉伯溫，「所以還得勞煩劉參軍帶領一眾參謀，儘快拿出新的作戰方案來。發揮我軍在水面上的優勢，避開康茂才的主力，直撲採石磯。此戰，以取得太平、集慶、廣德三路為目標，至少要把太平和集慶兩路握在手裡。」

「取天下在仁，而不在兵戈之利！若是……」劉伯溫話只說到一半，卻吞了下去。

如果淮安軍只取太平、集慶、廣德三路，跟張士誠和彭瑩玉兩人起衝突的可能就會大幅度降低，唯獨對朱重八那邊構成了半包圍狀態，使後者的發展空間被嚴格限制於廬州一地，除非向西或者向南殺出一條血路，否則就只能坐以待斃。而無論朱重八向西跟徐壽輝先打起來，還是主動挑釁淮安軍，恐怕都落不下什麼好結果，高郵之約明確規定有五年之期，找到充足的藉口之後，淮安軍的一群虎狼之將，肯定不會再任由和州軍在自己臥榻之旁酣睡！

想起自己曾經在朱重八那邊看到的大治之世希望，劉伯溫就覺得心裡一陣陣發苦，但是他卻清醒地知道，換了任何人與朱重九易位而處，也不會對朱重八更為寬容，畢竟雙方最後還是要逐鹿中原的，而雙方的治國理念，又是那樣的格格不入！

「還是那句話，蒙古人沒退出中原之前，淮安軍不會主動向任何同道發起進攻！」彷彿猜到了劉伯溫心中的感受，朱重九笑著上前幾步，輕輕拍了拍他的肩膀。「如果有可能，我希望跟天下豪傑都坐下來談談，無論大夥信奉的是孔孟之道還是黃老之道，甚至明教的那些觀念，只要是為了這個國家好，都可以談，一味地打打殺殺，只會令外人看了笑話！」

「主公說得是，基受教了！」無論是真明白，還是曲意敷衍，劉伯溫都已經牢牢地站在淮安軍這艘大船上，要麼跟大夥一道抵達彼岸，要麼中途被丟進水裡淹死，根本不可能再有第三種選擇。

「儘量把作戰計畫定得周詳些，將所有可能發生的情況都考慮到，然後將計畫交給徐達，讓他斟酌執行。」朱重九伸手托住他的胳膊，繼續認真地叮囑，「這次南下，讓馮國用去給徐達出謀劃策，你還是留在我身邊，跟我一道掌控全域。」

「是，臣必不負所託！」劉伯溫躬身回道。有股溫熱的東西，緩緩淌入了鼻腔。為了讓他不用親眼看到和州軍的血濺在淮安軍的戰旗上，朱重九如此細心體貼的安排，讓他怎麼可能還無動於衷?!

「劉基啊劉基，你這輩子就賣給了主公罷，何必想得太多！」劉伯溫心中默默想著。

「去吧，儘量快一些，機不可失！」朱重九揮揮手，示意劉基可先行離去，然後轉向唐子豪，「唐大人不是說替劉元帥帶了信來麼?信在哪裡，可否給朱某一觀？」

「呃，在，在下官心裡！」唐子豪正看著劉伯溫的背影發呆，猛然聽見朱重九的話，說話也變得結結巴巴，「是一封口信，劉元帥不喜歡寫字！」

「說來聽聽！」朱重九明白，不喜歡寫字，恐怕是不想落人口實罷了。

「請大總管見諒！」唐子豪也知道自己的藉口過於蹩腳，紅著臉說：「我家丞相只是想告訴大總管。邀請趙君用等人去汴梁觀禮之事，並非他的意思，他依舊希望天下紅巾皆為兄弟！」

「劉元帥的處境已經如此艱難了麼，這怎麼可能?!」**潁州紅巾內部竟然到了要動刀子的地步**！朱重九驚詫道。

「倒還不至於如此，」唐子豪嘆了口氣，強笑道：「只是我家元帥與大總管一樣，不願意手上沾了自家兄弟的血而已！」

不願意手上沾了自家兄弟的血！朱重九心中微微一痛，剎那間，對劉福通的處境感同身受。

他不願意殺人，甚至連俘虜的蒙古將士，都找個由頭讓他們自己贖身，但在另一方面，他卻幾乎隔三岔五就要在殺人命令上打上自己的親筆批示，殺私通蒙元的士紳，殺蓄意謀反的鹽商，殺地方上魚肉百姓的宗族大戶，殺剛上任沒幾天就貪贓枉法的狗官，殺那些試圖行刺自己而一舉揚名的江湖蠢貨……

若不是想到另外一個時空的朱元璋因為嗜殺而被文人墨客狂噴了幾百年的悲慘下場，他甚至好幾次差點將刀舉起來，砍在趙君用、彭大、孫德崖等人的頭上。

而那些不甘心失去權力者，卻是換著花樣試探他的底線，所以手上不沾自家兄弟血這句話看似簡單，實際上施行起來，卻是無比的艱難。所以僅憑這一條，劉福通就仍是那個值得他尊敬的劉丞相；那個在另一個時空獨立抵擋蒙元反撲十餘年，最後戰死沙場的漢家英雄。

「我已經准許趙總管和彭總管親自前往汴梁參加宋王的登位大典，所以請唐左使轉告劉丞相，不必再為此事多慮！」朱重九道：「至於孫德崖，他在三天前已經與郭總管一道帶著麾下兵馬趕往盧州，我不好強留他們，就隨他們自便了！」

「啊！」這回輪到唐子豪震驚了，望著朱重九，滿臉欽佩。

在最初的徐州義軍中，趙君用和彭大兩人的排名都在朱重九之上，而這兩個人的部將黨羽，如今也有不少人於淮安軍總擔任要職，所以對朱重九來說，**最佳選擇是將這兩個人找地方關起來圈養一輩子，而不是放虎歸山，自己給自**

己找麻煩。

至於另外一個豪傑郭子興，從尋常人角度看，更應該被淮安軍牢牢握在手裡，作為要脅朱元璋的籌碼，朱重九偏偏將此人連同其爪牙一併放走，真是婦人之仁到了極點！

「別這樣看我！這群大爺每人手底下都有兩三千兵馬，每天人吃馬嚼也是一大筆開銷，我養不起也動不得，還不如放他們去歡迎他們的地方。所以某種程度上，杜遵道算是幫了我一個大忙，我反而要好好感謝他！」朱重九道出原委。

唐子豪聽了，立刻曉得劉福通先前的擔憂純屬多慮了，朱重九壓根就沒將杜遵道的小伎倆放在心上，換句話說，**淮安軍在不知不覺間已經強大到可以無視某些旁門左道的程度**，杜遵道那自以為十分高明的離間手段，根本就是蚍蜉撼樹！

到底是因為強大，所以才如此自信？還是因為自信，才導致了今日的強大？唐子豪分不清其中因果。但是，他卻清楚地知道，在這樣的淮安軍中，任何人都會比在潁州軍舒適得多，內心深處也不會顧慮重重。

下一個剎那，他心中甚至湧起了留在揚州，不再回汴梁的衝動。然而瞬間他又將這種衝動迅速平息下去。劉福通對於自己恩遇頗重，無論如何，自己都不該在這個節骨眼上棄他而去。何況朱重九的淮安軍早已自成一系，自己留下來，除了給人家添亂之外，還能起到什麼作用？

「唐左使忙著回去麼？」正迷茫間，耳畔傳來朱重九的聲音，像是在挽留，但更多的是客套。

「啊，不急，不急，劉丞相正在試圖收復洛陽，戰陣方面非下官所長，所以不是很急著回去！」唐子豪鬼使神差地回道。

「那就煩勞唐左使在我這裡多逗留些時日，最好能擔任嚮導，領著徐達他們去攻取採石磯。」朱重九發出邀請，「當然，這個忙不會讓你白幫，事成之後，朱某會派遣另外一支水師逆黃河而上，炮擊沿岸蒙元城池，給劉丞相壯聲威！」

「下官不敢有辭！」唐子豪喜出望外，深深地俯首應道。

淮安軍的黃河水師攻擊力強悍，天下皆知，而其趕赴洛陽附近協助劉福通作戰，本身亦表明了一種態度，即淮安軍是站在劉福通這邊，隨時可以被後者引為外援。

「朱某不愛惹事，但別人無緣無故找上門來，朱某也不會怕了他！」抓起桌上的茶水抿了幾口，朱重九冷笑道。

這就是**傳說中的王霸之氣吧**？據說**天生的英雄都會有，而真龍天子只要稍微晃一晃肩膀，就可以令天下豪傑納頭便拜！**

後面朱重九還說了一些場面話，唐子豪卻全都沒聽進去，只覺得自己當初的推測完全沒有錯，**朱重九就是彌勒佛祖轉世而來，能知過去，現在、未來三生，能洞徹人心，看穿世間一切陰謀**，從前此人只是被塵世汙濁的侵染，靈智未開而已，如今隨著世態的磨礪，靈智會越來越清醒，直到其感悟到前世之身，駕祥雲飛升的那一天。

接下來好幾天，唐子豪先是被劉伯溫拉去畫了好幾張輿圖，接著被徐達拉著擺了數次沙盤，忙碌地幾乎忘記了時間流逝，直到積攢在肚子裡的「存貨」被掏得差不多了，才發現淮安軍南下的日子已經到來。

「這是什麼船，怎麼如此龐大？」手扶著船舷上的護牆，唐子豪問。

「三桅桿福船！」他身邊的胡大海回道：「是主公委託沈萬三花重金從泉州買回來的，已經開始在海門仿製，再等上半年，也許咱們就可以乘坐大總管府自己打造的戰船過江了！屆時，隨便拉十艘大艦在江面上一字排開，上百門炮同時朝岸上開火。任守將再有本事也得被砸得人仰馬翻！」

十艘三層甲板的大型戰艦，上百門火炮，居高臨下狂轟濫炸，他說得竟無比輕鬆，彷彿一切都理所當然一般。聽在唐子豪耳裡，卻是驚雷滾滾。

十艘載重足足有三千料的福船，光是木頭錢恐怕就得上百萬貫！而每艘船上至少有兩層甲板可佈置火炮，每層甲板上單側至少能擺放十門。四十門炮，那可是足足抵得上潁州軍一整個萬人隊才有的火力。如此強悍的攻擊力，天下英雄何人能敵？

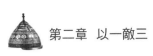

照這樣下去，**數百年後，任何謀略、軍陣都將失去效果，兩軍交戰就只剩下了火炮對轟！**

正感慨間，突然聞聽身後的艦長室傳來一聲悠長的號角響「嗚嗚嗚——」，似虎嘯，又似龍吟刺入天際，緊跟著，頭頂的主桅桿敵樓中也有同樣悠長的號角聲相應：

「嗚嗚嗚嗚——」

「嗚嗚嗚嗚嗚——」

龍吟聲連綿不絕，一艘接一艘大大小小的戰艦駛出江灣港城，切向寬闊的揚子江面，先斜向下游切入江心，然後猛的一兜，雪白的風帆扯了起來，借著徐徐東風掉頭朝上游駛去。

巨大的艦隊頃刻間化作一頭銀龍，搖頭擺尾，鱗爪飛揚，不斷地有號角聲在旗艦上傳出，將一道道命令按照事先約定的節奏傳遍所有艦長的耳朵，大大小小的戰艦則根據來自旗艦的命令，不斷調整各自的位置和航速，行雲流水，整齊劃一。

結合了中式福船和阿拉伯三角帆船的戰艦，無論速度還是靈活性，都遠遠超過了這個時代的同類。沿途中遇到的幾艘輕舟，像受驚的鳥雀一般逃向岸邊，然後迅速被艦隊甩得無影無蹤。幾艘懸掛著竹板硬帆的貨船認出了淮安軍的旗號，放下槳來，努力試圖跟在艦隊身後狐假虎威，但很快也就筋疲力盡，徒勞地停在江心中望尾跡興嘆。

只用了短短兩天一夜時間，艦隊就來到了採石磯，遠遠地排開陣勢，將炮艦擺成橫陣，拉開舷窗，運兵船擺在炮艦之後，隨時準備展開攻擊。

就在此時，猛然間從背後傳來喧囂的角鼓之聲，緊跟著，百餘艘內河貨船扯滿了硬帆，氣勢洶洶從兩江交匯處撲了過來！

倉促之間腹背受敵，胡大海豈敢怠慢，連忙快步走到旗艦的艦長室旁，大聲命令：「發信號，派兩艘戰艦迎上去攔住航道，請對方表明來意！」

「嗚嗚，嗚嗚，嗚嗚……」一陣短促的號角聲立刻從艦長室位置傳出，緊跟著，望樓中重複起同樣的節奏，一面面不同顏色和形狀的旗幟順著主桅桿的纜繩掛了起來，與角聲一道將最新作戰命令傳播到指定位置。

「嘟——！」艦隊末尾的兩艘主帆上畫著南方軫宿星圖戰艦，以短促的號角聲回應，隨即連袂脫離隊列，朝著從背後衝過來的那支艦隊迎了上去，猩紅色的淮安軍戰旗在主桅桿頂獵獵作響。

「淮安軍強攻採石磯，無關人等繞道！」主艦長俞通海站在船頭，手舉一支鐵皮喇叭，衝著迎面撲來的上百艘戰船驕傲喝令，宛若長板橋前張翼德，威風八面！

「淮安軍強攻採石磯，無關人等繞道！」望樓、撞角附近甲板、兩側炮窗處有多名士兵扯開嗓子，高舉鐵皮喇叭，將俞通海的命令大聲重複。

長江艦隊軫宿分隊的青丘、器府二艦，雖然體型只能算中上，卻是最早幾艘由阿拉伯式縱帆海船改造而來的戰艦。艦上的各級指揮官和水手都已經參加過無數次剿滅江匪的戰鬥，一個個早就把傲氣寫進了骨髓裡頭。

按照他們的經驗，從後面趕過來湊熱鬧的，肯定不是什麼大型商隊，更不會是普通江匪。前者對危險有著本能的直覺，絕對沒勇氣往戰場中央鑽，而後者，長江上凡是大一點的水賊集團，這兩年早就被淮安水師給打怕了，見了淮安軍的旗幟後，望風而逃都唯恐來不及，怎麼可能有膽子去咬蛟龍的尾巴?!

那剩下的唯一可能，就是大夥遭遇了另外一方紅巾諸侯麾下的水師，並且這支水師抱著和淮安軍幾乎相同的目的，所以才不甘心被搶了先機。

事實正如他們所料，聽到了戰艦上的喝令之後，迎面殺過來的船隻非但沒有做絲毫停頓，反而將速度加得更快，一邊拼命拉近彼此之間的距離，一邊高高地扯起數面猩紅色戰旗，每一面戰旗中央，「和州」兩個字都清清楚楚。

「提督？」站在船頭的副艦長張山將頭轉向俞通海，帶著幾分遲疑請示道。這兩年，江匪水賊他殺了無數，唯獨沒有朝紅巾友軍開過炮，突然遇到特殊情況，一時間根本不知道該如何應對。

「命令青丘、器府二艦擺開作戰陣形！」俞通海眉頭緊鎖，發出命令道：「命令各艦的左舷炮長，如果來船繼續靠近，立刻發炮示警，務必將其攔阻在三百五十步之外，敢靠近三百步之內者擊沉！」

「是！」副艦長張山答應一聲，立刻將手中令旗舉起來，快速朝望樓揮動。望樓中，瞭望手們迅速將一面面令旗扯起，沿著主桅桿的纜繩梯次排開。同時，低沉的號角聲也徐徐響起，帶著一絲絲臨戰的興奮，「嗚嗚嗚，嗚嗚嗚，嗚嗚嗚！」

腳下的「青丘艦」立刻微微一震，緊跟著，修長的船身開始快速轉向，如一堵高牆般，擋在敵船的必經之路上。

旁邊的從艦「器府號」也迅速跟上，將自家船頭與青丘艦的船尾相對，炮窗拉開，一門又一門黑黝黝的火炮被推出來，遙遙地對準打著和州軍旗號的船隻。

「轟、轟、轟！」

「轟、轟、轟！」

六發實心炮彈分為兩組，從青丘和器府二艦的左舷前端飛出，掠過三百餘步水面，整齊地砸在和州軍水師的正前方。

巨大的水柱跳起來，在半空中映出數道七色彩虹。水柱落處，臨近的和州軍戰船像受驚的梭魚般四下避讓，但遠離水柱的位置，卻有更多的船隻開始加速，彷彿先前的炮擊根本不存在一般。

「給主艦隊發信號，說和州軍來意不善，軫宿分隊準備隨時開火！」俞通海鐵青著臉，繼續發號施令。「讓器府艦調整炮口，對準敵艦之中任何一艘，再發三炮示警，如果對方依舊不聽勸阻，就直接擊沉。」

「是！」副艦長揮動信號旗，將俞通海的命令傳向望樓，然後趁著望樓中的袍澤打旗語傳遞消息的功夫，向俞通海進諫：「提督，他們應該算是友軍，如果直接擊沉的話……」

「既不說明來意，又不肯停船避免嫌疑的，算哪門子友軍？」俞通海橫了他一眼。

他追隨在朱重九身側，於山東戰場立下許多大功，才終於找到一個合適的機會，向朱重九表明了想去水師歷練的請求，朱重九看在他忠心耿耿，並且父輩曾經做過水師萬戶的經歷上，特別動用了大總管的權力，滿足了他的心願。

如果第一次出來執行任務他就搞砸的話，毀的不只是自家前程，連帶著將主公的臉面都給打得稀哩嘩啦，所以無論如何，他都不會給來船可乘之機。

「轟、轟、轟！」又是三枚實心炮彈飛出，砸在一艘中型戰船前方不到二十步的位置，濺出一個品字形巨大水花。

沖天而起的波浪，將這艘戰船推得上下起伏。甲板上有器物和人被甩進了江中，亂紛紛看不清具體數量，戰船不得不停下來，對落水者施行救援。

「青丘艦瞄準右前方那艘沙船的船頭，做交火準備！」俞通海抓起望遠鏡，一邊觀察和州軍水師的反應，一邊命令。

「青丘艦，瞄準右前方那艘沙船，做交火準備！」副艦長朱山舉起信號旗，嫻熟地打出一連串指令。

操帆手們開始調整帆位，提著火繩槍的水兵在兩層甲板上快速跑動，艦身體伏在護牆後，將武器探出射擊孔。左舷炮手長則提著望遠鏡，一邊觀察目標的距離和動作，一邊報出整串的數字：

「一二三號抓緊時間復位。四號炮、五號炮向左調整一個刻度，實心彈；六號、七號正射，開花彈；八號、九號、十號，瞄準目標主帆，用鏈彈。從四號炮起，預備──開火！」

「四號炮開火！」四號炮的炮長扯開嗓子，同時側轉身體，避開火炮的回退路線。

「轟！」一枚六斤實心彈咆哮著飛向目標，在半空拖出一道修長的白色痕跡，然後一頭扎進冰冷的江水之中，將目標戰船震得上下起伏。

射偏了，但這一炮直奔目標船頭而去，明顯已經不再是警告。對面的艦隊都被青丘艦的表現給嚇了一大跳，前進的速度瞬間變緩。

「五號炮開火！」

四號炮的炮長下令，不管目標怎樣應對，只要戰鬥發生，他的任務就是以最快速度擊毀目標，而不是干擾艦長和炮手長的判斷。

「轟！」又一枚六斤實心彈射向目標，濺起高大的水柱。

緊跟著，六號、七號火炮相繼發威，將目標戰船的前後左右砸得波濤滾滾。

八號、九號、十號也不甘寂寞，將三對拖著鐵鍊的炮彈砸向目標上方。兩對射失，最後一對卻擦著目標的主桅桿掠了過去，將竹片做的船帆扯得七零八落。

「轟、轟、轟！」一、二、三號艦炮趁火打劫，依次衝著目標噴吐火力，雖然依舊全部射失，卻令敵方的整個艦隊的動作徹底停了下來。

第三章

功高震主

「那還不簡單，咱們和州朱總管功高震主了唄！
你們想想，咱們朱總管起兵才幾天？那朱重九都起兵多長時間了？
眼見著咱們和州朱總管攻城掠地，將韃子打得落荒而逃，
他那邊卻始終被韃子壓著打，這心情能舒暢得了麼？」

當炮擊的回聲緩緩消失，寬闊的水面上剎那間變得異常寧靜，除了江風和波濤聲之外，再也沒有任何人間喧囂，所有和州軍的戰船都停在原地，再也不敢繼續拉近彼此之間的距離。

敵我雙方的船桅上，一面面猩紅色的戰旗「呼呼啦啦」被風吹出兩種不同的節奏，涇渭分明。

「器府艦原地警戒，青丘艦轉頭，迎向對面艦隊，繼續命令他們表明身分和來意！」俞通海深吸了一口氣，繼續命令，漆黑的面孔上，寫滿了刀鋒般的寒意。

副艦長將命令化作旗號傳出，軫宿分艦隊的主艦青丘立刻緩緩調頭，將剛剛開過一輪火的左舷藏在身後，蓄勢以待的右舷艦炮斜著對準敵人，以與江流呈四十五度角的航向插往和州軍水師的隊伍當中。

當將自家與對方艦隊之間的距離拉近到一百步遠位置後，整齊的吶喊聲再度從青丘艦上響了起來，只是，這一次喊話的內容變得有些咄咄逼人：

「淮安軍強攻採石磯，對面船隊停止靠近，彙報身分和來意！」

「和州總管朱重八率軍過江討賊，不知道貴軍已經搶先一步，還請提督約束手下，不要繼續增加誤會！」一艘三丈高的樓船緩緩從和州軍的艦陣中央駛了出來。

通過望遠鏡，俞通海看到古銅色面孔的朱重八站在船頭，手按劍柄，腰桿停得筆直。此人身後，則是鄧愈、湯和、吳家兄弟，還有一干自己以前從沒見到過的陌生面孔。

俞通海舉起喇叭：「淮安水師奉命奪取太平、集慶二府，軍令已下，不容更改，請和州軍退回駐地，不要引發雙方之間的衝突。」

「淮安水師奉命奪取太平、集慶二路……」眾淮安軍水師將士扯開嗓子將自家艦長的命令大聲傳達下去。

作為低級軍官和士兵，他們眼裡沒有那麼多的盟友和同道概念，這天下早晚都是朱總管的，凡是敢於引兵前來相爭者，都活該被打得粉身碎骨，而他們，便是朱總管手中的長刀和利劍，時時刻刻都渴望著痛飲敵軍的鮮血。

「和州大總管朱重八，請求攜帶麾下弟兄助貴軍一臂之力！」聽到對面囂張的喊聲，朱元璋將憤怒化作力量，舉起鐵皮喇叭喊道。

此刻是最佳的過江機會，失去了這個機會，和州軍將永遠被困在淮安軍和天完政權的包圍中，再也沒有問鼎逐鹿的可能！所以，哪怕是受盡屈辱，他也必須讓自家隊伍踏上長江南岸，而不是掉頭回返。

「淮安水師奉命奪取太平、集慶二路。沒接到我家大總管的命令，不敢接受貴軍好意，請朱總管帶領艦隊回頭，不要引發誤會！」對面的回應聲隔著百餘步遠傳來，桀驁而且冰冷，不給出任何商量的可能。

「在下朱重八，請求與貴軍主帥會面，親自向他闡明來意！」朱重八古銅色的面孔上，隱隱浮現了幾朵烏雲。

剛才他通過望遠鏡觀察到，前方主艦隊上挑著「朱」字和「胡」字大旗，這表明艦隊中，肯定有水師主帥朱強和淮安第二軍團都統領胡大海兩人在，無論能與誰會面，他都有希望說服對方，給和州軍一個助陣的機會。

只要能踏上河岸，哪怕只是替淮安軍搖旗吶喊過，以朱重九的為人，都不可能無視和州軍的功勞，這樣，和州軍就有機會在南岸取得一個落腳點，然後再尋找新的突破方向。

他的思維非常敏捷，設想也非常清晰，誰料對面戰艦上的俞通海卻是個油鹽不進的主，很快就扯開嗓子回道：

「我家先鋒胡將軍正在指揮艦隊與韃子守軍作戰，無暇與朱總管會面，請朱總管暫且退到長江之北，待我軍攻克了採石磯，再考慮會面的可能！」

「本總管朱重八曾經與貴軍並肩作戰過，請問對面是哪位將軍，在紅巾軍中擔任何職？」朱元璋氣得嘴唇發黑，眼裡冒著滾滾怒火。

「淮安軍強攻採石磯，不需要任何援助，請朱總管引兵退回江北，避免誤傷！」俞通海根本不正面回答他的話，反而命人將炮口默默地推出舷窗。

「主公，距離只有八十餘步，末將請求替主公擒下他！」一個臉上帶著水鏽的和州將領上前，跪在朱重八面前請求道。

「拿下他，再跟胡大海交涉！淮安軍的戰艦雖然大，卻遠不如我軍船多，也不如我軍靈活！」鄧愈、湯和等人亦忍無可忍，求肯道。

「只要我軍的縱火船能搶到上游有利位置，就能一舉鎖定勝局！末將在這片水面上玩了二十年船，絕不可能失手！」另一個傢伙走近朱元璋，很有信心道。

「主公，機不可失！」

「主公，能戰方能言和！」

……

幾個文職打扮的幕僚也紛紛開口，都認為和州軍不能繼續退讓下去，否則必將令麾下弟兄們心灰意冷。

聽著眾人義憤填膺的話，朱元璋的古銅色面孔由黑轉紅，又慢慢由紅變紫，兩隻大眼裡寒光四射。握在劍柄上的手在顫抖，緩緩外拉又內推回去。如此反覆了十幾次，終於把寶劍重重地擲在甲板上，「退兵！」

「主公！」眾文武失聲大叫，一個個額頭上青筋亂跳。

「我命令退兵，你們沒聽見麼？」朱重八咬牙道，一行黑色的血跡順著嘴角淋漓而下。

華夏三年五月，舊曆蒙元至正十四年，淮安軍以炮艦護送大軍逆流而上，繞過集慶，攻取太平路。元太平路總管朵察耐措手不及，只能帶領麾下兵馬沿江列陣，以強弩利箭阻止淮安軍登岸。

淮安水師統領朱強下令以重炮摧之，須臾，岸上屍骸枕籍，朵察耐當場身死，行省中丞蠻子海牙領義兵千戶方蓉、蒙古軍千戶別也等人退守當塗。

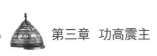

淮安軍征南先鋒胡大海率部登岸，休息一日。第二天兵臨當塗城下，蠻子海牙不敢出城迎戰，緊閉四門。胡大海以淮揚百工坊所製攻城車、攻城鑿、火藥包等物炸開西牆，大軍蜂湧而入。

蒙古千戶也別當場被胡大海劈死，義兵千戶方蓉保護著蠻子海牙自城東門遁走，半路口渴難耐，至村中討水，百姓見他二人身穿蒙元袍服，紛紛持木棍來攻。須臾間，將方蓉砸翻在地。蠻子海牙自知無倖免之理，拔劍自刎。至此，東側再無蒙元守軍。胡大海分兵巡視各地，將其一一收歸淮安軍之下。

待徐達領主力至，太平府已經平定大半。二人商量一番，繼續兵分兩路，以淮安第二、第三軍團並力向東，直撲江寧。

第五軍團則由吳良謀率領，渡過長江向西，攻打蕪湖、繁昌二地。蒙元蕪湖守將李興自知大勢已去，不待吳良謀兵至，主動自縛雙手請降。繁昌守將陳野先卻受了朱重八的感召，搶先一步將城池及大清江之西各地獻給了和州。

至此，整個太平路被淮安軍、和州軍一分為二，不再復為蒙元所有。集慶路則受到淮安第一、第二、第三兵團的腹背夾攻，岌岌可危。

消息傳出，天下震動。街頭巷尾，茶館酒肆，幾乎每一個有人群聚集的地方，都在議論著這場聲勢頗為浩大，但場面卻遠不如去年激烈的戰爭，然而出乎所有當事方意料的是，人們的關注重點，卻不是徐達和胡大海、劉子雲三人何時能擊敗康茂才，全取集慶，而是吳良謀所率領的第五軍何時能夠將陳野先這個三姓家奴從繁昌驅逐出去。

換句話說，人們已經習慣了淮安軍的戰無不勝，認為集慶路正在進行的戰鬥根本不存在什麼懸念，但對淮安軍與和州軍之間的盟約能維持多久卻充滿了懷疑！

「王叔，你聽說了麼？早在淮安軍攻打採石磯時，就跟咱們和州軍交上了手。」廬州路桐城府，有人在酒館裡神神秘秘地說。

「怎麼沒聽說，那淮安軍太欺負人了！咱們家朱總管硬生生被氣吐了血，只是為了顧全大局，才沒有下令開炮還擊！」被稱作王叔的，是一個頭髮花白的小吏。

拜淮安軍的報紙所賜，這年頭，茶館酒肆已經成了各類官方和非官方消息的集散地。凡是口袋裡有幾個銅板的，都會時不時到這兩處地方坐一會兒。先排出幾個大子兒要碗酒水或者茶湯，然後豎起耳朵，堆起笑臉，開始跟周圍的人做更深入的交流。

就拿淮安軍在攻打採石磯時，曾經向趕去助戰的和州軍開炮之事來說吧！當事雙方的官辦報紙上都對此隻字未提，而烏江那邊一家船行老闆私辦的小報，卻信誓旦旦地將此事給捅了出來。

更令人百思不解的是，那份報紙只在市面上露了一個頭，還沒等擴散到外地，就被另外一名有錢的大戶給全數收購了。緊跟著，船行和報館也都換了主人。老闆帶著大筆的錢財跑路，據說是去了揚州，但是誰也不知道其何時上的船，到揚州後又去了什麼地方？

結果就是，這件事越傳越神秘，越傳越不靠譜，從淮安軍誤擊和州軍戰船，到淮安軍蓄意搶在和州軍之前搶佔採石磯，並且給採石磯的韃子守軍張目。再到淮安軍邀請和州軍參戰，卻派人炮擊朱重八的座艦，不一而足。

更有甚者，乾脆信誓旦旦的聲稱，當日向和州軍發炮的人是個蒙古族後裔，姓玉里伯牙吾，是個混入淮安軍內的大奸臣。深恨和州朱總管驅逐韃虜，才故意放炮謀殺於他。不信可以找水師統領廖永忠詢問，他早年間為水寇時，就知道姓甚的根底。

無論謠言怎麼傳，但整體風向只有一個。那就是淮安軍仗勢欺人，壓根就沒想給和州軍，給朱重八總管活路。

淮揚人霸道，大夥也都是有目共睹。從江上駛來的巨大貨船向來是直入碼頭，對當值的和州官吏愛理不理。需要裝卸的貨物則每次都排在第一位，無論之前碼頭前有多少船隻在等待，只要打著淮揚商號的貨船一到，就得統統把位置讓開，什麼時候淮揚商號的貨物上下完畢，才能重新恢復次序。

所以絕大部分和州、廬州兩地的市井閒漢，都覺得謠傳說的未必不是事實，那淮安軍即便沒有仗勢欺負和州的爺們，至少其隊伍中也有些不法之徒欺上瞞下，偏偏這些人是最喜歡湊熱鬧的，猜到了事實「真相」後，就喜歡四下打聽、驗證，以彰顯自己見識非凡。

最好的驗證管道，當然還是通過官方。故而王姓小吏先前的話音剛落，就激起了一片義憤填膺的討伐之聲：「那姓朱的怎麼如此囂張？虧他還是天下紅巾兵馬副元帥，竟然半點兒也容不下人?!」

「那還不簡單，咱們和州朱總管功高震主了唄！你們想想，咱們朱總管起兵才幾天？那朱重九都起兵多長時間了？這兩年，眼見著咱們和州朱總管攻城掠地，將韃子打得落荒而逃，他那邊卻始終被韃子壓著打，這心情能舒暢得了麼？」一個落魄書生搖著折扇插嘴道。

這下，頓時讓大夥豁然開朗。淮安朱總管糾集數路大軍南下揚州的時候，和州朱總管不過是聯軍當中的一名小校，如今雙方卻都成了總管，隱隱已經有了並駕齊驅之勢，那淮安朱怎麼可能咽得下這口氣？估計巴不得有人替他將和州朱總管給謀害了，以解除心腹之患。

「諸位請想想，自古以來，便是天轄地，地載萬物。而萬物當中，又是陽轄陰，雄轄雌，父母管子女，賢良教不肖，如此，才能紅日東升西墜，江河由高向低。」

那落魄書生見大夥都被自己的真知灼見給鎮住了，拿起扇子呼呼啦啦扇了幾下，繼續說道：「所以**天地之間，秩序為大**，蒙古人無視秩序，才導致君臣相殘，父子相公，天下大亂，而咱們和州朱總管自舉義氣之後，便以理學為治國之本，招賢納士，打擊奸佞，恢復綱常，所以大夥的日子才能越來越安生。但是那淮揚朱總管卻只信奉武力，毫無上下尊卑之念，其麾下也都是一群虎狼，所過之處，大戶之家輕則破財，重則身死族滅。兩家所施之政，如水火不同爐。那朱屠戶見到咱們和州如此上下齊心，他睡得能安生麼？」

「對，就這樣！」

「可不是麼，我聽人說過，那邊隨便一個潑皮無賴，都能拉著讀書人去打官司！」

「我就知道，那淮揚人都不是什麼好鳥！」

「敢欺負到咱們廬州人頭上，爺們跟他們拼了！」

「一套朱漆餐盤，在揚州街上只賣五六十文，到了咱們桐城，卻要兩三百文。咱們廬州人為啥沒有揚州那邊富，錢都被他們給搶去了！」

「可不是麼，咱們這邊做買賣三十稅一，那揚州卻是十稅一。賣的東西都那麼貴，誰能做得過他們？」

「強盜！」

「民賊！」

「勢不兩立！」

「勢不兩立！」

……

酒館中，人聲鼎沸，許多站在遠處喝酒的苦力漢子，根本沒聽見書生在說些什麼，也跟著揮舞胳膊，熱血上湧。

「反正大夥心裡頭有個數就行，不是不報，時候未到，那朱屠戶甭看眼下如此驕橫跋扈，早晚會犯了眾怒。屆時等著他的就是死路一條！」落魄讀書人偷偷看了一眼王姓小吏的眼色，將聲音陡然提到最高。「王叔，您老說是不是這個道理？」

「嗯！」王姓小吏嘉許地衝著他點頭，慢條斯理地在桌上排開五文大錢，然後緩緩站起來，向四下拱手道：「各位老少爺們聽我一句。是戰是和，自然有上頭來安排，咱們這些平頭百姓，就該各自做好各自的事情，平素別給朱總管添亂，也別信揚州那邊的什麼歪理邪說。總之，山高水長，最後鹿死誰手還不一定呢！」

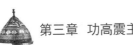

「那是自然！」眾酒客們，無論穿長衫的，還是穿短褐的，都紛紛點頭。

「那各位繼續喝著，衙門裡有事，某家先行告退了！」王姓小吏轉身往外走去，一邊走，一邊吩咐店小二，「誰要是口袋裡缺錢，今天就算到王某帳上。等到月底時一塊結！」

「王叔，哪能要您請客呢！真是折殺了！」

「可不是麼，王叔您在衙門裡坐鎮一天，咱們地方上就多一天太平，我等請客都來不及，哪敢讓王叔您賜酒！」

眾酒客們紛紛讓出一條路，說著客套話看著王姓小吏緩步離開。

那個手持折扇的書生，則一把將留在桌上的銅錢抄起來，快步追了過去，「王叔，等等，您老的錢，大夥真的不敢吃您的酒水……」

那王姓小吏卻充耳不聞，只管低著頭趕路，直到被追過兩個街角，才偷偷回過身看著滿頭大汗的書生，笑罵道：「書都讀到肚子裡頭啦？凡事不能太過不懂麼？剛才那種情況，一旦大夥被你煽動起來去找淮揚商號的麻煩，你讓衙門該如何處置？」

「大人教訓得對，晚輩不是剛剛接了這個任務麼？做得不熟，所以才請您老人家多多在一旁指點！」讀書人一改先前在酒館裡的清高形象，向王姓小吏不斷作揖。

「算了，看在你爹的面子上，這次我不追究！」王姓小吏撇撇嘴道：「但下次就別想這麼輕鬆過關了，萬一落在別的人眼裡，我想保你怕也力有不及！」

「多謝王叔提攜！」讀書人又做了一個長揖，然後把王姓小吏留在桌上的錢掏了出來，「王叔，您的錢……」

「賞你了！」王姓小吏翻了翻眼皮，故作大氣地說：「記住，這是城東孫老爺賞的，他最喜歡提攜年輕人。你將來要是能補上衙門的缺，千萬記得回報人家！」

「明白，明白！小的心裡明白！」書生將銅錢捧在掌心，繼續作揖不停，「孫家就是咱們桐城的天。」

「你明白就好！」王姓小吏擺出一副孺子可教的模樣，欣慰地點頭。「無論是蒙古人來了，還是朱總管來了，想要掌控地方，能離得開衙門裡的差役麼？人家孫老爺從大宋那時起，就是世襲的捕頭，人家交代下來的事能有錯麼？我等即便看不懂，也盡力去做才好。」

「謝謝王叔指點晚輩茅塞頓開！」書生越聽眼睛越亮，整個人也越有精神，彷彿化作一片搭上春風的鳥羽，輕飄飄直上雲端。

「你先回，我還有別的事！」王姓小吏邁向下一處巡視點。

在那裡，他還要將剛才說過的話再重複一次，替朱重八總管造勢，同時也將對淮揚人的厭惡深深撒播於當地人的心中。

這並不是一件簡單的任務，然而有很多像他這樣的衙門小吏、候補幫閒和地方士紳悄悄聯手推動，效果也非常可觀。

幾乎在採石磯之戰後短短半個月內，以往非常搶手的淮揚貨，在和州、盧州等地出現了滯銷現象，以往在碼頭上最受歡迎的淮揚主顧，也莫名其妙地受到自發抵制，裝卸貨物要付出比行情高許多的價格才能雇傭到人手，並且在港口滯留的時間也成倍的增加。

此外，一些鼓吹淮揚新學的讀書人莫名其妙地就被同伴疏遠，一些走街串巷的淮揚小販，也經常受到地痞無賴的攻擊，整個和州與盧州地方對淮揚的敵意迅速蔓延，但**始作俑者是誰卻找不出來**。

消息傳回淮揚，當地的販夫走卒自然會做出反應，甚至由揚州通往和州的客船都大受影響，很多客船根本坐不了幾個人就得匆匆上路，無論來回都是折本買賣。

然而，無論民間的敵意如何高漲。淮揚大總管府與和州大總管府之間的交往，卻令人意想不到的保持著正常。

早在採石磯衝突發生的第三天，朱重八就親筆修書給紅巾東路軍大元帥朱重九，主動表明一切都出於誤會，他以為淮安軍的下一步攻擊目標是集慶，才會發兵採石磯，否則絕對不敢跟淮安軍搶什麼先手。而麾下的水師將領出身草寇，不懂得如何約束隊伍，所以才在俞通海命令停船時，沒有及時做出回應。

事發之後，和州都督府已經將當日領兵的水師主將廖永忠降級，改由其兄廖永安暫代其職。如果大元帥依舊不能息怒，只要一聲令下，朱重八願意親自前往揚州請罪！

至於陳野先將繁昌獻給和州軍的事情，朱重八在信裡也做出了解釋。並且鄭重承諾，自己今後的進兵方向，將嚴格控制在大清江以西。今後三年之內，凡是與淮安軍相遇，和州軍都會主動退避三舍……

「這條臭泥鰍，又黑又滑，當初在淮安真該一刀剁了他！」

淮安軍長史蘇明哲將朱元璋的親筆信，和軍情處最近一段時間收集到的情報朝桌角一丟，用包金拐杖敲了敲地面，咬牙切齒地說道。

那是他平生最為遺憾的事，因為從那時之後，朱重八就一飛沖天，再也不可能主動把腦袋送上門來，而當初，他只是因為對自家主公朱重九的盲從，才沒敢偷偷地派人去截殺，否則淮安軍臥榻之側，根本不可能存在如此大的一個麻煩。

「殺了他，還有張士誠！殺了張士誠，還有彭和尚、徐壽輝和陳友諒。」朱重九從如山的公文中抬起頭，橫了蘇先生一眼，「要是都按你的辦法殺下去，恐怕沒等將韃子趕走，淮安軍就只剩下咱們倆了，然後一人抱著一顆手雷，去跟百萬元軍同歸於盡！」

「我什麼時候要你殺過張士誠？比起朱重八來，他就是一坨牛屎！」蘇先生卻不服氣，用拐杖敲著地說：「至於彭和尚和那個陳友諒，他們又沒主動跟淮安軍搶地盤。」

「早晚的事！」朱重九低下頭去，繼續批閱公文。

「那你還跟他們交易火炮？」蘇先生小聲嘟囔著：「你真的任由他胡鬧下去?!他的野心早已昭然若揭了！你倒是說句話啊。以咱們目前的實力，隨便調一個軍回來就能輕鬆滅了他！」

「理由是什麼？他不該接受陳野先的投降？還是沒能及時為淮揚商號裝卸貨物？」朱重九被煩得無法安心幹活，只好再度將頭抬起來，沒好氣的反問道：「畢竟他是郭子興的部將，不是我的部將，雙方充其量只能算作盟友。我要是派兵去打他，別的豪傑怎麼看？高郵之約還算不算數了？咱們當初苦心積慮拉著大夥去高郵立約，圖的又是什麼？」

「郭子興如今不過是個擺設！」蘇先生被問得面紅耳赤，「他雖然沒有明面上跟你對著幹，暗中搗得鬼卻比誰都多，那高郵之約簽訂之時，咱們才多大地盤？如今咱們都拿下半個河南江北行省了……」

「此一時，彼一時是麼？」朱重八又看了他一眼，「如果盟約簽訂的就是為了撕毀，那咱們何不現在先把毛貴給幹掉？你看他，距離我比朱元璋還近，威望又絲毫不亞於趙君用，手裡兵馬還多，並且他一點防備都沒有！」

蘇先生結結巴巴地說：「毛總管對您從沒惡意，他只是……」

「臥榻之旁豈容他人酣睡！」朱重九臉色慢慢變得陰冷。「有他在一天，東路軍就不肯能完全擺脫芝麻李的影響。殺了他，更利於我一統政令，反正欲加之罪何患無辭，哪天我高興了，再把徐達殺掉。然後，是胡大海，逯魯曾……對了，還有你。你現在權力越來越大，劉子雲他們都跟你有私交，萬一尾大不掉怎麼辦？殺了全換上講武堂畢業的新人多好！」

他說得聲色俱厲，把蘇先生嚇得額頭冷汗滾滾，手中金杖再也握不住，「噹啷」一聲掉在了地上。「都督，我對都督忠心耿耿，徐達他們……」

「看你這點出息，還整天殺這個殺那個！」朱重九走上前替他撿起拐杖，

「我不是真的想殺你，我只是告訴你，凡事都得講規矩，你希望我對別人不講規矩，那麼將來說不定某一天我就不會對你再講什麼規矩，反正天底下我最大，想殺誰，都是君讓臣死，臣不得不死！」

「主公不是那種人。」蘇先生像揪住一根救命稻草般，將拐杖抱在懷裡，顫抖地道：「主公當初明明知道我想利用你，都沒殺我，現在……」

「那會兒是那會兒，現在是現在，我後悔了，不行麼?!」朱重九拍了他肩膀一下，「萬一哪天我想起你過去欺負我的事呢？萬一哪天我老糊塗了呢？不按照規矩來，就下令把你推出去喀嚓掉。你能死得瞑目麼？」

「這……」蘇先生從沒想過那麼遠的事情，被問得無言以對。但是很快，他就下定決心，咬牙鄭重地跪道：「真的有那時候，臣死而無憾！無主公則無臣的今天，主公如果要臣死，臣甘之如飴！」

「滾你的蛋吧！」朱重九將蘇明哲扶起來，「我說老蘇，你這麼就這麼不爭氣呢？我叫你去死你就去死嗎？」

「主公若叫微臣去死，微臣絕不猶豫！」蘇明哲認真地回道。

「嘶——！」朱重九被氣得雙手撓頭。

他多年來苦心積慮，就是怕自己哪天走了另一個時空中朱元璋的老路，把徐達、胡大海、蘇明哲、吳良謀這些並肩作戰的老兄弟們，一刀一刀殺個乾淨，誰料蘇明哲這老混蛋根本不領情，反而巴不得他早日殺伐果斷起來，早日做個暴君！

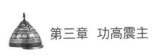

「主公恕罪！」蘇明哲今天是鐵了心要跟他論個是非曲直，紅著眼道：「主公之仁德，天下皆知，但凡事都得有個分寸，過於仁德，就是愚蠢，就像那個宋襄公！臣等跟著主公，所求的是封妻蔭子，名標青史，而不是最後跟主公一道被朱重八給殺了，落個雞飛蛋打一場空！」

說著，他落下淚來，緩緩跪倒：「如果殺了微臣能讓主公心腸變得硬起來，微臣寧願自行領死！」

朱重九嘆了口氣，「行了，行了，你給我點時間，讓我再想想！別動不動就跟別人學什麼死諫！我不想跟朱重八開戰，倒不是一味的心軟，而是怕被別人撿了便宜。高郵之約眼瞅著過去兩年了，朱重八自己也說，三年之內，他的兵馬見了淮安軍會主動退避三舍，咱們多等三年又怕什麼，難道他還能比咱們跑得還快？」

蘇明哲無可奈何道：「三年後主公別忘了今天的話就好！」

「你放心，我肯定不會忘，我答應大夥的事，什麼時候改過口？」朱重九笑問。

蘇先生不敢逼得太狠，點點頭道：「微臣從沒懷疑過主公。即便懷疑過，也是剛剛起事那幾個月，隨後就把性命交到了主公手裡。微臣讀書不靈，本事也稀鬆，但微臣唯一比別人強的，就是永遠對主公忠心耿耿。」

「我知道！」朱重九相信對方說的完全是實話，沒有自己在背後做依仗，蘇明哲立馬會被別人踩在腳底下；而沒有蘇明哲在自己身後擋各種明槍暗箭，幹各種髒活，自己也不會順利取得今天的成就。

「主公做的很多事，微臣都不懂！所以微臣很少給主公出主意，就怕耽誤了主公的大事。但是今天，微臣卻想勸主公一句，凡事不能太過標新立異。」蘇明哲發自肺腑地建言道。

「嗯！」朱重九不置可否。自己做的事，的確有很多引人議論的，但那都是已經**被歷史所證明的有效經驗，怎麼可能因為不合拍就輕易放棄？**

「主公上次領軍北上，定下了淮安軍的傳位次序，當時只是權宜之計，微臣心裡明白，但主公想過沒有，萬一徐達起了壞心思，或者他手下的人想擁其上位，主公會落個什麼下場？」

「徐達不是那種人！」朱重九心中一凜。**權力帶來的快意，勝過任何欲望，**

他已經嘗到了其中滋味，知道自己未必抵抗得住其中誘惑，所以對別人慢慢變得也沒有太多信心。

「徐達不是那種人，但他手下卻未必個個都靠得住。黃袍加身之前，趙匡胤未必想過欺負別人家的孤兒寡母！」蘇先生聲音一點點加重。「當初的事，微臣就不多說了，如今主公已經回來小半年了，為何不把當初的安排收回？此番南下又是徐達做主帥，莫非您正愁他沒有機會自立麼？」

「這……」朱重九被問得無言以對。他派胡大海和徐達連袂南下，看中的是二人的本領，心裡卻從沒想過如果徐達被黃袍加身會出現什麼結果。

「所以臣斗膽奉勸主公，不要整天忙於公務，每天早些安歇，讓您的事業後繼有人！」蘇明哲意有所指地說：「主公家事，臣不敢置喙太多，但臣聞揚州女子多賢良美貌，主公不妨派人多多留意！想那祿長史也不忍見主公成親數年膝下尤虛！」

「你的意思我明白，我自有分寸，咱們今天不說這事。對了，俞通海呢，他回來沒有？」

「徐達已經免了他的職，用快船把他給主公送回來了，因為不知道主公要如何處置他，所以微臣命人將他關在大總管府的禁閉室裡，微臣以為，他的事……」見朱重九開始顧左右而言他，蘇明哲不高興地回道。

「你把他給我叫來，算了，我現在去收拾他！」朱重九準備逃之夭夭。

「主公……」蘇明哲跟在後邊，叫嚷著：「不過是開了一炮，又沒把朱重八轟死，微臣以為俞通海的處置沒什麼不妥，要是讓朱重八的船隊混入戰場，誰知道他安的什麼心！」

「我知道，我會酌情考慮！」

朱重九的腳步越來越快，轉眼就將蘇明哲遙遙地拋在了身後，見後者沒有追過來，他才長長地吐了口氣，然後朝當值的近衛團長路禮擺了擺手，朝禁閉室走去。

原本在紅巾軍中根本沒有禁閉這一處罰，是朱重九覺得動不動就將人拉出去打屁股實在有失雅觀，所以才增加了這個選擇。

但是設置後，才發現這辦法威懾力大得驚人，很多低級將領犯了錯誤後，寧願被痛快的打一頓，也不願意被關在小黑屋裡無所事事。

不過俞通海顯然是個例外，隔著老遠，朱重九就能聽見他的嚷嚷聲：「我跟你們說啊，老子當初那幾炮，打得那個叫過癮啊，要不是船上的炮長膽子小，故意瞄偏了角度，絕對當場將朱重八的船給幹翻掉……」

「俞哥威武！」

「俞哥厲害，當初就該直接用開花彈轟朱重八的座艦，看他小子敢不敢再亂佔便宜！」

四周傳來一陣喧鬧的喝彩聲，所有充當獄卒的衛兵都擠在俞通海的禁閉室中，把後者像個大英雄般圍在中間，爭搶著獻殷勤。

他們光顧著高興，跟在朱重九身後的路禮卻嚇得臉色蒼白，三步兩步衝過去，喝斥道：「今天誰當值，給我出來！」

親衛待看清楚來人是路禮，迅速恢復冷靜，「團長，您別生氣。我們看俞哥是個英雄……」

「夠了，都給我滾出來。我會將此事告知軍法處！」路禮兩眼冒火，對著當值的夥長楊老三咆哮。

眾親衛終於知道闖了大禍，一個個低下頭。

俞通海看了一眼路禮，嗔怪道：「行了，老路，給我個面子……主公！」他看到路禮拼命在眨眼暗示，向後面一看，不禁魂飛魄散，「主公，末將……」

「我聽見了，你也是近衛旅的老資格了，我當年是這麼教你們的？視軍中規矩如兒戲！」朱重九面沉似水，冷笑道。

怪不得俞通海敢擅自決定向朱重八的艦隊開炮，**原來自己身邊所有人，從長史蘇明哲到普通一兵，都視軍令如兒戲！**這還是在自己身邊，放到其他幾個軍團下面，恐怕更是為所欲為。

人一鑽死牛角尖，就根本無法保持理性，只覺得自己先前諸多努力，全都一無所獲，歷史依舊會按照慣性隆隆前行，除了皇位上的那個人可能從重八變成了重九，其他一切照舊。

越想他越是失望，連呵斥俞通海的興趣都提不起來了，轉頭就走。

這下，可讓俞通海和路禮等人徹底慌了神，趕緊追出來，搶在自家主公的側前方舉手行禮，「報告主公，末將馭下不嚴，請主公責罰！」

「報告，主公，末將再也不敢了，真的再也不敢了！」

「我責罰你作甚？我這個主公倒行逆施，辜負爾等良多！」朱重九冷冷地道：「至於你俞大將軍，連禁閉室都能當酒館子的人，我更不敢招惹！」

「主公！」路禮和俞通海聞聽，心裡愈發惶恐，雙雙跪倒在地求饒道：「主公切莫生氣，我等甘領任何處罰！」

「反正你等心裡都不服，處罰有何意義？」朱重九嘆了口氣，繼續搖頭而行。

「服，我服，末將心服口服！」俞通海撲上前抱住朱重九的大腿，「主公對末將恩同再造，就是讓末將去死，末將也心服口服，主公不要生氣，末將這就回去關自己禁閉，永遠都不再出來！」

朱重九不想再聽，掰開俞通海的手，繼續往前走去。

他今天是真的有些傷了心，覺得自己在世間根本屬於多餘，假若沒有自己存在，十幾年後，蒙古人的殖民統治一樣會被終結，漢家江山一樣會重整，胡大海、徐達、劉伯溫等人一樣會名留青史；而自己的出現，不過是做了朱元璋原本做的事情，對這個世界沒任何影響。

俞通海見狀，嚇得魂飛魄散，急追上去，再度抱住朱重九的雙腿，哭著道：「都督不要生氣，末將這條命都是你的，你要殺就殺，要打就打，千萬不要對末將不聞不問，末將不是那忘恩負義之人啊！末將從小被狗皇帝貶為編戶，朝廷不拿末將當蒙古人，周圍鄰居也不拿末將當漢人，末將當了水匪都不受同行待見，只有都督，從沒在乎過末將是哪一族，從沒把末將當作另類。嗚嗚嗚嗚……」嚎啕大哭起來。

「都督，末將也是見到了都督之後，才知道要活出個人樣來！」一路禮在旁邊聽了，眼圈也紅了，跪地叩首道：「末將雖然是李帥的親信，但當初在徐州城時，就發誓要追隨都督，都督對末將說過的每一句話，每一個字，末將都記得，如果沒有都督，末將根本不知道自己會活成什麼樣子！」說著說著，也是淚流滿臉。

朱重九聽了，心裡則是五味雜陳，自己知道朱元璋在另一個時空歷史上做過的那些事情，自己佩服朱元璋是個大英雄，可俞通海、蘇先生、路禮他們不明白，他們只是按照這時代一般人的想法選擇自己的行為。

第四章

權謀天下

戰爭是最好的試金石，
朱重九向大夥展示的不僅僅是淮揚大總管府短期內的運行宗旨，
同時還非常清晰地透露出一個目標：爭奪天下！
在機會不成熟時暫且選擇隱忍，選擇厲兵秣馬；
時機一到，立刻向周圍亮出鋒利的牙齒！

「都起來吧！」想到這兒，朱重九幽幽地嘆了口氣。「男子漢大丈夫，哭哭啼啼成什麼樣子？」

「都督如果還生氣，我就不起來！」俞通海在自己臉上抹了一把，鼻涕眼淚弄得一塌糊塗。

「我說過淮安軍不行跪拜之禮，爾等忘了麼？」朱重九把眼睛一豎，厲聲怒道。

這句話可比溫言撫慰更管用，俞通海和路禮雙雙跳了起來，舉手行禮，「是，主公，末將這就去領軍法！」

「都給我回來！」朱重九命令。

「是！」路禮和俞通海二人像被踩了剎車一樣踉蹌著站穩，挺胸拔背，聽候處置。

「當時的情況，和州軍來意不明，你衝著他們的戰艦開炮，手段固然過於激烈，站在純軍事角度，卻也不能完全算錯！」朱重九看著俞通海，坦誠道。

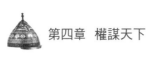

「都督！」俞通海眼圈又是一紅。

「但高郵之約既然還在有效期內，我也不能對你的行為視而不見，至少在三年之內，咱們淮安軍還沒有以一己之力扛住天下群雄圍攻的本事，所以我必須給外界一個交代！」

「末將甘領任何責罰！」俞通海垂下頭。

「那好！」朱重九聲音陡然轉高，「長江艦隊軫宿分隊提督俞通海，從今天起，你被撤銷在長江艦隊中的一切職務，降為陪戎副尉！」

「是！」俞通海的身體微微一僵，啞著嗓子答應。剛剛到手還沒捂熱的水師官職丟了，好在還能繼續留在淮安軍內。憑著自己的本事，多立幾次戰功，也許沒多久又能重新站起來。

「陪戎副尉俞通海，從今天起，離開水師，去膠州組建青島護航隊，為前往倭國交易的商船提供護航服務。海門船塢仿製的五艘大食縱帆船在加裝火炮之後，會編入青島護航隊序列。等改進過的福船下水，也會優先補充給護航隊。護航隊暫時歸大總管府直轄，不算在淮安軍行列。其他各項職位待遇，與淮揚商號等同！」

「這……」俞通海一時無法接受如此多的資訊，呆著發愣，直到後腰處被路禮狠狠捅了一下，才木然地給朱重九敬禮，「是，主公，末將定然不負所託！」

「希望你把你這份果決和狠辣用在海盜身上！」朱重九語重心長地道：「另外，我會將俞通淵也調過去協助你，你們兄弟算是水師世家，儘快給我打造出一支遠洋艦隊來。外邊海闊天空，咱們在窩裡橫不算本事，像大不列顛，像大食人那樣，把船隊開到萬里之外才是真本事！」

「是！末將若辜負了都督，寧願提頭來見！」俞通海終於明白朱重九的意思，興高采烈地發誓。

「還有你！」朱重九將頭轉向路禮，「馭下不嚴，關禁閉五日，五日之後，也去青島護衛隊任副統領，時刻盯著俞通海，免得再受他的拖累！如果將來他再犯了錯，你就一道連坐，沒有道理可講！」

「是！」路禮行禮，回答的聲音中多少帶上了幾分沮喪。

與俞通海這個水師萬戶的兒子不同，他對海洋幾乎一無所知，而中原人骨子裡的傳統，又讓他覺得死在陸地上，魂魄才會有所皈依，帶領一支艦隊遠赴茫茫大海，弄不好就是命喪域外，死無葬身之地的後果。

「明天一早到蘇先生那裡拿了文憑，坐船出發！」朱重九又吩咐了一句。

這時，蘇明哲拄著包金拐杖迎了過來。「小彭將軍回來了，在門外等著拜見主公。」

「小彭將軍？哪個小彭將軍？」朱重九納悶地問。

「是彭早柱，彭大的長子，前些日子跟著彭大去了汴梁，今天不知道為什麼又偷偷跑了回來！大概是到了汴梁覺得和自己先前想的完全不一樣，所以又念起了主公這邊的好處！」

「嗯——」朱重九輕揉自己的太陽穴，跟這些遺老遺少打交道，對他來說，比提著刀子上戰場還累，至少在戰場上，他知道哪個是敵人，哪個該殺；而面對趙君用、彭大、朱元璋等人，他心裡卻存著太多的羈絆。

「主公不妨聽聽他說些什麼，彭大那個人我知道，性子差了些，卻是直心腸，不像趙君用，肚子裡頭全都是彎彎繞！」蘇先生勸諫。

「行！」朱重九輕輕點頭。「既然他來了，我不見他也說不過去，你讓人帶他進來吧，我在二堂等著他！」

所謂二堂，其實是議事廳旁邊的一個側殿，用來作為朱重九處理公務時的短期休息之所，也意味著在此會見的人和處理的都是私事，與公事沒太大關聯。

蘇先生心領神會，答應一聲，將彭早柱領到了二堂。朱重九早已命人準備好茶水和點心，見到彭早柱，起身相迎道：

「你怎麼自己跑回來了？彭總管呢，他還好吧？其他人呢？大家最近過得如何？小明王的登位大典辦得熱鬧吧？」

彭早柱躬身施禮。「多謝八十一叔掛念，我爹他們都好，小明王的登位大典……」他咧了咧嘴，不知道該如何形容。

小明王從現在起應該叫宋王了，據說還要回歸祖姓，為趙氏第多少代孫。為了彰顯正統，汴梁那邊弄出了一整套繁瑣至極的禮節，極盡奢華之能事；但給大夥的感覺，卻跟過去蒙古王爺跟喇嘛們每年例行拜祭神佛的場景差不多，只是拜祭者換了幾個人而已。

彭大當天覺得非常鬱悶，回了宋王殿下特地賜給大夥的駐地就牢騷滿腹，潘癩子也覺得很沒意思，當年芝麻李活著時，都沒這麼揮霍民財，小明王無尺寸之功，卻像個神仙般被高高供在大夥頭頂上，實在怎麼看怎麼彆扭；倒是趙君用，無論大典前還是大典之後，都跟左丞相杜遵道打得火熱，恨不得穿上同一條褲子般。

「姓杜的是看上了大夥手中的兵馬，想拉著大夥一道對付劉福通！」潘癩子一語道破了真相。

汴梁紅巾內部不和，劉福通帶領主力攻打洛陽，丟給杜遵道和羅文素兩人的只是個空殼子，而朱重九在揚州雖然剝奪了大夥的權力，卻把大夥剩餘的嫡系家底都准許保留了下來，並且平素糧餉供應一概比照淮安軍，從沒有過什麼匱缺。

兩相比較，高下立刻一清二楚。特別是朱重九雖然富可敵國，吃喝用度卻跟

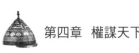

芝麻李一樣簡單，而杜尊道和羅文素等人則怎麼揮霍怎麼來，更是讓人對他們心生懷疑。

所以彭大等人後悔不迭，覺得自己這半年多來不該礙著面子，始終沒有接受芝麻李的遺命，但如果領著兵馬再回頭，恐怕以當下的本事和實力，自己頂多被封個統制做，還得給徐達、胡大海、吳良謀這些人打下手，面子上無論如何也放不下。

於是雙方商量來商量去，乾脆決定在汴梁混一段時間，看看有沒有新的獨立門戶的機會。但為了今後不至於絕了退路，就把幾個小輩都派了回來，反正他們都算是朱重九的子侄，即便給自家叔叔當親兵也沒什麼好丟人的。

只是這些私下裡的算盤，實在無法明言，所以彭早柱憋得滿頭大汗，結巴了半天也沒說出個子午卯酉來。

朱重九見狀，豈能不知道他心中另有苦衷，於是安慰道：「路上累壞了吧，回來就好，等會兒去外邊吃一頓，咱們爺倆兒邊喝邊聊。」

「八十一叔，我爹……」彭早柱的臉色更紅，給朱重九敬了一個軍禮，「八十一叔，我爹說他拉不下面子來，所以無法回頭，但我和潘封、張茂他們是晚輩，所以讓我們到您帳下效力，哪怕是從一個小兵做起，都心甘情願！我爹和潘叔都說，八十一叔這裡公平，只要我們肯努力，就不愁沒前程！」

彭早柱決定實話實說。「我跟潘封都上過戰場，張茂他們年齡雖然小一些，這幾年也請了教頭打熬武藝，所以當小兵的話也不會給父輩們丟人！」

「好，你們有這個心思就好！」朱重九欣慰地道：「那你們就先去講武堂讀一年速成班，然後按照畢業生標準安排職務，你們用心學，即便將來不留下，也能回去幫你們的父親！」

「多謝八十一叔成全！」彭早柱高興地說。

「去吧，告訴張茂他們，讓大夥都安心。晚上記得過來吃飯，我給你們幾個接風，太白樓！」朱重九給對方又吃了一顆定心丸。彭早柱歡喜地退下。

蘇先生湊趣說：「恭喜主公，賀喜主公，周公吐脯，天下歸心！」

朱重九瞪了他一眼，笑罵道：「我要是周文王，你就是姜子牙，先丟到渭水河邊釣上二十年魚再說！」

「臣願為主公做任何事！」蘇明哲滿臉獻媚。

「別偷懶，去江灣新城巡視一圈，有什麼問題立即解決。黃正讀書少，很多事處理起來未必妥當！」朱重九命令道。

江灣新城是為了利用水力和保密的雙重需要，特地於長江向北岸內凹處打造出來的巨大工地。隨著新式生產技術的推廣，一些非官辦工坊也主動朝那片區域聚集，導致新城的管理難度與日俱增，身為工坊主事的黃老歪每天累到口吐白沫，依舊無法令其運轉完全順暢。

而黃老歪心胸又略有些狹窄，跟麾下的許多屬吏都合不來，這令工局處理事情能力愈發孱弱，搞得朱重九不時得親自或者安排能令黃老歪服氣的人過去搭把手，以免延誤體系的運轉。

蘇先生自然分得出輕重，立刻收起嬉皮笑臉，正色回道：「是，微臣馬上坐車過去。黃正的身體開春以來就不太好，您看是不是要他先退下來，將養些時日？」

「有合適接替的人選麼？」朱重九明白蘇先生的意思，

「人選是有，姓許，原本在淮安做過小吏，人很精明，處理起事情來也很果決！」

「他現在做什麼職務？」

「是財局的都事，去年立過功勞，我讓內務處查過他的底細，忠誠方面應該沒問題！」蘇先生想了想道。

「嗯，先調到工局去給黃老歪做個……」朱重九猶豫了一下，又搖頭道：

「還是算了，免得你麾下又缺人手。你從第一次科舉考上留用的人裡給黃老歪調幾個過去，然後平素多盯著些。黃老歪是個有心的，自然知道該怎麼做！」

「那樣也好，主公考慮得比微臣周全！」

能用科舉選拔出來的人才，就儘量不用舊朝遺留下來的小吏，這幾乎是淮安系一條不成文的規矩。雖然後者比前者更有經驗，但前者對大總管府的認同感遠遠超過了後者。

「也就是兩三年而已，大夥咬緊牙關熬一熬，等咱們的府學、百工技校和講武堂的學生畢了業，就不會這麼艱難了！」

二人又商量了幾件瑣事，然後蘇明哲離開，朱重九則再度將頭埋入案牘之中。

時間在忙碌中飛快地流逝，一轉眼已是日落。當值的親兵連長進來提醒了一句，讓朱重九想起來自己還請了人吃飯，於是放下筆，伸了個懶腰，振作精神出了行轅，早有安排好的馬車，將幾人送到運河畔最大的一座酒樓。

酒樓老闆提前便得到了通知，精心準備了酒席菜色，殷切地在門口等待迎接一行人的到來。

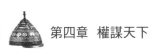

待朱重九等人一到，直接被送上二樓的包廂，不一會兒，一道又一道揚州的時鮮美味就被端上了餐桌。

彭早柱等人雖然稱朱重九為叔，實際上雙方年齡卻沒差幾歲，所以幾杯熱酒下肚之後，大夥不再是先前戒慎恐懼的模樣，舌頭漸漸俐落，說的話也越來越坦誠。

「我爹說，過去他很多事情做得莽撞，所以要我替他當面向您賠罪！」潘癩子的兒子潘封端起酒盞，朝朱重九微微躬身，「這一盞，小侄先乾！我們父子失禮之處，還請叔父原諒！」說罷，將酒水一倒而空。

「這是哪裡話？令尊與我都是李帥的舊部，打斷骨頭連著筋，即便有誤會，也沒人會放在心上，況且在徐州時，我的許多部屬還是令尊和彭都督、張將軍他們贈送的！」朱重九舉起酒盞抿了一口道。

內心深處，他對彭大等人的離開，原本就不是非常介意，因為這些人根本無法融入淮揚體系，留下來只會給自己添亂，因此他主動離開，反而讓彼此都輕鬆許多，至少他不用再擔心哪天彭大等人萬一觸犯了淮揚的律例，自己不得不對他們下刀。

「小侄還有個不情之請，不知道叔父能否通融一二！」潘封細細觀察朱重九的臉色，見他的確沒有不悅之色，於是舉起第二盞酒說道。

「說吧，只要不違反淮揚的律例，能幫的我肯定會幫！」朱重九輕輕點頭。

「小侄等都是叔父的晚輩，私下見面時，自然執晚輩之禮；但公開場合，小侄卻希望能和別人一樣，叫叔父一聲主公！」潘封的聲音變得有些急切，舉在手中的酒盞微微顫抖，不小心將酒水潑出來，濺濕了腥紅色的地毯。

其他少年也紛紛舉起酒盞，等著朱重九的回應。

不比較，不知道淮揚的好處，待親眼目睹了汴梁的腐朽與做作之後，他們心裡才明白到底那邊前景更為光明。

「你們能來，朱某歡迎之至，包括彭都督，趙都督和潘都督，如果將來在外邊走得倦了，朱某這邊都給他們留著容身之所！」朱重九誠心地道：「但是，朱某卻不能隨便開這個先例，讓你們叫主公，如果你等能在講武堂畢業，憑本事進入淮安軍中，或者從其他學堂畢業，進入百工坊、淮揚八局一院，朱某這個當長輩的，也絕對不會將自家子侄拒之門外！」

「八十一叔！」幾個少年舉著酒盞，聲音哽咽。

類似的話，他們下午已經聽彭早柱轉述過，但此刻聽朱重九再度闡述，卻是別有一番感覺。

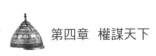

八十一叔是公正的，沒有因為他們父輩的過失就遷怒於他們，對他們另眼相看；同樣的，也不會因為他們父輩的功勞就照顧他們，替他們開闢一條金光大道。

「朱某當初和你們的父輩是被官府逼得不堪忍受了，才提起刀子造了反！」朱重九抿了口酒，緩緩說道：「**朱某這輩子最不想看到的，就是老百姓又被朱某逼得揭竿而起**，所以爾等雖然為故人子侄，朱某也不能照顧太多，否則朱某自己開了這個頭，底下就有一大堆人照貓畫虎，用不了太久，淮揚與蒙元就沒什麼分別了。你們既然出去轉了一圈，應該懂得我的話不是杞人憂天！」

「原來沒感覺，這次去了汴梁，才發現揚州比其他地方繁華太多！」察覺到氣氛不對勁，潘封給彭早柱使了個眼色，將話頭往別處引。

「是啊，我們前後走了不過一個多月，回來一看，又有幾十家店鋪開了張。」彭早柱誇張地附和道。

「可不是麼？八十一叔這邊什麼都能買到，汴梁那邊，有時候拿著銅錢都找不到賣東西的地方！」

「東西幾乎都是從淮安運過去的，價格比這邊貴了足足兩倍還多！」

眾少年七嘴八舌，議論紛紛，起初還有幾分恭維的成分在，說著說著，不禁將汴梁與淮揚的異同比較了起來。

無論城池規模還是人口數量，汴梁都絲毫不亞於揚州和淮安，但市井間的繁華程度卻是天壤之別。

採用了大量水力機械的淮揚工坊，令許多商品的成本降低到令人髮指的地步，這些商品到達汴梁之後，又以相對優秀的品質和精美的工藝將當地貨打得落花流水。如此一來，導致老百姓手中的餘錢就越少。

老百姓手中缺乏餘錢，就越捨不得將其花出去，成為惡性循環，但與日益凋敝的民生形成鮮明對比的，是某些汴梁紅巾的實權人物，卻輕鬆地掌握大筆財物，日子越過越奢靡。

少年們沒學過經濟學，無法解釋他們看到的怪異景象，但是憑藉敏銳的直覺，發現了汴梁紅巾的前景不妙。照目前態勢發展下去，淮安軍哪怕是不動用武力，也能一點點將周圍的許多勢力，包括汴梁紅巾給逼上絕路，並且速度絕對不會太慢，也許是五年，頂多是十年就可以看到結果。

酒樓夥計端著精美的漆盤，將幾道剛剛出鍋的菜蔬呈了上來，少年們的談興被美食打斷。

「八十一叔這邊的老百姓，看著都跟別的地方不一樣！」張氏三雄的遺孤張洪生感慨地說道：「在汴梁，大夥出去吃飯。掌櫃和夥計一起打哆嗦，好像咱們吃飯不給錢一般！」

「那邊就是不給錢！」他的叔伯兄弟張洪亮不勝酒力，紅著脖子道：「我親眼看到過，掌櫃的跟在後面求告，被他們一巴掌打了個滿臉花！」

「胡說，都是紅巾軍，怎麼可能如此不堪！」彭早柱瞪了張家老二一眼，「劉帥在時，對軍紀要求也是極嚴的！」

「關鍵是劉大帥不在，其他人又忙著爭權奪利！」張洪亮毫不畏懼地反擊道：「杜遵道想爭權，就得許給底下人好處，他又拿不出實際的東西來，所以乾脆任由下面的人貪贓枉法，橫行霸道。等劉大帥回來，發現不管不行了，就得下手懲治一批人，然後就會失去那些官吏的擁戴，他杜某人的目的就徹底達到了，神不知鬼不覺！」

「嗯？」朱重九的注意力被張洪亮吸引，朝後者打量著，發現這個張家老二身材遠不及其他少年粗壯，眼神看起來卻明亮許多。即便是在酒醉的情況下，說出來的話依舊有根有據，條理分明。

相比之下，彭早柱的性子就有些粗疏了，並且還自以為是。

只見他在張洪亮的後頸上掐了一把，數落道：「你又不是杜遵道的幕僚，你怎麼知道他到底在謀劃什麼?他雖然跟劉大帥將相失和，但總不至於拿整個汴梁紅巾的前途做賭注!」

「那可未必，江山不是他打下來的，他賣了也不心疼!即便爭不過劉大帥，他還能去投蒙古朝廷呢，官照做，錢也不比這邊少拿!」張洪亮嘟囔了一句，然後把頭扎進飯碗裡，悶頭大嚼。

「八十一叔別聽這小子瞎說，那邊個別明教子弟的確鬧得有些不像話，但大多數弟兄都還沒忘了本。」彭早柱解釋，「關鍵是劉福通丞相不在，如果他能回來的話，隨便咳嗽幾聲，就能讓宵小之徒不敢再胡作非為。」

「關鍵不是劉大帥在不在，而是沒規矩，即便有，也不肯認真遵從!」張洪亮低著頭，繼續嘟囔道：「不像淮安這裡，什麼可以做，什麼不能做，早就規定得好好的。即便是明教元老敢壞了八十一叔的規矩，一樣要坐牢打板子。我最佩服八十一叔的就是這……」他猛然抬起頭，崇拜地看著朱重九。

除了半工業化的作坊和越來越犀利的火器之外，**朱重九帶給淮揚最大的貢獻，就是規矩**。因為這裡尊重規矩，所以淮揚上下的官吏們輕易不敢濫用手中權力；也因為遵守規矩，所以比起其他地方來，淮揚百姓心裡就多出了幾分安全感，舉手投足間也多出幾分自信；因為重視規矩，趙君用和彭大等人才敢壯著膽子不遵從芝麻李的遺命，對朱重九這個東路軍的主帥百般刁難，因為他們知道，只要在規則的範圍內，無論他們怎麼折騰都是安全的，哪怕是跟汴梁方面勾勾搭搭，守規矩的朱重九就不會動用淮安軍。

由於受父輩影響，少年們都覺得朱重九迂腐可欺，等親眼目睹了汴梁的混亂情況後，才豁然發現原來**規矩是把雙刃劍，當它不能保護普通百姓時，勢必也不能保護一個達官顯貴，青雲之路無終點，當你享受權力的快感對別人肆意碾壓時，早晚有一天，你會被更高的權力碾壓成粉**。

屋子裡瞬間變得安靜起來，朱重九敲了敲桌案，笑道：「好了，今天是家宴，咱們不說這些。。。等會兒吃飽喝足，你們到徐旅長那說一聲，無論是想去讀講武堂，還是想去幹別的事情，我都儘量安排！」

「八十一叔，小侄想去讀府學！」又是張洪亮帶頭。

「小侄想去讀百工技校！」

「小侄……」其他少年紛紛接口。

少年們的選擇大大出乎了朱重九的意料，本以為少年們的志向會和他們的父輩一樣沙場逞雄，萬萬沒想到，居然有超過一半的少年不願意再與刀劍為伍。

「不急，大夥儘管按照自己的心思來！」看著一張張稚嫩的面孔，朱重九鼓勵道：「想清楚了再做決定也不遲，只要是你們自己的選擇，我都會尊重，我和你們的父輩打生打死，不就是為了能讓你們多一些選擇麼？」

在這一刻，朱重九驕傲地發現，**原來自己的存在，並非沒有意義！至少自己的到來，已經給這個時空帶來了許多影響**，哪怕是自己最後不得不向現實做出妥協，哪怕是自己有朝一日成了皇帝，**新的帝國也終將與另外一個時空中的大明帝國截然不同**。

帶著幾分期許，他與少年們杯觥交錯，喝了個暢快。待客人們紛紛不勝酒力告辭時，天色已經全黑。

徐洪三派了馬車，將彭早柱等人送回驛館後，又親自將朱重九扶上另外一輛馬車，一路小心警戒著返回大總管府邸。

府門口早就掛上了一串燈籠，照亮晚歸人回家的路，花徑兩旁也是燈球串串，燭火玻璃罩內跳動著溫暖的橙光。

祿雙兒帶著幾個陪嫁，在二門口處從徐洪三手裡接下了丈夫，然後一路攙扶著回到臥房，伺候朱重九洗漱，喝下醒酒湯，再將他扶在床沿旁坐好，脫下靴子和襪子，將雙腳輕輕地泡在一盆溫水中。

一股柔柔的暖意從腳底緩緩上湧，朱重九的神智迅速恢復，撈起祿雙兒的手指，「我自己來就行，跑了一整天，又髒又臭……」

「夫君，姐妹們都看著呢！」祿雙兒掙了幾下沒掙脫，紅著臉嗔怪道。

「姐妹們？」朱重九轉頭一看，這才發現今夜的情況有些異常。兩年來很少進入他們夫妻臥房的婢妾們，居然一個不少地都站在床榻旁，身上都只穿著薄薄一層衣物，胸口處春光無限……

「夫人您先歇一歇，讓我們來伺候老爺洗腳！」沒等他下令逐客，八個婢妾已經蹲下身來，紛紛按住他的腳。「老爺別動，水稍微有點熱，熱才能解乏！」

「老爺……」

所謂七嘴八舌也不過如此，朱重九被吵得滿頭是汗，轉頭求救般看向自己的妻子，誰料原本對他百依百順的祿雙兒，今天卻性情大變，用蚊蚋般的聲音說道：「古人云，不孝有三，無後為大；又云不娶無子，絕先祖祀，乃為不孝。妾身本非善妒之人，成親數年，蒙夫君獨寵卻始終一無所出……」

「打住，打住！」朱重九聞聽，額頭上的汗珠更多，給自己丈夫塞女人，並且一塞就是八個?!這種幸福，即便是韋爵爺當年估計也享受不起吧？況且自己跟這幾個女人雖然每天低頭不見抬頭見，可也僅限於互相打個招呼而已，怎麼可能忽然間就睡到床上去，只為了繁衍子嗣？

「老爺，我們早已是你的人了。請老爺垂憐！」

「老爺憐惜，妾身雖蒲柳之質……」

「妾身入門兩年，始終未得老爺多看一眼，妾身自問非容顏醜陋之女，對待姐姐也禮敬有加……」

「願為二月花，零落逐春風……」

「停，停下！」朱重九大喝道。

八個女人主動投懷送抱，環肥燕瘦，各有千秋。他正值血脈旺盛的年紀，要說對八個妖嬈女子毫無反應，那是自欺欺人，可當著原配的面將別的女人撲倒，遠遠超過了他的道德底限。

「夫君對妾身的寵愛，妾身心裡清楚，但妾身不能因為夫君的寵愛，就斷了朱家子嗣，否則今晚之後，妾身就只能找一處青燈古剎終日誦經，以贖己罪了！」祿雙兒垂首道。

「老爺，妾身究竟犯了什麼錯，才令老爺始終不假辭色？」

「老爺……」

「都給我閉嘴！再不停下，我將你們全都掃地出門。」朱重九王霸之氣四射。

「老爺……」眾妾從沒看過他如此生氣，一個個嚇得手掩嘴巴，珠淚盈盈。

「夫君……」祿雙兒揚起一張淚眼，梨花帶雨。「今晚之事，都是妾身一個人的主意，與姐妹們無關。」

朱重九氣得抓住祿雙兒的胳膊，「不准胡思亂想，我既然娶了你……」語調漸漸放緩，「既然娶了你們九個，我自然不能不認帳，但凡事都得慢慢來，你們需要時間，我也需要時間慢慢去適應，都別著急，今後的日子還很長！」

那八名婢妾，其中年齡最大者也不過十七虛歲，對男女之事原本就懵懵懂懂，被兩年的深閨生活逼得狠了，才豁出臉皮去自薦枕席，如今總算聽到朱重九一句肯定的話，頓時羞得渾身發紅，嚶嚀一聲，掩面而走。

祿雙兒委屈地道：「夫君，妾身知道夫君對妾身的心意，但是妾身與夫君成親兩年卻……」

「急什麼，你才多大！」朱重九將祿雙兒抱於胸前，「這麼小就要孩子，你就不怕把命搭上？」

「妾身今年都二十歲，不小了！」祿雙兒緊緊抱住丈夫，「施學政去年娶的夫人比妾身還小兩歲，已經懷孕三個多月了，妾身，妾身……」

朱重九愛憐地低頭吹熄了蠟燭。

……

他駕著一葉扁舟在大洋中前行，四下裡都是海水，看不到港灣。幾片粉紅色的海藻忽然從水中探了出來，好奇寶寶一樣纏住了船舷，朱重九俯身試圖將海藻撥開，誰料海藻卻忽然變成了章魚的腕足，沿著他的胳膊蜿蜒而上……

「啊——」朱重九吐了口氣，緩緩地睜開眼睛。

做噩夢了，自打兩個靈魂融合後，他總是能意識到夢境與現實的區別，強迫自己從夢中清醒過來。

不過今天的情況有點怪，有種纏繞的壓迫感一直留在胸口處。朱重九低下頭，看見妻子像隻八爪章魚般死死地抱著自己，眼角處依稀還有未乾的淚痕。怪不得睡夢裡有海水的味道！朱重九愛憐地伸出大拇指，輕輕抹去妻子眼角的水跡。

祿雙兒心裡很慌，這一點，透過昨夜她在熄燈後瘋狂的表現就能看出，外面的那些風言風語最終還是吹進了院子當中，讓她承受了太大的壓力。

淮安軍需要一個後備靈魂，朱總管需要一個兒子傳承基業，先前那個臨時制定的繼承順序存在太大的隱患，很容易滋長個人野心，不利於淮安軍問鼎天下……所有人的出發點都很好，所有理由表面看起來都非常充分，卻沒人想過，作為大總管夫人的祿雙兒心中會做何感受。

不知道從哪個朝代起，「不妒」成了女人賢良淑德的標準，越是大戶人家的女主人，越要主動替丈夫張羅小老婆，彷彿傳宗接待就是所有女人唯一的功能！

這世間應該沒有任何女人會心甘情願的和別人共用一個丈夫，可她們不得不屈從於壓力，屈從於時代，所以她們只能小心翼翼地藏起自己的心思，退而求其次，所以祿雙兒將八個陪嫁組織起來，共同構築最後一道防線，就成了祿雙兒最聰明的選擇。

至少她們在出嫁前已經是同族姐妹，關係比另外的女人容易相處得多，一旦其中一個產下孩子，按規矩交給大婦撫養，養母和生母之間至少還有血脈相連，不至於對孩子過分苛刻。

想到此節，朱重九忍不住又輕輕嘆氣，自己到底給這個世界帶來了多少改變？如果連自己娶幾個老婆，生不生孩子都無法自主的話，其他人的選擇權就更小了……

「夫君不開心麼？」祿雙兒其實在丈夫幫她擦去淚痕的那一瞬間就醒來了，只是害羞不願睜開眼睛而已，聽見嘆氣聲，趕緊小心問道。

「沒有！」朱重九不想讓自己的情緒感染到妻子，看著祿雙兒說道：「我在想公事，高郵之約還有三年半才能到期，北面的蒙古人也沒那麼容易對付，但蘇先生他們卻恨不得我現在就去跟朱重八同室操戈，那個朱重八好像也巴不得我去打他一樣，總是暗地裡弄出許多陰險勾當。」

「那夫君跟蘇先生他們說過你不想同室操戈的理由麼？」祿雙兒用胳膊支著頭，很認真地問。

「沒有啊，這個還用說麼？」朱重九微微一愣。

「夫君不說，他們怎麼會知道呢？搞不好他們還覺得夫君只是拉不下面子，他們是在主動替夫君背黑鍋呢？」祿雙兒閃著大眼睛道。

「雙兒，我的好雙兒，你太棒了！」彷彿夜行的旅者看到了一道晨光，朱重九猛的親吻著祿雙兒的臉說：「我從沒跟他們說清楚，他們當然按照自己的想法亂猜。我有辦法了！」

「夫君，外邊還有人呢。」祿雙兒羞得渾身發紅。

「啊？哈哈哈……」朱重九這才想到兩人彼此不著寸縷，看著妻子漸漸豐滿起來的身體，一陣氣血上湧，隨即來了個烏龍翻身……

簾外雨潺潺，有數對黃鸝在芭蕉的葉子下淺鳴低唱。

待兩人再度醒來，已是日上三竿了。祿雙兒臉薄，匆忙伺候朱重九洗了把臉，就將他推出了臥房，自行慢慢收拾戰場。

朱重九神清氣爽，長長地伸了個懶腰，信步趕去自己日常處理公務的地方。八局一院的主事凡是留在揚州的，都早已到齊了，正在交頭接耳的商量彼此配合的公務。看到朱重九這個大總管姍姍來遲，卻沒一個人起身指責其「耽誤政事」，反而會心地相視而笑，彷彿自家主公終於迷途知返一般。

「今天有什麼要緊事麼？各局之間有沒有糾纏不清的官司？」他清了清嗓子，一本正經的詢問道。

「沒有，大總管請放心，政事如常！」眾文武異口同聲地答應著。

「江南的軍情如何，徐達和胡大海他們打到什麼地方了？」

彷彿預先排練過許多遍般，其中年紀較大者，如蘇先生、黃老歪等，還偷偷地擠眉弄眼，彷彿在說「你儘管去造人，外邊的事有我們幫你看著！」

朱重九聞聽，頓時又是一陣氣結。

「蒙元淮西宣慰使、水師都元帥康茂才請求投降，但徐達認為他開的條件太高，雙方正在繼續談判，估計三日之內就會有最終結果。」幾個高級參軍回道。

「學局那邊呢，今年的秋試安排的如何了？各級學校的開辦進度怎麼樣？」朱重九又問。

學局主事祿鯤站起身，有條不紊地回道：

「秋試的題目已經在擬，府學今年會有一百五十四人結業，待本學期結束就可以錄用。淮安、高郵、揚州等地的小學也都在各縣城重設，徐州、睢州和宿州等地受洪水破壞較大，人丁稀薄，所以暫時只能在府城開設。此外，集賢館那邊，本月有二十七名才俊前來應募，學局和內衛處準備聯合對他們的能力和人品進行考察後，推薦給大總管府其他各局量才錄用。」

「很好！俞通海擅自向友軍開炮，我已經下令撤了他的職，轉去膠州港組建護航隊，路禮和他的手下明知俞通海有罪在身，卻在其關禁閉期間為其提供酒水，也被我一併踢了出去！諸君對此有什麼意見？」

「主公處置得當，兵局上下無不嘆服！」兵局主事徐達出征在外，新任副主事馮國用站起身回道。

「無規矩不成方圓，主公撤他的職也是應該，至於出任護航隊提督，則是對他當機立斷的獎賞，主公處理得極為恰當！」逯魯曾顫巍巍的站起來道。

「主公賞罰分明，臣等嘆服！」

「臣等毫無異議！」

……

各級核心官吏紛紛開口，對朱重九的決定表示支持。

「俞通海和路禮的分工不同！」一片讚聲中，朱重九提高聲音：「俞通海乃是水師萬戶之子，熟悉海戰，所以負責這支護航隊的所有軍務，無論大小。路禮去那邊，是要看著他，監督他不要再觸犯軍律，打不打得贏，歸俞通海負責；打與不打，他必須與路禮取得一致後，方能決定！」

「主公莫非要讓路禮做監軍麼？」逯魯曾第一個做出了反應。

監軍之策，古已有之，但從史冊留下的記錄中，監軍往往都沒起到什麼好作用，如唐代的邊令誠、宋代的童貫等，個個都是毀滅了一支自家精銳的罪魁禍首。

「算是監軍，但與監軍略有不同！」朱重九笑道：「第一，我不會用太監；第二，監軍本身也必須精通軍務；第三……路禮這次是個特例，今後凡是出任監軍者，都要去講武堂做專門訓練。我親自擔任訓導官，科目、教材的編寫都由我看過了之後才能頒行！」

「這……」逯魯曾肅立拱手，「既然主公心裡已經有了定論，老臣就不再多言，但凡事切記不可操之過急。」

內心深處，他其實非常不贊同孫女婿的做法，然而想到淮安軍今後的兵馬會越來越多，而諸將必然會常年領兵在外，就不願意再多嘴了。

其他眾文武對朱重九從原來對麾下各軍團主將大肆放權，到突然開始設置監軍，也多少有些不適應。但出於對自家主公的尊敬與盲從，也都不願意當眾表示出反對的意思，只有劉基捋著一撮短鬍子做欣慰狀，彷彿朱重九此舉甚合他的期待一般，讓人無端湧起許多遐想。

「如果沒人反對的話，這事今天就定下來。」見眾人沒有提出異議，朱重九高聲宣布：「兵局和吏局共同擬定出一個具體章程，旅級以上隊伍，兩個月之內必須設定監軍一職。團、營兩級都可以放緩，但最晚不得晚於年底。監軍人選可以讓各兵團的主帥自己推舉，但推舉後要經兵局和吏局的審核，通過後統一送到講武堂來做相關培訓。」

「是，主公！」眾文武齊齊答應。大夥隱隱感覺到，今天的朱重九身上所展現出來的氣質與往日有許多不同。

至於這些不同是因何而起，大夥就不得而知了。以如今淮揚大總管府的忙碌程度，也沒人還有精力去刨根究底，於是乎，一種似是而非的監軍制度就非常輕鬆地被確定了下來。

這一決策做得如此草率，以至於很多年後，一些軍史愛好者在研究淮安軍的制度沿襲時，都對其充滿了困惑，**誰也弄不明白到底是哪個人給朱重九獻上的錦囊妙計？也不明白為什麼朱重九為何能在關鍵時刻做出如此驚人之舉**？從而進一步避免了主將領兵在外擁兵自重的可能，將藩鎮之禍徹底消滅在了萌芽狀態。

「這有什麼好奇怪的，我還沒把支部建在連上呢！」如果朱重九知道後世研究者會如此困惑的話，肯定會理直氣壯的這麼回答。

不過在此時此刻，朱重九無須對任何人解釋自己的理由，他通過一次次勝利建立起來的威望，已足以讓大多數文武選擇盲從，而淮揚系中很多核心人物更巴不得自家主公能變得更殺伐果斷一些，免得大夥把精力浪費在無止無休的爭論上，平白錯過了問鼎逐鹿的大好時機。

「朱重八那邊今後往來如常，禮局派個人告訴他，雙方以青戈江為界，他的兵馬不向東推進，高郵之約就對雙方都有效。」

做獨裁者的感覺其實很不錯，朱重九索性再接再厲。

「張士誠那裡也是一樣，雙方的糧草武器交易照舊，常州、宜興、湖州、杭州這些目前他佔據的地盤，如非迫不得已，我淮安軍一兵一卒都不會進入；至於杭州之南各地，他如果有本事，儘管去取！我淮安軍絕不會窺探他的後路！」

「臣等遵命！」逯魯曾、蘇先生、羅本、陳基和劉基等人互相看了看。

「我知道你們很多人覺得高郵之約累贅，但是大夥想一想，如果沒有它，淮安軍所面臨的麻煩是不是更多？朱某乃李總管帳下一都督，而李總管又歸劉元帥驅策，劉元帥無論如何不會背叛小明王，小明王晉位為宋王之後，他傳給朱某的命令，朱某到底聽還是不聽？」

知道大夥一時半會兒難以理解，朱重九將語速放慢，剖析道：「所以，遵守高郵之約，對朱某而言，不僅僅是立信，從某種程度上，其乃是朱某手中的盾與劍，一方面替朱某擋著汴梁，一方面則讓朱某對上別人時，總是能占到一點道義上的先機！這其中關竅，希望諸位能想明白！」

「主公高明，臣等佩服之至！」眾文武先是遲疑，隨即七嘴八舌地回道。

忽然變得乾脆起來的朱重九，讓大夥很不適應。雖然從整體上看，到目前為止，他的決策並沒有太大問題，在不打算承認韓林兒這個宋王的情況下，高郵之約其實是整個紅巾軍共同的「天子」，能把這個不會說話的「天子」握在手裡，傻瓜才會主動往外邊送。

「我淮揚雖然是以戰立國，今年接下來的幾個月，如果沒人主動來犯，卻不準備再打大仗。」朱重九清了清嗓子，又道：「向南拿下整個寧國路為止。向西、向北都採取守勢，眼下掌握的地盤需要儘快梳理清楚，該設置官吏的設置官吏，該給老百姓分地的分地，積蓄力量以圖將來，**宗旨只有三句話，整軍、積糧、等待機會**，大總管府的運作必須以此為核心，任何官員不得有違！」

「遵命！」眾人再度躬身，回答得比先前整齊了許多。

戰爭是最好的試金石，朱重九剽竊自另外一個時空的三句話，向大夥展示的不僅僅是淮揚大總管府短期內的運行宗旨，同時還非常清晰地透露出一個目標：**爭奪天下！**

等待機會不是故步自封，而是在機會不成熟時暫且選擇隱忍，選擇厲兵秣馬；時機一到，立刻向周圍亮出鋒利的牙齒！

「能起兵驅逐韃虜者，在朱某眼裡都是英雄，朱某對他們心懷崇敬，不願意手上沾染這些英雄的血。但朱某也不會要求諸君一味地忍讓，人不犯我我不犯人，人要犯我，我必加倍奉還。」朱重九用力敲了下面前的帥案。

祿雙兒說得好。自己到底怎麼想，需要跟周圍的人說明白，而不是讓大夥去小心翼翼的揣摩。因為無論多聰明的人，心思都不會完全跟自己一模一樣，揣摩出來的結果必然會有所偏差，所以還不如主動亮出自己的觀點，然後盡最大努力去推行。哪怕最後遭到了大夥的一致反對而擱淺，至少問題都會及時地暴露於明處，好過臨時被打個措手不及。

想到這兒，他四下環視一圈，「至於將來朱某走到哪一步，會不會問鼎逐鹿，現在說這些還言之尚早，咱們飯要一口口吃，別吹大牛皮惹人笑話，真是到了那一天，也許很多事情並非朱某所能決定，也許各位還會有別的想法。總之，大夥跟朱某齊心協力，爾等不辜負朱某，朱某也定然不會辜負爾等！」

「主公聖明！臣等必鞠躬盡瘁！」由蘇先生和逯魯曾兩人帶頭，眾文武齊聲回答。

困惑了這麼長時間，大夥還是第一次聽見朱重九主動闡述心中所圖，雖然很多地方說得模模糊糊，但大方向卻令所有人精神為之一振，至於最後是否當皇上，也的確如朱重九自己所說，並非他一個人能夠決定，待時機成熟，大夥將黃袍朝他身上一裹，不信他還會用力將黃袍扯下來！

既然把話都說開了，接下來的事就變得流暢許多，按照如今大總管府的權力架構，朱重九真正需要親自做的，其實也只是給大夥指明一個準確方向，具體細節自然有逯魯曾、陳基、羅本、劉基和蘇先生等人去承擔，根本無須耗費其太多精力。

朱重九自己也不喜歡事必躬親，偷偷注意觀察了幾天，發現大夥基本上都能按照自己的要求去做事之後，便放下心來，再度將精力轉移到了機械改進與製造上。那才是他真正的強項，也是他的樂趣所在，往往隨便提出些意見，就能讓焦玉等人有醍醐灌頂之感。

水力機械看似原始簡單，其運行時所出現的情況卻是花樣百出，凡到這種時候，朱重九在另一個時空的理論知識，就展示出了其特有的威力，往往讓工匠們百思不解的怪異現象迎刃而解，朱重九隨便拿出國中的物理水準，就能將工匠們唬得一愣一愣的，然後跪在地上，五體投地。

「是個時候編一本初級物理和化學教材了！」

越是被眾工匠們當做神仙來看，朱重九越是覺得編教材這件事迫在眉睫。

第五章

龍鳳通寶

只見這幾枚銅錢的色澤很新，
每一枚銅錢的顏色都微微發紅，顯然銅料用的很足，
比例遠遠超過了市面上可以見到的任何宋錢和元錢。
在銅錢的中央方孔與內郭之間，
則鑄著虬勁的四個漢字：「龍鳳通寶」！

正當他為了教育和人才的事頭疼的時候，近衛旅長徐洪三匆匆忙忙地闖到了大匠院來。

不顧焦玉等人抗議的目光，壓低聲音彙報：「主公，江上出事了，工局副主事蔡亮連同從當塗往揚州運送鐵錠的貨船一併被劫持，下手者來路不明！」

「誰？在哪？什麼時候發生的事？」朱重九瞪圓了雙眼，連珠炮般地問道。

自打前年底飲馬長江之後，淮安水師就對橫行在江面上的水寇進行了一次又一次針對性打擊，此後一年內，被搗毀的賊寇巢穴逾百，被擊斃或俘虜的強盜總數過萬，如今，江面上大一點的匪幫要麼被犁庭掃穴，要麼遠遠地逃到了武昌以西的上游，少數漏網的小魚小蝦見了淮揚的旗號就遠遠地遁走，究竟是哪個吃了熊心豹子膽，居然敢主動來捋水師的虎鬚？

「工局副主事蔡亮，第一屆科考第五名，今年年初剛升任的工部副主事，三天前於當塗跟本地大戶購買了一船鐵錠，怕百工坊急著用，就沒等水師護航，直接搭了貨船回來，誰料船剛過和州就被水賊給劫持了。據逃回來的夥計們說，水賊是半夜偷偷摸上的船，個個都蒙著面，只搶了蔡主事和貨物，沒殺人！」徐洪三做著簡報道。

「一定是朱重八的人幹的！」黃老歪立刻跳了起來，「那廝窺探咱們的造炮秘法很久了！上次派人來偷被抓到，找藉口搪塞了過去，這次又是賊心不死！」

「是朱重八，一定是朱重八！」幾個大匠和工部官吏也紛紛附和，義憤填膺。

整個淮揚大總管府上下，除了朱重九和劉伯溫兩人之外，幾乎找不到第三個對和州軍有好印象的，一時間，什麼「忘恩負義、卑鄙無恥、陰險狡詐」之類的形容詞，都毫不客氣地往上端。

朱重九聞聽，心中也是非常懷疑，他對朱元璋的敬重完全來自史料，按照另一個時空的說法，古來成大事者一概都是心黑手狠臉皮厚，朱元璋既然能做皇帝，自然能看出火器的重要性。是偷是搶，只要他能取得最後勝利，就不必受任何譴責。

而和州總管府的大部分政令，也與淮揚涇渭分明，揚州這邊越是提倡人與人之間的平等，和州那邊就越是宣揚秩序倫常；這邊越是限制宗族勢力，取消對讀書人和傳統縉紳的種種優待，那邊就越對士大夫們禮敬有加，弄得朱重九有時候都會懷疑，朱重八是不是在故意跟自己唱反調，好逼著自己主動對其下手，以便在道義上獲取上風。

「兵局已經制定了緊急應對方案，準備將第五軍團調回來，與毛總管一道兵臨烏江，逼著和州軍交人；水師的艦隊也緊急集結，只要大總管一聲令下，就將和州軍的所有港口全部堵死，掐斷朱重八狗賊與江南之間的聯繫！」見朱重九皺著眉頭遲遲不做決斷，徐洪三提醒道。

「先別急，小心是有人栽贓嫁禍！」朱重九心裡猛的打了個突，「你派人去傳令給兵局和水師，讓大夥稍安勿躁。朱重八為人如何姑且不論，但他絕不是一個傻子，會在這時候一而再再而三地主動挑起事端！」

「是！」徐洪三敬了個禮，快步離開。作為朱重九最信任的侍衛長，他從不去質疑自家主公的任何決定。

但是工局主事黃老歪反應卻與徐洪三大不相同，他每天忙得焦頭爛額，好不容易培養出來一個可以依仗的臂膀，卻稀裡糊塗就被人截了去，這讓他如何能夠接受？所以氣憤地道：「主公，微臣斗膽，請主公不要再縱容朱重八，就算他是您失散多年的親兄弟，您以前對他種種也已經足夠了，今天他敢劫持工局主事，明天誰敢保證他不把主意打到您的頭上？」

「就是！」大匠院主事焦玉一向與黃老歪不太和睦，難得幫腔道：「蔡主事手中掌握著鑄炮和水力鏜床的機密，萬一在朱重八那邊熬不住刑，把這些秘密說出來，將來和州軍必然成為我淮安的心腹大患！」

「主公速速做決斷！」

「主公，您趕緊出兵，把蔡主事給搶回來，朱重八那廝肯定什麼招數都敢使！」

「在和州附近出的事，怎麼可能與朱重八沒關係？」

……

眾人紛紛開口，苦勸朱重九早動刀兵，徹底剷除朱重九這個後患。

「大夥各幹各的事，要不要對和州軍開戰，我自會考慮！」朱重九被吵得頭大如斗，擺了擺手道：「線膛炮不僅僅是拉幾道膛線那麼簡單，即便抓了蔡主事去，他也不可能在一兩個月內就造出跟咱們這邊一樣的大炮來。如果有了確鑿證據，我這次肯定不會跟他善罷甘休，可如果沒有確鑿證據，我淮安軍也不能落下個欲加之罪何患無辭的口實！」

「這……臣等遵命！」黃老歪等人雖然不甘心，卻沒勇氣跟自家主公硬頂，一個個耷拉下腦袋，低聲稱是。

「小崔，你去軍情處和內衛處傳令，讓陳基和張松兩位主事帶著各自的得力下屬，到議事堂等我！」一見到眾人垂頭喪氣的模樣，朱重九少不得又主動亮出自己的下一步安排。

「這麼大一艘船突然就消失了，不可能沒留下任何蛛絲馬跡，軍情處和內衛處聯手去查，我就不信有人能把船藏到水底下去！」

「是！」近衛連長崔勝敬了個禮，小跑步著離開。

黃老歪和焦玉等人心裡這才覺得舒暢了些，至少他們確定自家主公不會像以前那樣對朱重八百般忍讓。

朱重九在命人給軍情和內衛二處下達了召集令後，再度陷入了沉思，怎麼琢磨，他都覺得此事疑點頗多。他所認識的朱元璋不可能如此魯莽，至少在和州軍沒有實力和淮安軍硬撼，或者蒙古人沒再打過來之前，朱元璋不可能主動給淮揚這邊發起戰爭的藉口。

正百思不得其解間，看見徐洪三又匆匆跑了回來，紅著臉報告道：「啟稟主公，虛驚一場，蔡主事回來了，剛剛和貨船一道入了港，後面還跟著……」

「後面還跟著什麼？他一共失蹤了多長時間，期間去了哪裡？」

「他……」徐洪三臉上露出幾分哭笑不得的表情，「他身後還跟著一群娘子軍，說是他沒過門的老婆和娘家人，失蹤這一天一夜，他都跟那些女人在一起。蘇長史已經會同內衛處的張主事，把他和那些女人分開招待了，特地又派人過來請主公也趕回大總管府去，共同商量如何處理此事！」

「啊？」黃老歪等人聽得面面相覷，原本替蔡亮求情的心思，全被徐洪三的話給沖了個乾乾淨淨。

「人安全回來就好，其他都可以慢慢弄清楚！」在一片好奇目光中，朱重九鎮定自若地拍板道。「各位繼續做事，我先回去一趟，改天再來。」

事實上，他心中的驚詫絲毫不比大夥少，被人掠走一天一夜，隨後帶了一大堆娘子軍回來，這工部副主事蔡亮，魅力可不是一般的高，可據他的印象，此人分明是個肉滾滾的小胖子，非但模樣普通，而且木訥寡言，怎麼看也看不出有被女人劫去做夫婿的潛力來。

帶著滿腹的困惑，他匆匆離開了江灣新城，坐著自己特製的馬車，以最快速度返回大總管府。

人剛進院子，就聽議事堂內有一個爽利的女高音傳了出來：

「你這老漢真囉嗦，我跟你說多少遍了，我不是自己看上了他，而是給我家妹妹前來提親。只要你們大總管替他點個頭，從今之後，江南所有水路，我保你們淮安人橫著走！」

「好大的口氣？江南所有水路橫著走，我淮安水師都沒膽子這麼說！」朱重九眉頭皺了起來，對女子的言語好生不屑。

正冷笑間，卻聽見工局副主事蔡亮的聲音傳了出來，隱隱帶著幾分心虛，

「大姐，您不要亂說話，這是我們淮揚大總管府的蘇長史，不是什麼老漢，我們淮安軍有淮安軍的規矩，也不需要去哪裡橫著走！」

女子的聲音陡然變得尖利，字字如刀，「姓蔡的，你前天跟我家妹子怎麼說的？莫非到了淮安軍的地頭上，你就想翻臉不認帳不成？」

「大姐，我不是，這不是……」蔡亮的聲音緊跟著傳出來，隨即被一陣哄笑聲吞沒。

顯然這位蔡主事被人家劫去那晚，肯定答應了什麼床下之盟，如今輪到兌現的時候了，又開始推三阻四。

「咳咳！」徐洪三聽裡邊鬧得實在不像話，在門口大聲咳嗽了幾下，然後扯開嗓子高喊：「大總管到！」

哄笑聲戛然而止，工局主事蔡亮拖著圓滾滾的身子，像個皮球一樣跑了出來，帶著滿臉的羞意，朝朱重九躬身謝罪道：「大總管，卑職無能，給咱們淮揚添麻煩了！」

「你就是逼死了脫脫的朱屠戶？」

沒等朱重九回應，一個七尺餘高，修身長腰的女子緊追著蔡亮閃了出來，朝他四下打量道：「不像傳說中那樣可怕嘛，怎地能讓三十萬蒙古人拿你一點辦法都沒有？」

「放肆！」內衛處主事張松厲聲呵斥。各局辦公場所也紛紛探出無數個腦袋來，衝著女子怒目而視。

「大姐，您多少放尊敬些！」蔡亮見狀，額頭上汗珠滾滾，一邊用身子擋住高個女子，一邊朝朱重九再度賠罪道：「稟大總管，這位是已故江南水路綠林大當家吳老前輩的長女，卑職前天不小心在江上迷了路，多虧她們一家人的看顧才得以平安脫身！」

「你擋我做什麼？」高個女子卻不領情，單臂將蔡亮撥到一邊，然後衝著朱重九拱手，「在下吳靜，原本在石臼湖中討生活。久仰朱總管大名，今天特地上門，多謝大總管幫我吳家報了血海深仇！」

「血海深仇？」朱重九被吳靜的話弄得暈頭轉向，「姑娘這話從何說起？」

「家父乃大宋涪王之後，憑著祖上的威名，被江南水路各家豪傑推為總瓢把子，然而三年前，卻被黑心下屬王睿所害，小女子無能，屢次行刺那王睿卻總未得手。虧得大總管派出水師，將姓王的賊子連同其嘍囉都轟成了碎片，小女子才終能以賊人之衣冠告慰我爹在天之靈！」吳靜娓娓道出原委。

她一口一個小女子，言談舉止卻一點小女子模樣都不帶，著實巾幗不讓鬚眉。蔡亮在旁邊聽了，少不得又低聲解釋道：「涪王諱階，當年乃為與岳飛齊名的大宋砥柱，虧得他們兄弟在，金人才始終無力窺探川陝。」

「原來是大英雄吳帥之後，失敬，失敬！」朱重九聞聽，緊皺的眉頭終於稍稍舒緩，拱手還禮道。

受朱大鵬的靈魂影響，他對儒家那套五德輪迴說法向來不怎麼信服，反而對當年捍衛南宋半壁江山不被金兵踐踏者，無論其最後成功還是失敗，都懷著幾分由衷的敬意。

這種絲毫不帶虛假的崇敬，被吳女俠看在眼裡，心中頓時覺得甚為暢快，側了下身子，拱手說道：「小女子與自家丈夫原本商量著要帶著江南水陸輿圖來投奔你，然而一時找不到人引薦，又怕你嫌棄我們夫妻出身草莽，所以那晚看到這胖子像是你手下的大官模樣，就請他過船去商量，誰料這廝目光好毒，居然一眼就看上了我家妹子……」

「大姐，話不能這麼說，真的不能這麼說！」蔡亮聞聽，一個勁地大聲喊冤。「是，是婉如妹子看我被嚇得可憐，才偷偷過來給我一碗水喝，我們什麼多餘的話都沒說，真的一句都沒說！」

「哈哈哈！」周圍爆出一陣哄堂大笑。

儘管朱重九就在旁邊，眾人依舊是滿臉促狹。「連妹子都叫了，蔡主事，你就從了吧！這事別人求神拜佛都求不著！」

「不要鬧了，我跟婉如妹子清清白白，爾等莫要汙了人家名頭！」蔡亮額頭上汗珠滾滾，紅著臉哀求不已。

眾人聞聽，笑得愈發肆無忌憚。有好事者，乾脆學了蔡亮的模樣，掐起嗓子說道：「婉如妹妹，小生姓蔡，家住揚州城狀元巷。父母俱在，至今尚未訂親……」

「行了，都給我幹活去。咱們這邊什麼時候鬧到如此地步了！」蘇先生杵著包金拐杖踱了出來，板著臉大聲申斥道。

各局官吏被嚇了一跳，頓時縮回窗內。

蘇先生看了看蔡亮，「你先下去寫一份報告，把這幾天都去了什麼地方，見過誰，說了哪些話，全都報告清楚。如果有半點兒隱瞞，要知道軍情、內衛兩處不都是些光拿錢不幹活的！」

「是！大人！」蔡亮臉上的汗水頓時停止了滾動，躬下身，小心翼翼地回道。

「那他答應我妹子的事呢！」吳靜立刻著了急，一把拉住蔡亮的衣袖，質問道：「總得讓他給個準話！」

「娘子，蔡兄弟不是出爾反爾之人，你別鬧，讓他先去做正事。」一個膚色黝黑，身材粗壯的漢子被近衛們監督著湊上前來，低聲向吳靜勸道。

「你別管！」吳靜一個白眼將此人後半截話瞪了回去，隨即，又將目光轉向朱重九，「大總管，您說，這事姓蔡的該不該先給我們吳家一個交代？」

「娘子，別胡鬧。大總管日理萬機，哪有功夫管這些瑣碎事情！」黑皮膚漢子雖然有些懼內，做事卻比吳靜謹慎得多，趕緊提醒道，又衝朱重九長揖及地，「草民鄒笑逸見過大總管。內子讀書少，不識禮數。得罪之處，還請大總管勿怪！」

「無妨！」朱重九以平輩之禮相還。「賢伉儷遠來是客，即便有唐突之處也事出無心，朱某又何必苛求？」

他出身寒微，又受了另一個時空的影響，反而覺得此女爽利可敬，隱隱帶著女強人風範。

「那蔡主事答應的事……」見丈夫與朱重九文縐縐地說話，吳靜不耐煩地插了句嘴。

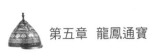

「他的私事，除了他自己之外，別人干涉不得！」朱重九耐心地回道：「即便是本總管，也無權替他做主，不過……」

朱重九頓了頓，帶著幾分試探說道：「不過還是請吳女俠考慮清楚了，蔡主事違反紀律，擅自搭乘貨船在先，又失蹤多日，按照我淮揚的紀律，恐怕要先受些處分。弄不好，直接削職為民都有可能。令妹嫁給他，今後日子應該不會太舒坦！」

蔡亮還沒走遠，聞聽此言，臉色頓時蒼白如雪，腳步也開始變得踉蹌。

吳靜聽了，哈哈一笑，「我家妹子看上的是他這個人，又不是他當什麼官，況且以他的本事，從頭爬起來會很難麼？除非大總管你下令壓著他！可大總管你又怎麼會下這種無聊的命令?!」

「那倒也對。」朱重九微微點頭，「儘管讓你家妹子跟他去商量，朱某這裡決不會管他的私事。然而你，劫我淮安官員，奪我淮揚貨物，傷我淮揚商號的夥計，總得給朱某一個交代吧？」

說著話，他的聲音一點點便硬，眼神也開始變冷，如兩把尖刀一般，徑直戳向了鄒、吳人的心底。

「你這人怎麼不講道理！」吳靜被打了個措手不及，跳起來大聲抗議，「我們千里迢迢前來投奔於你，都說過要獻上整個江南的水陸輿圖了，你怎麼還揪住一點小錯不放？」

「大總管恕罪！」鄒笑逸歉意道：「我們夫妻的行為的確有些莽撞，但所幸的是，從始至終都沒傷到人命，貨船連同貨物，也主動給大總管送回來了。還請大總管看在我們夫妻一片仰慕之心上，多少寬宥一些，如蒙不棄，我夫妻定然每戰爭先，以贖當日之罪。」

這番話，可比吳女俠的叫喊有條理太多，朱重九聞聽，知道此人才是整個水賊隊伍的真正主心骨，便擺擺手道：「既然沒傷人命，如果那些夥計也放棄追究的話，朱某當然不會對你們夫妻過於苛責，然貨船出事地段卻是在和州附近，朱某好生奇怪，那和州軍的水師怎麼會瞎了眼，准許賢伉儷的船隊在他們眼皮底下晃來晃去？鄒先生大才，可否為朱某解心頭之惑？」

「這……」鄒笑逸的身體微微一顫，臉上的表情隱約有幾分尷尬。

夫妻二人的船隊在和州附近遊蕩時，的確受到了和州水師的故意縱容，但這裡邊包含著許多無法見光的勾當，非常不宜當眾說出來。

「那還不簡單，我們夫妻在和州軍裡頭有熟人唄！」女俠吳靜卻不管那麼多，腰桿一挺，非常自豪地說：「和州軍水師原本就是巢湖上討生活的一班兄弟，與我們夫妻兩個低頭不見抬頭見的，如今他們雖然成了朱重八的爪牙，總不能拿我們的腦袋去邀功！更何況我們夫妻所乘的都是漁船，對他們和州沒半點威脅！」

「原來如此！」朱重九點點頭。

軍情處早已探明，和州軍水師的主帥廖永忠及其兄長廖永安，俱出身於巢湖水賊，吳女俠的父親既然做過江南水路的綠林總瓢靶子，跟江北的廖家哥倆肯定有所往來，雙方在沒有利益衝突的情況下，偶爾行個方便應該不成問題。

「那賢伉儷何不直接去投奔廖家哥倆？眼下他們那邊可是比我淮安軍更容易出頭！」內務處主事張松急於在朱重九面前表現，擠上前，插了一句。

「那邊沒意思！」吳靜搶在丈夫開口說話前，毫不遲疑地答道：「城裡頭的衙門還是那個衙門，鄉下的老爺也還是那班老爺，只是衙門大堂上坐的人換了幾張面孔而已，真不知道廖家哥倆瞎折騰個什麼勁兒？」

「你是說，你不看好和州軍的前程，所以才捨近求遠來投奔我家主公？」張松聽得將信將疑，皺著眉頭問。

「也不是不看好，只是覺得他們那邊沒啥意思，倒是你們這邊，看上去有意思得很！」吳女俠衝他翻了個白眼。

這話說得太籠統了，令大多數聽者都滿頭霧水。朱重九卻點點頭笑道：「既然賢伉儷如此瞧得起朱某，朱某自是不能拒人於門外，不過有些話，咱們得說在前頭，我淮安軍規矩多，管得也嚴，你們兩個可要考慮清楚！」

「多謝大總管收留！」鄒笑逸終於搶在妻子前回話，屈膝拜道。

「既然要吃你的飯，自然要守你的規矩，綠林道上也是向來如此，還需要什麼考慮不考慮的！」吳靜也蹲身下拜，豪爽地說道。

「我淮安軍不興跪拜之禮，二位快快請起！」朱重九連忙伸手虛攙，做出一副禮賢下士模樣。

吳靜身子立刻如彈簧般繃直，滿臉歡喜地說道：「我就覺著你們淮揚這一點好，不用動不動就做磕頭蟲，不像和州，恨不得喘氣喝水都要擺出一個架勢來！」

「主公勿怪，內子出身綠林，從小沒受過什麼約束，所以說話沒個遮攔，但水戰之時，卻是極守章法的！」鄒笑逸見狀，少不得又要替妻子向朱重九賠罪。

朱重九卻非常欣賞吳靜的心直口快，擺擺手道：「無妨，我淮揚從沒禁止過任何人說話，更何況她說的也都是實情。你們夫妻一路也辛苦了，這樣吧，我派人馬上騰個院子，讓你們帶著手下弟兄先去休息，然後在城內各處逛逛，熟悉一下這邊的風土人情。其他安排，朱某過幾天會專門派人告知！」

「謝主公！」鄒笑逸趕緊行禮致謝。

「那我家妹子的親事呢？」吳靜卻不肯立刻告退，瞪圓一雙杏仁眼，大聲道：「我們都替你賣命了，你總得給我們個說法！」

「你們可以跟蔡主事商量，只要他自己肯，任何人都不會干涉！」朱重九重申。

「那……」吳靜仍然想從朱重九這裡要個承諾，卻被丈夫輕輕握住了手指，後半句話只好憋回嗓子眼裡，扭頭瞪了丈夫一眼，任憑後者拉著自己離開。

「主公，這兩個人的話未必盡實！」待二人的背影一出了大門，內衛處主事張松立刻發聲道。

「他們帶來的嘍囉，你派人盤問過了麼？有什麼對不上號的地方？」朱重九問。

「都問過了，尚未發現什麼可疑之處！但是……」

「你不放心就繼續查，但是要把握好分寸，第一，不准胡亂抓人。第二，不准傷了他們夫妻的自尊。第三，不要越界！」朱重九交代道：「其他，只要你的職權範圍內，就不必請示，哪怕偶爾出了錯，朱某也不會過分深究！」

對於張松這個人，他一直都不是很喜歡，總覺得這個人既陰險又沒骨頭，像一條毒蛇般令人多看一眼都覺得難受，但淮揚系想繼續發展壯大，卻少不了這麼一號專門躲在陰影裡頭的角色，否則以大總管府這種一邊建設一邊摸索的方式，早晚會被盟友和敵人們給蛀得百孔千瘡。

那內衛處主事張松，卻從朱重九的話語裡頭汲取了無窮力量，整個人瞬間又活了過來，兩隻綠豆大的眼珠精光閃爍，「是，主公放心，內衛處不會冤枉任何好人，也不會放過任何企圖窺探我淮揚機密者！」

「你明白輕重就好。」朱重九揮手，示意張松可以下去做他自己分內的事。後者不想放過這個難得的表現機會，從口袋裡掏出幾枚銅錢，雙手舉過頭頂，「微臣最近得了幾枚銅錢，想請主公賞鑑。」

「嗯？」朱重九將銅錢接過，一枚接一枚對著陽光欣賞。

只見這幾枚銅錢的色澤很新，應該是剛剛鑄造沒多久，每一枚銅錢的顏色都微微發紅，顯然銅料用的很足，比例遠遠超過了市面上可以見到的任何宋錢和元錢，在銅錢的中央方孔與內郭之間，則鑄著蚪勁的四個漢字：「龍鳳通寶」。是紅巾軍自己鑄的錢幣！

朱重九微微一顫，心中湧起一段殘缺不全的記憶。龍鳳應該是小明王或者徐壽輝的年號，而徐壽輝的年號為天完，如此，這幾枚銅錢的歸屬者，則只剩下了小明王一個答案。……

「這是內衛處的細作從汴梁那邊偷偷帶回來的錢樣。由杜遵道派人鑄造，目前只賜給身邊的極少數人賞玩。據說要到明年一月才會正式頒行。」

張松的話從耳畔傳來，打斷朱重九紛亂的思緒。「如果沒有意外，明年將被正式定為龍鳳元年。小明王可能會下令，在除了天完那幫人之外的所有紅巾勢力中使用此錢！」

「劉福通上月底重新奪回了洛陽，應該有不少斬獲，此外，汴梁紅巾汲取了先前的教訓，對前段時間主動投靠蒙古人的地方士紳下手極狠，短時間內，倒也抄到了不少錢財！」軍情處主事陳基也補充道。

對外刺探情報，分明是他的職責範圍，張松的舉動多少有點撈過了界，但這個節骨眼上，他卻不敢跟張松爭執，暫且忍住心中的鬱悶，努力補救。

「他準備投石問路？」朱重九沒注意到兩個下屬間的競爭，眉頭一挑。

手中銅錢的重量大約在三克上下，雖然達不到開元通寶的標準，在如今的市面上，已經是難得的好錢，並且成色很足，銅的比例至少占到了六成，只要數量充足，相信會在極短的時間內，就能將河南江北行省的所有其他金屬貨幣打得潰不成軍。

只要龍鳳銅錢能夠得到民間的認可，龍鳳這個年號很快就會流傳開來，除非各地紅巾首領強行禁止，否則，隨著龍鳳銅錢的流通，小明王韓林兒也必然會快速進入所有義軍將士的視線。

刻意交好杜遵道，努力從劉福通手裡分權，晉位宋王，祭天改元，頒行錢幣，扶植親信，示好諸侯，小明王一步步的舉動，看似東一耙子西一棒椎紛亂無序，串連起來卻是環環相扣，縝密無比。

這位小明王，**顯然不甘心只躲在深宮中做個傀儡，一直在努力做個真正的教主，做個一統天下的開國之君！**

「看來杜遵道這人也不是浪得虛名啊！」蘇先生用包銅拐杖敲了敲地面，低聲感慨。他也發現了這幾枚銅幣背後所隱藏的玄機。

「豈止並非浪得虛名，劉福通如果不小心，早晚會吃大虧！」張松眨巴了幾下綠豆眼，「雖然汴梁的兵馬和糧草物資大多為劉福通和盛文郁二人掌握，但杜遵道既然能把鑄錢的差使奪在手裡，肯定就能另闢財源，一旦手裡有了錢，再加上趙君用等人帶過去的精銳……」

「別扯那麼遠！」朱重九聽得心中一陣煩躁，板起臉打斷道：「你有什麼應對之策。或者說，是不是有辦法讓杜遵道的詭計無法得逞？別兜圈子，我需要直接答案！」

朱重九看著張松，他不能眼睜睜地看著悲劇發生，雖然他可能坐收漁翁之利，卻一輩子都會覺得負疚！

「看主公的意思。微臣以為，對咱們淮揚最有利的，是**坐山觀虎鬥**！」張松想了想回道。

看到朱重九臉色不對，趕緊又改口道：「微臣的意思是，主公有許多選擇，如果主公想讓杜遵道無法得逞的話，就不妨從錢息和火耗上下手！」

「怎麼下手，說清楚些！」

「就是讓杜遵道賠本賺吆喝！」張松眨巴著眼睛，硬著頭皮道：「主公有所不知，自古以來，這鑄錢的活都是一件肥差，用多少銅，銅料入庫到錢出庫花費多長時間，還有銅錢的重量控制，銅料和鉛錫的比例，都有許多花活可玩，手上稍微一哆嗦，就是上萬貫的油水。杜遵道之所以辛苦把這差事攬過去，圖的就是裡邊的撈頭！」

「那咱們怎麼做能讓他沒撈頭呢？」朱重九驚詫地問。

張松原本在蒙元就是個貪官，對撈錢的手段可說是門清，對杜絕別人撈錢的招數，當然也同樣無比嫻熟。聽得朱重九問，立刻滿臉堆笑地回道：

「其實非常簡單，特別是由咱們淮揚這邊來做更為簡單，自古銅錢，就杜絕不了私鑄，主公弄幾台機器來，在江邊日夜不停地鑄，肯定比杜遵道讓工匠憑著手工零敲碎打更節省材料，銅錢的大小也更統一。等汴梁的新錢出來，咱們的新錢立刻發行出去，兩邊貨比貨，微臣敢保證，三個月內，杜遵道就得賠得當褲子！」

「造假錢！」饒是做過多年黑心小吏，蘇先生也被張松的大膽想法驚得目瞪口呆。

造假錢，那在歷朝歷代可都是千刀萬剮的罪名，更何況假錢禍害的直接對象就是普通百姓，一旦被發現，足以讓始作俑者身敗名裂。

「是造真錢！」

而張松一句話，就徹底表明了貪官與汙吏二者之間境界上的差距。

「都是銅錢，用料差，重量輕者才是假錢；用料足，分量重者則為真，即便都化成了銅疙瘩，也是後者更受待見！」

唯恐聽者不明白自己的意思，他放緩了語氣解釋道：「銅再硬，也硬不過鋼；錢文再繁，也繁不過我淮揚所製板甲上的花樣。而昔日鑄錢，將銅化水，最是費功夫，也是除了人為動手腳之外損失最大的一道工序，我淮揚若是鑄錢，就能直接刻了模子，在銅鉛板子上鍛壓，根本不需要化汁，邊角料也可以收集起來重新鑄板子。

「只要模具不壞，咱們鍛造出來的錢一定比汴梁那邊均勻，一定比那邊好看，在老百姓眼裡，咱們淮揚錢就是真的，他汴梁錢才是假的。杜遵道造的錢花不掉，就賺不到；賺不到，就沒錢養兵，沒本錢去跟劉福通起內訌！」

自打前年將張明鑑作為見面禮送給了淮安軍，他在淮揚大總管府內承擔的，就一直是些見不得光的任務。雖然涉嫌謀反的大案沒少破，也抓了成百上千各地派來的細作，功勳赫赫，但在大夥眼裡，始終是來俊臣之類的酷吏角色，所以今天難得有機會能當著朱重九的面表現，張松自然要盡展所長。

「微臣不才，願為主公承擔此鑄錢之事！」察覺到主公的態度變化，張松心中暗喜，臉上的表情卻愈發地謙卑。

「你也通曉鍛造之術？」朱重九帶著幾分驚喜問。

「微臣不敢說通曉，只是肩負防賊重任，自然要明白賊人最惦記的是什麼！」張松又躬了下身，小心地回道。

朱重九聞聽，心中人愈發覺得此人機靈。

連續數年，他一直在努力提高工匠的收入和地位，儘管百工坊所製造的火器令淮安軍所向披靡，在這個時代的大多數官員和讀書人眼中，工業技術依舊屬於雜學，永遠不能與古聖先賢們的語錄相提並論，也沒幾個士大夫願意靜下心來，認真揣摩給淮揚帶來巨大變化的那些初級工業技術背後所包含的人文精髓。

唯獨張松，出身於舊式科舉，又每天忙於公事，卻還有心思抽出時間來學習新事物，光是這份幹勁就值得大為嘉獎。

當即，朱重九便準備下一道命令，對張松委以重任。誰料話還沒說出口，耳畔忽然傳來逯魯曾憤怒的呵斥聲，「無恥小賊，休要蠱惑主公！只要老夫活著一日，你就甭想得逞！」

朱重九嚇了一跳，回過頭看著氣喘吁吁跑來的逯魯曾，眼神裡露出幾分困惑。

「張主事到底怎麼得罪你了？讓你生這麼大的氣？」

「主公自認是宋王臣子乎？還是欲成為天下豪傑的笑柄？」逯魯曾咆哮道：「造錢，造錢，咱們造得再好，也是龍鳳通寶，也借了汴梁那邊的勢。早晚有被人家找上門來的那一天！」

頓了頓，他又用手指惡狠狠戳向張松的鼻子，「古人有云，上有所好，下有所效，似這類佞臣，最擅長的就是揣摩聖意，主公今天專注於百工之學，他也會一門心思從這上面尋找出頭之機。哪天主公喜歡殺人越貨了，他就會立刻拔出刀子來去割別人腦袋。總歸是一條狐假虎威的好狗，眼睛裡頭怎麼可能會看得到半點長遠？」

「老大人，晚輩先前所獻之策縱有疏失之處，卻是出於一番公心，可真的當不起老大人如此苛責！」張松被罵得灰頭土臉，後退了好幾步，才脫離了祿老進士的口水波及範圍，滿臉委屈地道。

「你還好意思說疏失？你若不是一門心思急著投主公所好，豈能看不出偽造龍鳳錢的隱患來?!」逯魯曾喝罵道。

「大人勿怪，晚輩的確才疏學淺！」怕氣壞了此人，內務處主事張松不敢還嘴，心裡卻是一百二十個不服氣，主公連給宋王的晉衛大典都拒絕參加了，又怎麼會在乎造一造汴梁那邊的假錢？即便明著造，杜遵道對付劉福通都費力氣，哪有膽子主動找上門來？

然而逯魯曾接下來的話，卻令他所有不服都煙消雲散。

「主公做事向來光明正大，為何這次卻非得行此陰暗手段？不就是想讓杜遵道的錢沒地方花麼？主公現在就造咱們淮揚自己的錢便是，只要趕在龍鳳通寶頒行之前直接用起來，那杜遵道的所有圖謀自然就落在了空處，豈不好過等別人的新錢出來，再去兵行險招？」

正所謂**上兵伐謀**，既然知道杜遵道的打算了，就該**提前出手**，**令其計畫胎死**

腹中，哪有明知對方計畫，還等著其出招再拆招的道理？聰明人根本不用仔細琢磨，一眼看上去，就知道此計落了下乘。

況且同樣是錢，老百姓只在乎其成色和分量，根本不會在乎上面印的是誰的錢文，就像如今淮揚市面上，有大元朝的元貞通寶，大宋朝的紹興通寶，甚至連徐壽輝的天完通寶也在交易中使用，民間對於各種不同成色的銅錢，自有一整套約定俗成的兌換規矩。誰也不會傻到認為一文就是一文，無論其真正價值。

只要淮揚所鑄的新錢成色好，分量足，又能敞開量供應，絕對能將市面上任何銅錢打得潰不成軍，哪怕是韓林兒和徐壽輝兩個下令禁止淮錢在其境內流通，老百姓也會因為其信用價值偷偷地在交易中使用，根本不會在乎官府的一紙空文！

「自宋以來，民間私錢亦屢禁不絕！」見眾人都被自己噴得無言以對，逯魯曾老懷大暢。又用銅拐杖在地上頓了頓，繼續說道：

「主公不想現在就與小明王交惡，隨便選一錢文鑄在我淮揚錢上面便是。主公圖的是平抑物價，統一我淮揚當年市面上混亂的幣值，老臣不信外人還能說出什麼來！」

這就是典型的拿外邊的人當瞎子了，然而比起先前張松所獻之策，卻依舊光明正大了許多。更關鍵的一點是，錢文自選，則**表明了淮揚已經徹底獨立於任何紅巾體系之外。與事實上的改元建國，只差了最後一層窗戶紙。**

當即，便有人帶頭道：「老大人所言甚是，我等先前所謀的確有失短淺。」

「老大人說得對，咱們淮揚鑄錢，何必用他人年號?!」

「臣附議，請主公自定錢文！」

……

你一句，我一句，七嘴八舌，到最後，明面上聽起來是幫朱重九出主意選擇合適錢文，實際上已經在鼓動他儘快建立國號了。

「何必那麼麻煩，乾脆就叫華夏通寶算了。」朱重九被吵得一個頭兩個大，不耐煩地擺了擺手。錢必須鑄，但無論如何，他都得遏制住眾人蠢蠢欲動的心思。

立國之事急不得，朱大鵬歷史學得再差，總還記得「高築牆、廣積糧、緩稱王」這句話，他沒必要現在就去戴上那頂招災惹禍的吳王帽子！

「按照大唐開元通寶的成色造，每枚一錢……」稍作猶豫，朱重九又迅速改變了想法，「每枚五克，外圓內方。十枚通寶剛剛算作五十克，二百枚大通寶剛好一大斤。張主事，你去大匠院找焦玉，然後再叫上工局副主事黃正，一起把錢模弄出來。字找宋克寫，他的字看起來大氣。」

早在當初努力統一淮揚自己的度量衡時，朱重九就曾經答應過黃老歪和焦玉，有機會要自己鑄錢。今年戰事不多，他剛好能騰出精力來把此事推行下去。一則可以堵住杜遵道借鑄幣斂財的機會，二來，也能加快新度量衡在民間的認可速度。

「微臣遵命！」內務處主事張松又驚又喜，趕緊上前施禮道：「微臣還有一言，請主公容微臣細說！」

「說罷！」朱重九鼓勵道。

「臣請在銅錢之下加鑄精鋼小錢！故宋之時，朝廷每年鑄錢數十萬貫，但民間依舊劣質鐵錢橫行。緣由便是銅錢面值太大，交易不便。而鐵錢卻能以十當一。」

正所謂能當貪官也需要天分，在對金錢的認識上，張松的確比在座其他人深刻許多，非常含蓄地點明了朱重九先前命令中的缺陷之處，並且給出了一個切實可行的完善方案。

按照淮揚百工坊的內部標準，一枚足色的開元通寶，重量不過是三克出頭。如果大總管府頒行五克重的銅錢，勢必導致面值過大，民間不便找零問題，而用

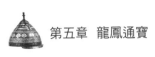

價值較低的鋼來鑄小錢，則可以有效彌補這一缺陷，並且以淮揚目前的煉鋼工藝，鋼錢的質地也同樣橫掃市面上的私人鑄造小鐵錢，讓後者永遠失去效用。

第六章

美男計

「美男計？」朱重九費了好大力氣，
也沒看出來圓滾滾的蔡主事，居然還有做〇〇七的潛力。
不過既然軍情和內務兩處都查清楚了，因此說道：
「既然他沒有洩密，你們為何還認為他不應該繼續留在工局？」

「嗯！那用精鋼鑄錢的話會不會賠本？」朱重九略一琢磨，就明白了張松的意思。

「精鋼的成本，微臣不清楚，所以需要請黃主事和焦大匠兩個幫忙！」張松非常懂得把握分寸，如實回應，「但據微臣所知，我淮揚百工坊內，精鋼也分為許多等級，造錢不比打造鎧甲，鋼料質地不需要那麼堅硬。選其中成本較小的一種來造就是。雖然最初時可能會折些本兒，但只要民間能夠流通開來，從長遠計，卻依舊對我淮揚有百利而無一害！」

「你說的是貨幣的信用價值！」朱重九憑著另外一個時空的記憶，迅速總結出一個精闢的答案。「不錯，的確有百利而無一害，本總管准了。此外……」回頭看了看滿臉困惑的逯魯曾和蘇先生等人，他笑著說：「銅錢之上再鑄一種銀幣，就叫華夏銀元，仿照波斯人那種方式，正反兩面各放一個圖案。具體是什麼，你們幾個一起商量著來。重量麼，現在市面上銅銀比價是多少？」

「大概兩千一百個錢換一兩足色銀子，不過市面上的錢按照咱們的標準，兩克多一點兒。兩千一百個錢，頂多四大斤。並且成色也差，銅四錢六，甚至銅三錢七，銅二鐵八都很多！」張松像早有準備般，非常精確地給出答案。

「那就照著二百個錢換一塊銀元的比值來造，銀元的重量你們自己折算，就像你先前說的，咱們可以多少吃點虧，關鍵把華夏錢的信用先建立起來！」朱重九又用力揮了下手，豪情萬丈。

銅錢太重，推一車銅錢買貨的感覺肯定不會太好，而隨著原始水動力工業的鋪開，淮揚經濟肯定會越來越活躍。所以發行一種面值較大，又便於攜帶貨幣勢在必行。而紙鈔的信用，已經被蒙元君臣徹底給弄臭了大街，因此留給淮揚的選擇，也就剩下了貴金屬貨幣一種。

這個想法倒很容易就被大夥接受，因為往來的大食商人，經常會攜帶一些金銀貨幣入境，他們所攜帶的銀元和金元，因為鑄造精美、重量統一，往往能換到比本身所含金屬價值更高的商品，並且廣受民間富戶追捧。

「微臣斗膽，請在銀元之上造金元。以鎮府庫！」張松最大的本事就是舉一反三，「以往來揚州的海商經常攜帶大筆銀子，導致銀價非常不穩。微臣記得，有一年銀價暴跌，一兩番銀竟然換不到一千錢。而幾個月之後，就又漲到了兩千以上！」

「我記得，那應該是十年前的事了。有一支大食人的船隊，從倭國帶來了整船的銀子！」蘇先生的回憶立刻被勾了起來，「那一年，徐州城內許多小門小戶都折騰得很慘，倒是那些大戶平素家裡就存著金豆子的，基本沒受到啥波及。」

「你們說是大食人，他們從日本朝中國販運白銀，後來怎麼不再運了？」朱重九迅速找到了問題所在。

如果張松和蘇先生兩人不提，他也許很難想起來，在另外一個時空，從明朝中晚期起，就會出現大量白銀流入的情況。導致銀價在明代出現劇烈波動，直接對國家的財政造成了威脅。而這些白銀，主要來源地就是日本，大明的走私商人們只需要拉著整船的銅錢過去，換了白銀回來，就會賺得盆滿缽圓。

顯然，最初發現這一項大生意的，不是明朝本土商販，而是當初世界上最為活躍，也最為開放的阿拉伯商人。但之後阿拉伯商人為什麼放棄了白銀和銅錢的雙向走私買賣，進而退出華夏周邊海域，就不得而知了。

「暴風！據說是造孽過多，惹得龍王爺動了怒，裝滿銀子的海船被捲走了一大半，剩下的全嚇破了膽子，再也不敢胡折騰了！」蘇先生的聲音從耳畔傳來，隱隱還帶著幾分大仇得報的快意。

「那些大食人膽子大得很，估計是賠光本錢，才不再做白銀生意的，否則他們才不會怕什麼龍王爺！」張松的話一針見血，說明了導致大食人放棄白銀銅錢貿易航線的真正理由。

「應該是這個道理！大食人俱是見利忘義之輩，不賠光本錢，絕不會收手！」逯魯曾對大食人的厭惡更甚於張松，用拐杖敲了敲地面，冷笑道。

「既然如此，張主事剛才之言便不是杞人憂天。咱們必須再鑄一些金幣，以備不時之需！」朱重九接過逯魯曾的話總結。

無論大食人撤出的具體原因到底是哪個，很顯然，日本的銀礦在這個時代已經漸漸被發現、開採，並且逐漸開始向中國進行大量輸出。如此，淮安軍若是再以白銀為主要貨幣，就會面臨著極大的金融波動風險，所以**搶先一步用黃金來穩定整個貨幣體系，便是一記未雨綢繆的妙招**。

對於這個結論，眾人沒有任何異議。畢竟這年頭即便是大戶人家，都懂得藏一些黃金來以備不時之需，更何況淮揚這麼大的基業，並且就眼前的發展勢頭上來看，大夥對今後問鼎逐鹿之事，個個心中都充滿了自信。早一步做準備，將來出兵爭霸時的底氣也就越充足。

「那就這樣定下來，由內務處主事張松負責，工局主事黃正和大匠院主事焦玉協助，從即日起，著手督造金銀銅鋼四種錢幣。金元和銀元可以稍晚，銅錢和鋼錢的樣子，半個月之內必須給我拿出來。」

「是！微臣定然不負主公所託。」張松興奮得骨頭都輕了幾兩，響亮地答應。

「務必多準備幾份，屆時在議事堂裡，大夥一道進行篩選！」看了看臉色仍然有些不快的逯魯曾，朱重九又道：「在這期間，無論張主事找到哪個，大夥都必須盡全力支持！」

「臣等遵命！」逯魯曾無可奈何，只好帶頭答應。

於是，銅、鋼兩種錢樣的打造工作飛快進行著，只用了短短五天，張松、黃老歪和焦玉三人，就拿出了三種方案出來。

朱重九依照先前的承諾，將三種錢樣都拿到議事堂中，當眾展示，然後讓大夥各抒己見，又用短短半個時辰就決定最後的設計方案，交給百工坊去開爐試製。

「微臣有個不情之請！」黃老歪雙手捧著大夥最後挑選出來的母錢，結結巴巴地向朱重九施禮。

「黃主事有話儘管說！」朱重九知道他的根底，儘量和顏悅色地鼓勵。「就像咱們倆都在百工坊內一樣，你想說什麼，就說什麼，錯了對了都沒關係！」

「那微臣就斗膽請大總管移駕到錢坊，親手給鍛床，不，開機！」黃老歪額頭上的汗珠越來越密，嘴巴也越發地不俐落。

「呵呵……」周圍傳來了笑聲。

「你是想讓我來鑄這第一枚銅錢對吧！」在低低的笑聲中，朱重九更加和氣回道：「好，正巧本總管今天事情不多，乾脆跟你一起去。」側過頭，目光從眾人臉上逐一掃過，「你們幾個，還有祿長史、蘇長史，以及各局正副主事，今天就跟我一道去江灣的錢坊走一趟，看看咱們淮揚的製錢是怎麼造出來的，以免今後說起來，心裡頭一點印象都沒有！」

「是，臣等遵命！」被點了將的眾人偷偷白了黃老歪幾眼，無可奈何地答應。

自有徐洪三出去備好了四輪馬車，大夥沿著原始水泥鋪就的官道疾馳向南，一會兒功夫就駛入了戒備森嚴的江灣新城，然後又穿過了四、五道明崗暗哨，最終，馬車停在了城南一處隱秘所在。

「這裡邊從東向西，分別是製炮坊、造槍所和製鏡坊，錢坊就設在最靠水邊的那座大房子裡，目前只有一台鍛壓機，如果試製合格的話，大匠院那邊會陸續送新的鍛壓機過來！」

一進了自己熟悉的地盤，黃老歪身上的畏縮感覺就徹底消失。指著全封閉式院子內一棟棟高大的磚房，滿臉自豪地向眾同僚們介紹。

淮揚系的核心人物都知道江灣新城深處隱藏著這一絕密所在，但經常有機會過來開一次眼界的，卻只限於逯魯曾、蘇先生、陳基、羅本以及工局內部的寥寥十幾位。

其他人要麼是在炮坊剛剛搬遷到位那會兒才來過一次，要麼是只在遠處遙遙地看過幾眼，心中只能落下個粗略印象，今天得以走到近處，立刻被探入江面深處那一座座巨大的水車，驚得目瞪口呆。

「總有人試圖混到這裡來，窺探咱們淮安軍的秘密，卻不知道真正的秘密在大江上就能看見！只不過他們全都是睜眼瞎子而已！」黃老歪心胸一點也不寬闊，用先前大夥在議事廳看他一樣的眼光看著大夥，慢條斯理的繼續補充。

真正的秘密，不在於炮管，也不在於火槍，那些東西只要能弄到樣品，讓工匠零敲碎打，一點點也能拼湊出來。在他眼裡，**淮安軍乃至整個淮揚大總管府最大的機密，就是屹立在江水中的一架架水車，還有被大夥精心琢磨出來由水車推動的那些各式各樣的巧妙機械，那才是整個淮揚百工坊的靈魂，乃至整個淮揚的靈魂。**

只是他這一觀點根本得不到多少認同，幾乎絕大部分被朱重九拉來的參觀者，都被聳立於江面上的那些密密麻麻的水車所震撼，直接把他的話當成了耳旁風。

黃老歪見此也不多浪費口水，輕輕笑了笑，帶著大夥繼續朝製錢作坊走。

「大夥注意了，再往裡頭看到的東西，就只能爛在心裡，誰都不能向外說。

包括自己的家人也儘量不要提起，否則陳、張兩位主事少不得要登門求教！」

「有勞黃主事提醒了，這個我等自然是知曉！」眾官吏心中打了個突，非常不高興地回道。

陳基掌管軍情處，張松負責內務處，二人在平素議事時說出來的話分量都不算大，但二人手中的權力卻大得嚇人。特別是涉及到淮安軍的核心機密時，凡是被軍情、內務兩處聯手盯上者，過後不死也得脫一層皮。

「黃主事說笑了。」好不容易才多少挽回了一點兒自己的形象，張松可不願意給黃老歪當刀子用，趁著黃老歪沒繼續借題發揮之前，趕緊插了幾句，「正所謂內行看門道，外行看熱鬧。這裡邊的東西，除了你們工局和大匠院的人，剩下還有誰能看得懂啊?!頂多是瞧個熱鬧而已，想洩密都夠不上資格！」

「哈哈哈……」眾人被他的俏皮話逗得莞爾，平素積累於心中的鄙夷感瞬間又降低了不少。

「裡邊請，大夥繼續裡邊請，留神腳下。江邊濕氣重，臺階有點兒滑！」張松一招得手，乾脆再接再厲，主動代替黃老歪的嚮導角色，帶著大夥繼續往製錢作坊深處前行。

不多時，眾人就進入了作坊內部。

放眼望去，只見到一個空蕩蕩的大廳，兩名匠師帶著十來個普通工匠，正圍在兩座四輪馬車大小的鐵疙瘩旁比劃著，兩座鐵疙瘩旁邊，則整整齊齊擺著一疊半丈見方的鉛銅板，每一張表面都磨得非常光潔，可以清楚地照見人的影子。

「大總管，黃主事、張主事！」見到朱重九到來，工匠們立刻停下了手中的夥計，主動舉手行禮。

朱重九笑呵呵地還了個自創的軍禮，然後吩咐：「不必客氣。你們該幹什麼接著幹什麼，就當我們沒來過。」

「已經準備得差不多了，就等大總管前來軋第一刀！」

兩個匠師俱是從淮安工坊初建時就跟在朱重九身後幹活的老人，笑呵呵退開半步，露出身後的機器。

雖然名為鍛機，但兩座機器的模樣卻與最初在徐州拿來鍛造鎧甲的機器，有著天上地下的差別，每一座通體皆為精鋼打造，表面和稜角處皆用砂石細細打磨過，溫潤如玉。

第一座上頭照例懸著一個巨大的生鐵鍛錘，第二座卻連鍛錘都沒有，代之的是十數根小兒手臂粗精鋼棍子，從鍛床的頂端垂下來，筆直地深入下面各自的套管當中，就像猛獸嘴巴裡的一對對牙齒。

「這是焦大匠，上個月跟主公一道弄出來的新式鍛床，原本用來給胸甲上面壓花，為了壓製銅錢，特地又改進了一回，焦大匠和我可是都花了不少功夫！」帶著幾分得意，黃老歪指著第二座鍛床繼續炫耀。

「你先別忙著邀功！」蘇先生聽得不耐煩，打斷道：「要是一會兒造不出讓大夥滿意的銅錢來，看你如何收場！」

「那不可能！只要主公在這兒！」黃老歪最服氣的人，除了朱重九之外，就是蘇明哲，舉起胳膊賭咒發誓，「我可以立軍令狀，如果……」

「滾，明知道主公不可能殺你！」蘇先生一瞪眼睛，將黃老歪後半句話給直接懟了回去。

大夥聽了，再度抿嘴而笑。

「只要主公在這兒，應該不會出任何問題！」

論起邀功領賞的本事，張松遠比黃老歪專業，趁著大夥笑聲未落，搶先開始介紹：「卑職和黃主事、焦大匠三個在最初造樣錢時，其實已經試出了一些門道，鍛床的力道絕對夠，問題最可能出在板子上。為了讓錢更有賣相，焦大匠和黃主事還特地帶人重新調整了許多次銅、錫、鉛的配比，現在這種壓製起來時最不容易開裂，壓出來的新錢光澤也最誘人！」

眾人隨著他的手勢，目光再度落在第一座鍛床旁邊的銅板子上，果然發現銅板子的顏色黃中帶赤，如果不是事先心理有所準備，很容易就將其誤認為純金所造。

「成本如何？」朱重九經常在百工坊內跟各種合金打交道，一眼看上去，就察覺到板子的含銅量應該遠超過了六成。

「主公慧眼如炬！」張松立刻挑起大拇指，滿臉佩服地誇讚，「銅大體上占到了六成半，錫一成半，剩下的是軟鉛。微臣和焦大匠，黃主事三個估算過，雖然這樣銅錢的造價會高一些。但比起先化銅水再澆鑄，依舊要省出許多！」

「嗯！」朱重九笑著點頭。「既然你們已經有了把握，乾脆現在就軋一批錢來看看，黃主事，外邊的其他零件都準備好了麼？」

「準備好了！」黃老歪臉上的表情變得無比肅穆，「只待主公一聲令下。」

「那就開始吧！」

「是！」黃老歪從胸口的掛繩處抄起一枚哨子，奮力吹了幾聲，「嘟嘟，嘟嘟……」

「嘟嘟，嘟嘟……」「嘟嘟，嘟嘟……」一連串哨子聲回應，緊跟著，腳下的地面忽然微微一顫，巨大的金屬撞擊聲如海浪一般砸了過來，砸進在場每個人的耳鼓。

那絕不是什麼美妙的感覺，幾個身體稍微差一些的文職，頓時覺得頭疼欲裂，五臟六臟一起從肚子內往外湧，黃老歪和焦玉卻如同聽了仙樂一般，變得精神百倍，各自從鍛床旁抄起一面彩旗，走到窗口處用力揮舞，同時嘴裡的哨子繼續響個不停，「嘟嘟，嘟嘟……」「嘟嘟，嘟嘟……」

廠房外，繼續有巨大金屬的撞擊聲穿了進來，中間還夾雜著令人牙酸無比的摩擦聲。腳下的地面搖晃越來越劇烈，整個房子也開始搖搖晃晃。然而，隨著哨子頻率的降低，撞擊聲漸漸變少，摩擦聲也一點點變得均勻，腳下的地面不再繼續搖晃，而是以春夜細雨般的恆定節奏穩穩地顫抖。

「主公，請開機！」黃老歪放下角旗，吐出哨子，走到朱重九面前，做了個邀請的手勢。

朱重九對先前的撞擊和摩擦聲早已見怪不怪，點點頭，走向第一座鍛床旁邊的一個包著紅布的手柄，先慢慢晃了晃，然後猛的向下一拉。

「匡噹！」又是一連串刺耳的撞擊聲，緊跟著，巨大的鍛錘高高的抬起，露出下面數排渾圓型的凹槽。一個個黑中透藍，隱隱帶著幽光。

「上板子！」大匠焦玉一聲斷喝，帶頭抬起一張銅板，整整齊齊地蓋在凹槽之上，兩名工匠迅速轉動手柄，將銅板牢牢固定，隨即焦玉用身體擋著朱重九向後退開，同時猛的一揮手。

「轟！」負責第一座鍛床的匠師放開機關，巨大的鍛錘帶著風聲迅速下落。將銅板砸得火星四射。

「倒車！」焦玉扯開嗓子繼續大喝。負責操作鍛床的工匠迅速拉動朱重九先前拉過的手柄，隨著另外一陣刺耳的「匡噹」聲，鍛錘再度被緩緩提起，將已經成型的錢餅全都露了出來。

「卸餅、上新板！」焦玉的聲音繼續傳來，每一聲都充滿了自豪與自信。

工匠們手腳麻利地轉動機關，將衝錢餅的母槽與裡邊的光板錢柄一同抬下，然後換上新的一塊母槽，固定好新的銅板，再度進行下一輪衝擊。

已經卸下的母槽與裡邊的錢餅一道被抬至第二座鍛床旁，黃老歪指揮其餘匠師和工匠翻轉母槽，將裡邊的光板錢餅倒在操作臺上，然後用鐵鑷子夾起來，一個挨一個塞進第二座鍛床的鋼柱子下方正對的模具裡。

待所有錢餅都安裝到位，黃老歪也迅速拉動了第二座機床上的紅色手柄，十幾根柱子帶著令人頭皮發麻的嘈雜聲緩緩下落，緩緩釘在錢餅上。

「咯吱，咯吱」，令人牙酸的摩擦聲陡然開始發悶，緊跟著，鍛床猛的哆嗦了一下，「咚！」十根金屬柱子全部停了下來。

「倒車！」黃老歪用與焦玉同樣的口氣大聲命令，站在他身側的一名匠師飛快地拉動另外一根包著藍布的手柄，「匡噹」，隨著另外一長串撞擊，金屬柱子又以肉眼可見的速度退回上方。

「收錢！」又是黃老歪一聲令下。有兩名工匠一左一右，同時扯動模具下的機關。「叮叮噹噹」，數枚金黃色的銅錢順著第二座鍛床下方的漏斗掉了出來，在特製的金屬托盤中來回滾動。

「成功了！」張松一個箭步竄過去，顧不得銅錢的燙手，抄起幾枚，捧在掌心，一邊用嘴吹氣，一邊大聲喊道：「恭喜主公，賀喜主公，我淮揚通寶必風行天下！」

「拿來我看看！」

見到銅錢試製成功，朱重九心裡也非常高興。從張松手裡搶過來一枚，對著窗口射進來的日光仔細把玩。

只見該錢通體呈赤黃色，光澤誘人，正反兩面的錢文清晰柔潤，渾然天成，只是錢的邊緣處依稀殘存著些細小的金屬毛刺，用手指摸上去有點兒粗糙。

「這只是毛錢，還差最後一道工序！」彷彿猜到了朱重九在想什麼，黃老歪快速蹲下身，抓起一枚滾燙的銅錢，然後又從貼身口袋中掏出一把小鋼銼，對著放銅錢的托盤三下兩下，就將輪廓上的瑕疵處理乾淨。

「微臣和焦大匠商量過，最後一道工序不會放在這兒，免得工匠們分心！」將處理好的銅錢遞給朱重九，他又迅速抓起第二枚，一邊加工，一邊補充：「像這種收尾的活，新來的學徒也能幹得，並且即便不處理也沒啥關係。銅錢拿到市面上用一段時間，自然就將邊緣給磨光滑了！」

「還是收一下尾，精益求精！」朱重九將黃老歪加工過的銅錢和最初自己從張松手裡搶來的對比了一下，吩咐道：「你和焦大匠還可以考慮一下，用機器來磨，估計比人工更快。」

「微臣想過，但是沒必要！」黃老歪低著頭，繼續打磨剩下的銅錢，回說：「什麼活都讓機器幹了，學徒們就都熬不出性子來了，微臣當學徒時，可是給師父掄了三年大錘呢。微臣那三個兒子，當年跟著微臣，也是終日大錘掄個沒完。現在的學徒進了作坊，出大力氣的活都被機器幹了，只剩下搬搬抬抬，這樣下去，很難學到真東西！」

「呀！黃主事，看不出來你口才這麼好！」官吏們一邊爭搶著觀賞新錢，一邊笑呵呵打趣。

黃老歪平素在議事廳中的表現絕對稱得上沉默寡言，但此刻回到自己的地盤裡頭，卻完全換成了另外一個人。

只見他兩手配合著處理銅錢，動作嫻熟如飛，嘴巴上卻絲毫不耽誤地反擊道：「幹一行，說一行話，怎麼幫大總管治理地方，我不懂，也不敢插嘴；但怎麼教徒弟，給他們找飯碗，諸位大人可真未必比黃某懂得多。有道是玉不琢不成器，孩子的日子過得太安逸了，就不容易長出息……」

說話間，他身旁已經擺了一整摞處理好的銅錢，個個乾淨光潔，金光耀眼。而焦玉那邊指揮著兩名匠師和其他工匠們，也陸續沖鍛、壓製了好幾輪，整個托盤裡盛滿了黃燦燦的華夏通寶，看上去瑞彩紛呈。

此時作坊只有一套機器在運轉，如果日後真的像黃老歪所說，擺開十餘套機器同時開工，半個時辰內就能造出上萬枚銅錢來。

給足了工匠三班倒，一天製錢二十餘萬枚，那一年就是……照這速度，只要銅料跟得上，用不了太久，整個淮揚大總管府治下，華夏通寶就得大行其道。隨著淮安軍控制地盤的不斷增加和華夏通寶的流通，製錢作坊的地位也會水漲船高，到那時……

當即有人心思開始飛快地轉動，盤算著該怎樣才能將製錢的作坊納入自己的管轄範圍之內。誰料還沒等大夥想好理由，朱重九已經搶先做出了決定，大笑著說道：「不錯，你們三個幹得不錯！趕緊再接再厲，把更多的機器裝起來。今後制幣坊的事，就由張松負責兼管，戶局、工局各派一個得力人手前來協助。將來如果還需要擴大規模的話，再考慮重新委派其他人手！」

「多謝主公信任，微臣必不辱命！」張松等的就是這句話，立刻彎下腰去，哽咽著說道。

「是！」蘇先生和黃老歪兩個也雙雙拱手，表示願意盡力為張松提供支持。這下，大夥看向張松的目光就有些複雜了，特別是老夫子逯魯曾，一向主張明君必須「親賢臣，遠小人」，而朱重九最近一段時間的作為，明顯是反其道而行之，讓他如何能夠開心？

正鬱悶間，又見朱重九走到大匠師焦玉身邊，附在後者耳朵上大聲喊道：「噪音這麼大，是不是齒輪配合有問題？」

「是，也不全是！」焦玉將手中活計轉給身邊的匠師，然後以同樣高的聲音喊叫道：「第二座機器像您當初提出來的那樣，沒有直接採用水錘，而是中間轉換了幾道，每一道都用了好幾種齒輪。齒輪數量多了，當然響動就大了些。另外，咱們做出來的齒輪，互相之間咬合還是有問題，得磨上十來天，聲音才會慢慢變小一點。」

「不是讓你們儘量採用新尺規了麼？」朱重九問。

「用的全是新尺規，可還是不行，光圖紙就畫了好幾百張了，我也不知道是啥原因。微臣以為，實在不行的話，第二座鍛床也直接用水錘沖壓為好，雖然容易傷到人，但出了毛病也好解決。不像這台機器，繞來繞去，萬一出了毛病，就得找上好半天！」

一提到技術問題，焦玉也完全變成了個瘋子，手舞足蹈，吐沫星子飛濺。

「你看著辦，但能用新技術就用新技術，哪怕毛病多，慢慢也能一點點改好！不要絕了創新之路，身為大匠院的主事，你得有吃第一口螃蟹的勇氣！」朱重九滿嘴大夥聽不懂的詞彙。

「微臣明白，您沒見到，如今整個大匠院和百工坊，用的全是咱們淮揚的新度量標準麼？但是這事急不得，總要有個過程，一口氣吃不成胖子！」

焦玉如果放在後世，同樣也是個技術瘋子，此刻眼裡毫無尊卑，繼續對著朱重九的臉狂噴吐沫。

「如果把一部分齒輪改成皮帶……」

「怎麼可能，主公您到底懂不懂行啊？皮帶傳動最容易打滑，出力也不穩定，而錢餅上壓花，卻必須有一股子連續的勁兒。萬一中間停下來，整套餅子就都得重新融化了鑄銅板。」

「那齒輪上多塗些油，或者把齒輪乾脆用盒子包裹起來，直接泡進油當中！」

「老天爺，那得多少油啊。主公您可真敗家！不過，這招說不定還真能行……」

二人談得興高采烈，當著眾人的面就探討起如何改進製錢的機器來，根本不在乎身旁兩台機器雷鳴般的吵鬧。

逯魯曾越看越著急，用手揉了揉腦袋，哀叫道：「不行，老夫年紀大了，受不了這機器的轟鳴聲，我得先出去透透氣，蘇長史，麻煩你一會兒替老夫向大總管告罪。」

「您別心煩，大總管做起事情來就是有股認真勁！」蘇明哲看了一眼全身心投入到鍛床改進大業中的朱重九，眼睛裡流露出幾分溺愛，「夫子慢走，我也不喜歡聽這機器的聲音，乾脆陪你一起出去透透氣！」

說罷，拄著自己的金拐杖，慢吞吞陪著逯魯曾走到了院子中。

兩個最位高權重的老傢伙敢找理由逃走，其他官吏可沒這麼大膽子，只能繼續忍受著刺耳的機器轟鳴聲，將黃老歪打磨好的銅錢握在手裡玩了又玩。

只有張松終於如願攬到一項美差，志得意滿，絲毫不覺得機器的聲音煩躁，反而將身體靠了過去，盯著黃燦燦的銅錢一批批落入托盤，彷彿在替自己清點即將入庫的家財般。

「張主事可要小心了！」有人看不慣張松那副小人得志模樣，湊到他耳邊，奚落道：「自古以來，制幣之事都風險重重，張主事以前天天負責盯著別人，別哪天自己也被盯上了！」

如此刻薄的話，張松豈能聽不出來其中惡意？然而，他卻一改先前錙銖必較的性子，笑呵呵地回道：

「多謝李兄提醒，張某自然知道其中利害，不過咱們的制幣可不比從前。每一張銅板的大小都是固定的，上面能軋出多少錢餅也是固定的，每天只要數清楚進來多少銅板，該送出去多少枚銅錢，自然清清楚楚。至於剩下的邊角料，也有專人負責收集起來過秤，重新融化製造銅板，每個環節可能出現的疏漏，張某早就提前給堵死了，將來無論是哪個接替了張某，想要胡亂伸手都不容易！」

一番話可謂有理有據，層次分明，將挑事者立刻打了啞口無言。

然而張松卻不知道見好就收，轉過頭，衝著其他平素看自己不順眼的同僚們拱手道：「張某知道諸位擔心什麼，無非是張某以前的官聲不太好，怕張某管不住自己而已，可張某也是正經的科舉出身，與諸位一樣讀的全是聖賢文章，心中豈能不知道廉恥二字？但以前做大元朝的官，沒辦法。你不貪不拿，甭說高升一步，連腳跟都未必站得穩。伯溫兄，你說是也不是？」

「那倒是沒錯！」劉伯溫沒想到張松會找上自己，措手不及，只能訕笑著回應。他以前正是像張松所說的那樣，不肯跟別人同流合汙，所以走到哪裡都受同僚排擠，最後無奈下只能選擇掛冠而去。

「可咱們大總管這不同！」張松的聲音再度提高，像是在對大夥明志，又像是在拍朱重九的馬屁：「只要**你有本事，肯用心，就不愁沒辦法出頭**，並且薪俸又給得足，商號裡頭年底還有大把分紅可拿。張某是傻了，才會貪那點製錢的火耗，而不去輔佐大總管一統天下，以圖身後名標凌煙！」

「哈哈哈！」眾人爆出一陣哄堂大笑，看向張松的目光愈發地與過去不同。從傳統意義上講，張松絕對是個小人，正因為他是個小人，所以他才不恥於言利，並且將很多利益都算得清清楚楚。

的確，淮揚大總管府嚴禁麾下官員貪汙受惠，也不會給官員們名下的田產什麼免稅政策。但淮揚大總管府所控制的淮揚商號，卻能日進斗金。所有官員在商號裡頭都有相應的職務分紅，即便不貪汙受賄，照樣能做個富家翁，隨便積攢幾年，養上十七八個小老婆，蓋上幾畝地的院落都不成問題。

此外，隨著脫脫被擊退和各類工坊的逐步增加，新的工商產業，已經隱隱發揮出其特有的威力。照著這種發展勢頭，朱總管將來坐攬天下的機會絕對超過了六成以上，放著好好的開國元勳不做，去貪圖製幣過程中那點蠅頭小利，如此蠢事，得腦袋被驢踩過才幹得出來！

科舉未必能選拔出人才，但是絕對會最大程度地將蠢貨排除在外，張松身上，這個道理就是鮮明的驗證。

正當眾人百無聊賴的時候，只見他忽然扭頭朝第一座鍛床處掃了幾眼，然後笑道：「事先準備的銅板差不都用完了，諸位忙著，張某去跟大總管請示一下，今天是不是就到這裡！」

「張大人儘管去！」在場眾人都衝著張松拱手還禮。

張松小跑著來到朱重九身旁，提醒道：「大總管，銅板用完了，您看……」

「那就把機器停下來吧，辛苦你了！」朱重九剛好跟焦玉的討論也告一段落。

於是又是一陣驚天動地的機器轟鳴聲，兩台不同用途的鍛床緩緩停止了運轉，匠師和工匠們個個累得滿頭大汗，但是眼裡卻閃爍著興奮的光芒。

與他們的情況相反，在場大多數官員們卻全是臉色慘白，幾個身體特別單薄者，走路都開始搖搖晃晃。

「諸位這回應該知道了！」朱重九見狀，忍不住出言教訓道：「世間原本就沒有容易之事，製器也不只是簡單的小道，即便……」

話沒說完，忽然聽到門外傳來一串急促的腳步聲。緊跟著，蔡亮像個肉球一樣滾了進來，「主公饒命，微臣再也不敢了，真的再也不敢了！」

「起來說話，你到底怎麼了？」朱重九正沉浸在鑄幣成功的喜悅當中，見到蔡亮的模樣如此狼狽，忍不住同情地問。

「主公莫要上他的當！」軍情處主事陳基見狀，立即駁斥道：「這地方防備得潑水不透，怎麼可能有人進來害他？他這是特地算好時間，跑過來找您幫他脫身！」

「是麼？」朱重九眉頭輕輕一皺，將頭轉向黃老歪。淮安軍的機密作坊全都歸後者管理，除非他特地安排，否則蔡亮絕對不可能來得如此之巧。

「主公明鑑！」黃老歪的臉立刻紅成了紫茄子，吞吞吐吐地解釋道：「是微臣讓他在造槍工坊裡躲躲風頭，但是微臣絕對沒告訴他主公今天會過來，也絕對沒給他出主意，讓他跑到你這裡給他自己討人情。」

「是麼？看不出來你黃主事還挺大公無私的！」朱重九撇撇嘴，不相信黃老歪所說的。

造槍作坊與製幣作坊相距如此之近，自己帶著這麼大一波人過來巡視，蔡亮不可能看不見。至於趁著自己心情高興，從剛才的銅錢試製過程推斷，黃老歪和焦玉、張松三個不知道已經預演了多少回，怎麼可能不是「一次性成功」？

「主公明鑑！」黃老歪的額頭上，汗珠開始大顆大顆地往下掉，「我工局原本就人才稀少，那些讀書人都不願意來，即便來了，也沉不下心去做事，蔡主事雖然是個惹禍精，但他畢竟跟了微臣這麼多年了，一直沒犯過什麼大錯……」

「行了，你乾脆直說吧，他到底犯了什麼事？」朱重九擺擺手打斷道。

護短是人的天性，黃老歪行為不足為怪。但當著如此多的人面，他不能帶頭置淮揚大總管府的律法於不顧。

「是微臣自作主張跑來打擾主公的，不怪黃主事！」蔡亮發覺朱重九神色不對，搶在黃老歪之前主動將責任朝自己身上攬，「微臣不該陣前招親，請主公責罰！」

他將身體站直，畢恭畢敬等候處置。

「陣前招親？」朱重九聽得心頭火起。

「微臣知錯……」蔡亮紅著臉，期期艾艾。

「主公明鑑，他逾期不歸雖然事出有因，但軍情處以為此人已經不宜繼續留在工坊重地！」軍情處主事陳基板著臉，「微臣已經把結果通知黃主事，吏局那邊也認可了微臣的判斷，但黃主事卻以工局最近繁忙為由，把他藏在作坊裡，不肯交吏局另行安置！」

「此事內務處一直沒處理過類似先例，所以想暫緩幾天，待把所有細節都核實清楚，再上報主公！」

張松做事要比陳基圓滑得多，搶在朱重九開口向自己詢問前委婉地道：「內務處和軍情處已經聯手核查過，蔡主事當晚落在吳女俠和鄒壯士手中，的確沒有向外吐露過咱們淮揚的任何機密。但是，當晚他急著脫身，就施展美男計，打動了吳女俠的妹妹，與對方私訂終身！第二天吳女俠發現妹妹與蔡主事有了私情，所以才下定決心把船隊開了過來！」

「美男計？」朱重九費了好大力氣，也沒看出來圓滾滾的蔡主事，居然還有做〇〇七的潛力。不過既然軍情和內務兩處都查清楚了，蔡主事沒有洩密，剩下的家務事他也懶得去理睬，因此皺著眉頭說道：「既然他沒有洩密，你們為何還認為他不應該繼續留在工局？」

「是吏局和軍情處的建議，內務處這邊倒是覺得蔡主事有情可原！」張松先看了黃老歪一眼，「再加上黃主事極力想保他，所以至今還沒做出最後決定，也沒有上報給主公！」

「他不經艦隊保護，擅自乘坐貨船回淮揚，本身已經屬於嚴重違紀。」陳基鐵青著臉，不依不饒。「軍情處的確沒查出他的問題來，但同船的證人都是吳女俠的嘍囉，他們的話也未必可信！」

「主公明鑑！」蔡亮聞聽，立刻大聲喊冤，「微臣真的沒有洩密，工坊的事如此複雜，即便微臣說了，外人也未必能聽得明白。微臣只是覺得，自己留在工局，還能替主公做一些事，哪怕是讓微臣只做一個小吏，只要能留在這兒，微臣也心甘情願！」

「此例不可輕開，百工坊乃我淮揚核心重地，必須防微杜漸！」逯魯曾突然從門外走入，以與陳基同樣的口吻說道。

他是吏局主事兼朱重九的岳祖父，兩個兒子和一個孫兒也在淮安軍中擔任要職，因此說出的話來影響力極大。如果沒有意外的話，基本上已經等同宣布了最終結果。

眼看著工局副主事蔡亮就要被「踢」出門外，誰料黃老歪在關鍵時刻，卻鼓起幾分勇氣，擦乾額頭上的汗，替自己的臂膀求情道：「主公，微臣願意以身家性命為蔡主事作保！」

一個是吏局主事，一個是工局主事，各自持一個建議，針鋒相對。這在淮揚大總管府可是很少見到的稀罕場景。而這兩個人，偏偏背景又都非常特殊。頓時，周圍的其他官吏都閉上了嘴巴，一個個將眼睛瞪得老大，準備看自家主公到底如何判案。

卻只見朱重九笑了笑，大聲向張松、陳基和逯魯曾三人詢問道：「那吳女俠和他的丈夫，吏部、軍情處和內務處可曾暗中考察過了？」

「考察過了，履歷沒疑點！」張松和陳基異口同聲地點頭。

「那你等認為，他們適合去擔任什麼職務？」

「鄒壯士水戰經驗豐富，經講武堂培訓之後，去水師擔任一個分艦隊提督戳戳有餘！」逯魯曾不明白朱重九為何要將話頭岔開，想了想回道：「但吳女俠也想去指揮戰艦，微臣卻認為不太妥當，畢竟自古沒有讓女人上船指揮男人的先例。」

「這有何難？沒有先例，我淮揚就創造一個先例便是！」朱重九笑了笑，毫不猶豫地說道：「反正我淮揚所做的開先河之事，已經不止是這一樁！我看那女人巾幗不讓鬚眉，做個分艦隊提督也綽綽有餘！不如這樣，讓他們夫妻先進講武堂熟悉淮揚軍令，然後吳女俠去做分艦隊提督，鄒壯士副之！」

「主公……」逯魯曾聞聽大急，本能地想反對。

「就這麼定了，此事不必再拖，讓蔡主事儘快去鄒家提親，把吳女俠的妹子娶回家。這樣，即便他身上還有疑點，大夥都成了我准揚的人，也沒必要深究了！」朱重九很快做出決定。

「謝主公洪恩！」話音未落，原本已經絕望的蔡亮「噗通」一聲跪倒，涕泗交流。

自打回到揚州之後，他幾乎每一天都度日如年。不知道大總管府最後將如何處置自己，也不知道假如自己丟官罷職，該如何面對即將過門的妻子。而今天，朱重九三言兩語，就令他頭頂上的霧霾一掃而空！

「主公聖明！」黃老歪、焦玉，連同周圍的匠師、工匠們也紛紛拱起手，大聲向朱重九致謝。

雖然平素拿著不菲的工錢，大總管府也曾經多次強調過四民平等，但工局和大匠院的官吏在其他同僚中間依舊沒什麼地位。而今天，朱重九非但保下了平素很有人緣的蔡主事，並且結結實實地表達了對工局的重視。

「主公……」逯魯曾還想再勸，卻被緊跟在他身後進來的蘇先生拉了一下，後半截話不得不吞回了肚子內。

這讓他感覺非常鬱悶，直到在返回揚州城的馬車上，臉色依舊一片鐵青。與他同車而行的蘇先生怕他憋出病來，忍不住笑著勸道：「不就是一個工局副主事的安排麼？值得你如此擔心？那百工坊裡頭，很多東西你我都看不明白。外人憑著三言兩語，怎麼可能就把秘密給偷了去?!」

「我不是氣這件事，我是氣……」逯魯曾狠狠瞪了他一眼，憤憤地搖頭，「你身為大總管府長史，居然什麼事都任憑主公一意孤行。既然如此，要你這首輔有什麼用？還不如換個唱戲的皮偶，主公拉一下繩子，你直接做個揖就行了！」

這句話一語道出了真正的問題所在，朱重九雖然沒有正式稱王，但淮揚一系紅巾早已獨立於汴梁之外。按照蒙元官制，蘇先生就是一國丞相，逯魯曾則為平章政事，二人非但要輔佐君主組織日常政務運行，而且要直言敢諫，避免君主的錯誤命令被各部貫徹執行。

但蘇明哲的所作所為，絕對不是個合格的丞相，據理力爭時從來找不到他，曲意逢迎的動作卻比誰都快。照這樣下去，朱重九怎麼可能做個有道明君？大夥怎麼可能重現貞觀之治?!

「正如老大人所言，蘇某這個長史早就該讓賢！」好心相勸卻被罵了個狗血噴頭，蘇明哲也不生氣，笑道：「可是祿大人，主公今天這樣子，不是你一直盼望著的麼？不是你一直覺得主公行事過於優柔，希望主公要乾綱獨斷！怎麼今天落到了自己頭上，就又受不了呢？所謂葉公好龍，也不外如此吧！」

「嗯！」逯魯曾被氣得悶哼一聲，身體仰靠在馬車的車廂壁上，花白的鬍子上下跳動，卻找不出任何理由來反駁對方。

因為從某種程度上而言，蘇先生說得一點兒都沒錯。朱重九變得越來越獨斷專行，越來越霸道，完全是他和章溢、劉伯溫等人一手為之。

是他們覺得朱重九以前事事都要詢問大夥的意見過於沒主意，是他們認為君主就該有個君主的樣子，不該被臣子的觀點所左右。而現在，朱重九開始按照他們的設想轉變了，他們卻又覺得君權太重，已經侵犯到了相權和臣權，這不是葉公好龍又是什麼？

「蘇某當年讀書不成器，花了好多錢，才買了個小吏做！」蘇明哲卻不管逯魯曾會不會被自己活活氣死，臉上露出幾分嘲諷之色，「每天撿小商小販勒索一番，再湊齊幾個同行去喝頓花酒，就美得忘乎所以，遇上霸道人家當街踹蘇某幾腳，或者賞蘇某個大耳光，蘇某也只能陪著笑臉硬捱著，至於討還公道，卻是想都不敢想。」

「本以為這輩子就這麼混過去了！」頓了頓，他搖頭苦笑，「誰料芝麻李卻在蕭縣造了反，把蘇某稀裡糊塗就捲了進去，然後蘇某每天過得像是在做夢，每天醒來第一件事就是咬自己手指頭，唯恐眼前這一切都不是真的，冷不丁一覺醒來，又回到原來那副倒楣模樣！

「所以蘇某很知足，即便被你們在背後數落是尸位素餐也不當回事，蘇某原本就是塊做小吏的材料，當上長史全憑主公信任。所以蘇某能做的，就是順著主公的意思來，不懂的事儘量不插手，自以為懂的事，如果主公已經做出了決斷，也立刻改過來。因為若是沒主公，就沒有蘇某今天的日子。換了蘇某坐在主公的位置上，腦袋早就被蒙古人砍下來傳售天下了，怎麼可能打下如此大的基業？」

「至於君權與相權，有什麼好爭的？」他意味深長地看了逯魯曾一眼，「非得像脫脫那樣把自己弄死才開心麼？大元朝從中又得到了什麼好處？不瞞您老，要是到了主公一統天下之後，蘇某肯定第一個要求告老還鄉，但在此之前，蘇某就是主公腳下的一條老狗，主公看誰不順眼，蘇某就咬誰，跟他拼個你死我活。」

一番話說得很直接，其中道理也無比簡單，正因為我不是那當宰相的材料，所以我才唯主公馬首是瞻；你們大夥再有本事，也沒主公更厲害，否則怎麼沒見你們去對抗蒙元，而是跟蘇某一道投於主公帳下，做了任其驅使的鷹犬？

只是這番話好說不好聽，特別是砸在逯魯曾這高中過榜眼的大賢心窩上，簡直比直接拿刀子捅他還要令其難受，於是話音落下很久，車廂裡一片死寂。

第七章

老祖宗

「老祖宗……」

一件件都是些託人情走關係的事，要說大都不算太大，可著實敗壞著淮揚大總管府的清譽。那「老祖宗」將大部分委託都給答應了下來。彷彿他的兒子是朱重九本人一般，什麼事情都可以一言而決。

祿老夫子哆嗦許久，才終於吐出一口氣，呻吟般說道：「好，好你個蘇長史，原來一直打的就是綁樁的主意，如此混吃混喝一輩子，你就不覺得心中有愧於主公麼？」

「有什麼慚愧的，蘇某可是押上了全家老小的性命！」蘇明哲毫不掩飾地回道：「況且主公的手氣正旺，根本不用蘇某給他幫什麼忙，蘇某只要盯著別人，莫讓主公被別人出了老千就足夠了！」

「你……」逯魯曾又一次被噎得無言以對。

蘇明哲的話根本說服不了他，同樣，他也影響不了蘇明哲。他非常明白，淮揚大總管府上下不止蘇明哲一個人抱持此種態度；可以說，滿朝文武幾乎都對朱重九有著近乎信徒般的崇拜。認為自家主公是天縱之才，每一步都包含著無比的深意。

「善公，你聽蘇某一句！」蘇明哲奉勸，「你老了，蘇某也早就不是年輕人，有些事，咱們不懂，就別跟著瞎攪和了，主公年方弱冠，銳意進取一點兒有何不可？況且他想做的事，咱們未必都懂，咱們懂的那些東西，都是用在大元朝的，但大元朝被咱們輔佐成了什麼樣子，你也不是沒有看見！」

「呼——」逯魯曾長長地吐氣。

如果別人說他老，他肯定立刻就會翻臉，但蘇明哲最後這幾句話，卻深深地打在了他心裡。朱重九正年輕，整個淮揚也跟他一樣年輕，他們還有時間去犯錯，不怕多做一些嘗試。

他們**嘗試之後，也許會走出一條與前人完全不同的道路來**。而自己過去在大元朝所積累的經驗，卻無法阻止大元朝向覆滅的終點狂奔，所以有時候管得越多，反而是好心做了錯事，毀了淮揚大總管府的生機！

想到這兒，逯魯曾看向蘇先生的目光變得柔和起來，半晌後，慘笑道：「人都說你蘇長史糊塗，誰知跟你蘇長史比起來，祿某才是真正的糊塗蟲。受教了，今日點撥之恩，祿某沒齒難忘！」

「就好像你嘴裡還有多少牙一般！」蘇明哲先大方地受了逯魯曾的禮，調侃道：「人到七十古來稀，少生點氣，然後留著老命看你孫女母儀天下，比啥都強！到了，到了，等會兒跟我找地方喝兩盅去，放著好日子不享受，天天跟自己的晚輩較哪門子勁兒啊？哪天他當了皇帝，還能虧待得了你們老祿家?!」

如果朱重九將來坐了天下，除了他本人之外，最大受益者可能就是祿氏家族了，畢竟朱重九身世孤苦，除了一個被逼死多年的姐姐之外，沒有任何直系親屬，所有算得上自家人的，只能是祿雙兒這邊的親朋。

想到這兒，逯魯曾心中最後一絲不滿也煙消雲散。正如蘇老不死說的，何必爭什麼相權臣權呢，自己都七十多歲的人了，爭到手又能怎樣？而朱重九又是個少見有情有義的，他做了皇帝，祿家上下怎麼可能不跟著平步青雲？

然而轉念一想，他又開始為曾外孫問題發起愁來。從成親到現在，已經兩年多了，孫女的肚子依舊沒有任何動靜，當祖父的雖然不方便過問，但總不可能裝著沒看見，萬一讓某個婢妾搶了先，或者群臣進獻上了別的女人，以雙兒那綿軟性子，豈不是要活活被欺負死?!

正悶悶想著，馬車已經停在大總管府門口，眾同僚紛紛從各自的車廂中跳了出來，或者告辭回家，或者進入各自的衙門處理公務，很快就散了個乾乾淨淨。

「走吧，去太白居喝兩盅去！再不喝，你還等著別人給你往墳頭上澆啊！」蘇先生依舊是狗嘴裡吐不出象牙，但關切之情卻溢於言表。

逯魯曾想想自己回家後除了政務之外，也沒啥事情可幹，於是強笑著回道：「想讓我請你喝酒就直說，繞什麼圈子啊！看你的錢存到最後都便宜了誰？」

這句話，可戳到蘇先生的心窩了，後者臉色登時一暗，他當年在徐州做小吏時，老婆就娶了三個；做了淮安軍的二號人物之後，女人更是沒少往家裡，可這麼多年下來，膝下卻養了一堆千金，帶把的兒子半個也無。

大元朝人壽命短，四十歲就可以自稱為老夫，眼瞅著自己的白髮如家產般一天天增多，卻不知道將來由誰繼承，蘇明哲心裡怎麼可能不著急？各家佛寺、道觀沒少佈施，連帶著喇嘛廟和十字教堂都捐了大把金銀，只不過各路神仙卻只收錢不辦事，誰也不肯給他送一個兒子來！

「別著急，你比我小了近三十歲呢！」逯魯曾意識到自己說錯話，拍拍蘇明哲的肩膀，笑著安慰道：「女人四十歲生孩子，就是老蚌產珠；男人麼，七十歲得子，也是福壽雙全！」

「這種事我才不在乎！你沒看大總管今天任命那姓吳的女人當提督麼？我家的女兒大不了今後都送去上講武堂，即便自己做不了女將軍，至少也給我找回幾個當將軍的女婿來！」蘇明哲強撐著回嘴。

「你倒是不傻，怪不得今天眼巴巴地瞅著大總管提拔那個女人呢，原來是給自己留後路！走吧，聽說太白居廚子的手藝不錯！」

兩人步履蹣跚地走向新開張不久的一座酒樓。

由於朱重九不喜歡在自己的家中擺宴席，所以也很少有官吏敢在家中專門養著廚師，大夥無論誰家有客人來，通常都帶去城中的飯館招待。

久而久之，這種做法在淮揚官場就形成了一種習慣。而當地的酒樓對官員們的面孔也漸漸熟悉，很少再為某位高官的突然蒞臨而驚慌失措。

眼瞅著兩個老頭子身後跟著七八名親兵朝這邊走，太白居的掌櫃和夥計們豈能不喜出望外，當即命人將二樓臨窗的雅間給空出了兩個，畢恭畢敬地將貴客領了上去。

逯魯曾揮揮手，吩咐親兵們儘管到另外一間去吃喝，自己和蘇先生兩個則讓夥計在窗下擺了個小桌，要了壺民間釀製的花雕，幾個特色小菜，慢條斯理的品了起來。

時值盛夏，屋裡的溫度多少有些高，從窗口吹進來的徐徐清風，則成了一種難得的享受，二人一邊推杯換盞，一邊欣賞外邊的人來車往，片刻之後，就有了微醺之意。

去年的戰火，始終沒能燒進城裡頭，經過半年多的休養生息，揚州市井正以日新月異的速度恢復著往昔的繁華。

「呀，那有個小賊把手伸到別人褲腰上了，住手！光天化日之下，你就不知道廉恥麼？」逯魯曾人老，眼睛卻不花，見到如此煞風景的事，忍不住高聲斷喝！

「哪裡？」蘇先生猛的從窗口探出腦袋。「巡邏隊都死哪裡去了！有人偷東西，你們不管麼？」

「吱——！」彷彿在回答他的質問，樓下響起了尖厲的哨子聲，緊跟著，一大群身穿黑色短打，手持木棒的壯漢衝了出來，與街上的百姓一道按住行竊的小賊，三下五除二就給捆了個結結實實。

這下，整條街道都跟著沸騰了，百姓和商販們一邊衝著小賊吐口水，一邊朝巡邏隊的頭目大聲喝彩。

那巡邏隊的頭目也不怯場，舉起僅剩的一條左臂給街坊們敬了個軍禮，然後喊道：「老少爺們留點情，別用吐沫把他給淹死了，太平府那邊正缺人下礦井呢，留他一條命，剛好去替咱們大總管挖石頭！」

「便宜他了！」

「真是便宜他了，這種人，不缺胳膊不缺腿，偏偏不學好，活該關在地下一輩子不見天日！」

「也就是大總管慈悲，換了當年蒙元那會兒，剁胳膊剁手都是輕的！」

……

眾人七嘴八舌，唯恐自己的聲音不被巡邏隊長聽見。

那巡邏隊長只是笑呵呵地聽著，同時命令麾下弟兄，押了小蟊賊去衙門聽候處理。隨即，又找了個機會，偷偷地朝逯魯曾和蘇先生兩人所在的方向遙遙地行禮。

蘇先生和逯魯曾都不想引人注目，揮了下手，迅速關上窗子，把所有目光隔離在外。

百姓中有些人心細，知道太白居的二樓中可能坐著什麼大人物，趕緊轉身匆匆離開了。但是大多數街坊鄰居，卻沒有注意到巡邏隊長的眼神轉動方向，還以為第二個軍禮是在朝他們致敬，大聲嚷嚷著給巡邏隊長還禮，「折殺了，長官。您每天風吹日曬的抓賊防盜，我等怎敢受您的禮。」

「有什麼折殺的，我不也是這揚州城裡長大的孩子麼？」巡邏隊長口才甚好，也不澄清誤會，只是笑呵呵地跟大傢伙套近乎。「再者說，我們的薪俸還不都是從大夥頭上收來的，拿了你們的錢，不幹點正經事怎麼行？」

他曾經是講武堂第一批受訓的基層軍官種子，因為在保衛揚州的戰鬥中丟了一條胳膊，才不得已退出軍隊，轉到朱重九特地為安置傷殘將士而創建的揚州府城市安全管理處，任巡邏隊的隊正一職，因此口才和見識都遠非舊時衙門差役能比，三言兩語就樹立起整個巡邏隊的高大形象。

但是一眾百姓們卻習慣了被衙役和幫閒們欺負，猛然聽到有人說他的俸祿是自己給的，嚇得連連擺手，「長官您可真會說話！您的俸祿是大總管賜的，草民可不敢貪功！」

「爾俸爾祿，民脂民膏。這句話，可不是我們大總管最先說出來的！」巡邏隊長搖頭，引經據典地補充。

眾街坊鄰居們聽得似懂非懂，卻知道巡邏隊長是真心想跟大夥親近，一個個感動莫名，誇獎的話如江水般向外湧，「長官可真會說話！到底是大總管親自帶出來的親信，一點架子都沒有！」

「那當然，也不看看是誰的兵！」

「青天大老爺手下帶的就是展昭，換了那龐太師麾下，帶出來的全是烏龜王八！」

眾人七嘴八舌，毫不吝嗇地將讚譽道。

誇讚聲隔著窗子傳進蘇先生和逯魯曾兩個的耳內，二人聽了，心裡也覺得美滋滋的，正所謂「水能載舟，也能覆舟」，自家主公如此得民心，這天下，如果他都坐不得，還有何人能夠坐得？

正聽得高興間，另外一側隔壁的雅座內，卻傳來幾聲憤怒的抱怨：

「這群沒眼力的賤骨頭，衝著一個巡大街的瞎拍什麼馬屁！」

「真的不知道天高地厚！沒瞅著那巡街的漢子朝咱們老菩薩敬禮麼？」

逯魯曾和蘇先生越聽越覺得惱怒，皺起了眉頭。

那臨近雅間的人卻不知道隔牆有耳，依舊氣焰囂張地說道：「老菩薩，您別嫌煩，咱們讓夥計把窗子關上就是！」

「關上窗子，讓夥計換一盆冰來，這太白居怎麼做生意的？這麼熱的天，居然只給上了一個冰盆子！」

「算了！」一個慵懶的老年女聲響起，打斷了眾人的抱怨，「吃得差不多了，咱們也該散了！別難為人家掌櫃的，做點小本生意也不容易！」

「老祖宗您真是體貼！」另外一個女聲緊跟著響起，話裡充滿討好之意，「能讓您屈尊蒞臨，是他們的福氣，他們燒香還來不及呢，還會在乎多送兩個冰盆子?!劉二家的，趕緊去催催，讓他們多上幾個，等老祖宗身上的汗落了，再安排馬車！」

「是，老祖宗，您稍等。奴婢這就給您催冰盆去！」劉二家的女人答應著，小跑著衝下了樓。

淮揚雖然民風開放，但出來到酒樓上擺宴席的女人依舊是鳳毛麟角，逯魯曾和蘇先生聽得納罕，不約而同都將目光看向對方，期待從對方眼睛裡得到答案，然而，彼此的記憶中居然都找不出一個地位高貴的女人，能像隔壁的「老祖宗」一般，坐在雲端俯覽眾生！

「估計是哪個將領的娘親吧，母憑子貴！」蘇先生撇著嘴道：「做兒子的常年出征在外，家裡長輩難免缺了章程！」

「弄不好是個文官！」逯魯曾嘆了口氣，臉上的尷尬絲毫不比蘇先生少。身為吏局主事，他的職責就是監督百官，淘汰平庸貪婪之輩，而如果有官員的家眷仗勢欺人，吏局無論如何都脫不開干係。

就在此時，隔壁的「老祖宗」又開了口，聲音帶著毫不掩飾的自得，「你們就別給我臉上貼金紙了，有啥事就明說，以後別整這麼大動靜，讓外人看到了，對六郎影響不好。」

「老祖宗就是體貼！」

「老祖宗……」

緊跟著，又是一串潮水般的馬屁聲。席間的女賓們一個接一個爭相向「老祖宗」獻媚。

「誰不知道老祖宗是菩薩心腸，最體諒我們這些下人了！老祖宗，我家那個不爭氣的小三子您知道吧，當年還帶去給您磕過頭呢。這不，轉眼就是十六了，人挺機靈，手腳也勤快……」

「彩雲，這事我可不敢替六郎做主！不是我說你，孩子大了，要麼送去百工坊，要麼送去縣學，好歹出來後能有口安穩飯吃。直接往衙門裡頭送是最沒出息的。第一，安排不到什麼好位置；第二，六郎的功名，當年是憑著一條腿換來的，可不敢隨便被人尋了錯處，害他後半輩子無處容身！」

「哪敢啊，老祖宗，看您說的，奴婢就是吃了豹子膽，也不敢害了六爺啊！」孫姓女人聽了，立刻喊冤，「我家那不爭氣的小三，一心立志要學六爺，想去投筆從戎，結果投考講武堂時，卻因為身子骨不夠結實，第一輪就給刷了下來。我這做娘的，又不忍心讓他去當個大頭兵，所以，想請老祖宗跟六爺說說，能不能，能不能……」

她的聲音漸漸轉低，那「老祖宗」的聲音卻高了起來，帶著十足驕傲地聲調說：「嗨！我當多大的事呢，原來是想考講武堂啊！回家等音信吧，不用六郎，這事老姐姐我就給你做主了！」

「多謝老祖宗，多謝老祖宗！」孫姓女人又驚又喜，跪在地上重重磕頭。

其他女人則紛紛上前道賀，陸續說道：「老祖宗，我家那孩子，想找個淮揚商號下面的鋪子做夥計，您看他是不是那塊材料？」

「老祖宗，婢子家那不爭氣的，馬上就府學結業了，也不知道能安排到哪去。這做爹娘的，誰不想著距離孩子近一點兒？要是他一旦被選派去了睢州帶領鄉下人墾荒，婢子可怎麼活啊！」

「老祖宗……」

一件件都是些託人情走關係的事，要說大都不算太大，可著實敗壞著淮揚大總管府的清譽。

那「老祖宗」卻是個熱心腸，喝得酒意上了頭，就將大部分委託都給答應了下來，彷彿他的兒子是朱重九本人一般，什麼事情都可以一言而決。

「這個腦滿腸肥的女人！」蘇先生實在聽不下去了，抓起靠在牆上的金拐杖，重重朝樓板上一敲，「夥計，上來結帳！」

「哎，來了！」一直站在樓梯口小心伺候的夥計聞聽，趕緊拉長了聲音回應。

隔壁的喧囂聲戛然而止，須臾之後，樓梯上響起一串細碎的腳步聲，搶在夥計把帳單送進蘇先生所在雅間之前，眾女人匆匆離去。臨出門時，還不忘朝四周小心打量一番，查探是哪家高官的馬車停靠在太白居前。

蘇先生和逯魯曾都是步行而來，當然不會被眾女人發現行藏，可他們卻從剛才的對話和正在上車的一群女人背影當中，認出了所謂「老祖宗」的身分。

「我當是誰呢，原來是韓鹽政的老娘，怪不得如此囂張！」蘇先生氣呼呼地道。

淮揚鹽政大使韓老六，是跟吳良謀一道從黃河北岸投軍的鄉紳子弟之一，當年在攻打淮安的戰役中，帶隊從排水渠潛入城內，立下過不世奇功。但是因為他左腿受傷感染，不得已找大食郎中鋸掉半截，所以無法再領軍作戰，在病床上被朱重九朱筆欽點，坐上了整個淮揚最肥的位子，掌管全部食鹽的買賣和稅收。

早在此人上任之初，蘇先生怕他年少見識淺，就曾經當面告誡過，要珍惜大總管給予的器重。否則，站得越高，也許將來摔得就越狠。

此人的好友吳良謀，劉魁也曾經悄悄跟他打過招呼，要求他務必看好自己和他身邊的人，大夥將來一起做開國勳貴，別貪圖眼前小利。很顯然，韓老六將這些話全都當成了耳旁風，至少，他根本沒有約束過他的家人！

逯魯曾在蒙元做過監察御史，比蘇先生更為冷靜，想了想，壓低聲音道：

「此事不宜操之過急。先讓內務處查查韓大使本人陷進去有多深，然後再看看吳都指揮使和劉指揮兩個有沒有關係再說，人都有三親六故，其中難免會良莠不齊！」

「千里之堤，潰於蟻穴！」蘇先生冷著臉，咬牙切齒道。

逯魯曾的意思他懂，眼下淮安軍內部，除了自己所在的徐州系之外，第二大勢力就是以吳良謀為首的山陽系。哪怕是內務處那邊抓到了鹽政大使韓建弘徇私枉法的確鑿證據，也得儘量將他跟另外幾個將領切割，否則勢必會影響淮安軍的內部穩定。

「先看看韓老六陷進去有多深吧！」逯魯曾想了想道：「有時候家人做的事，他自己未必清楚。另外，講武堂和其他各學堂的入門考試，各地學子畢業後的出路也得盯緊些，咱們先把漏洞堵上，自然託關係走門路的就少了！」

「明天議事時，蘇某就提議大總管發公文！」蘇先生自告奮勇。

作為朱重九的「看門狗」，他不能眼睜睜地看著自己親自參與建立起來的淮揚大總管府，被蛀蟲一點點啃得百孔千瘡，然後像蒙元朝廷一樣走向毀滅，哪怕是為此得罪了幾個手握重兵的都指揮使，甚至為此丟掉性命，也在所不惜。

「老夫率領吏局上下也會全力支持蘇公！」逯魯曾也道：「現在做，至少比將來做要好，即便早晚會爛，也必須比蒙元那邊晚上十幾年！」

淮安軍第二和第三號文職一起動手，效率可不是一般的高，只用短短五天，有關韓氏家族和一些官員徇私舞弊的罪證，就統統放在了蘇先生和逯魯曾兩人的案頭。

正所謂不看不知道，一看嚇一跳，最近兩年，不光是韓老六和吳良謀這些來自山陽湖附近的少年才俊在努力照顧著各自的親戚和鄉黨，其他文武官員，包括逯魯曾自己的兩個兒子祿鯤和逯鵬在內，也幹過類似的事，只是有的人相對克制，偶爾才會遞張名帖，寫份推薦書什麼的，而個別少數人，則到了賣官鬻爵的程度了。

「怪不得大總管老擔心咱們是換湯不換藥。照這樣下去，即便大總管得了江山，老百姓的日子也沒比蒙元強多少！」蘇先生氣得直哆嗦，鐵青著臉道。

他雖然看似對朱重九非常盲從，但內心深處，卻並不完全理解自家主公的一些做法，特別是涉及到官員提拔、人才錄用的原則，有時候甚至覺得自家主公的做法簡直嚴苛到了不食人間煙火的地步，而今天，當看完了內務和軍情兩處秘密得出來的調查結果，才豁然發現原來朱重九的擔心一點都不多餘，淮安軍沒等坐上江山，就已經開始慢慢潰爛了。

「牽涉的人太多，不能輕舉妄動，並且有些事，主公也沒嚴令禁止，現在追究起來有矯枉過正之嫌！」逯魯曾的政治鬥爭經驗遠比蘇明哲豐富，冷靜地說道。

淮揚系的潰爛，比起蒙元朝廷，只能算作疥癬之癢，還未達到病入膏肓的地步，唯一麻煩的是，如果傳出去，會極大地損害朱重九苦心建立起來的形象，進而給整個淮揚系抹黑，讓全天下看好淮安軍的英雄豪傑失望。

「那也不能什麼都不幹，至少要抓幾個最囂張的出來殺雞儆猴！」

蘇明哲氣歸氣，卻也知道法不責眾這個道理，點了點頭說：「主公給他們開了那麼高的俸祿，年底還成車地往他們家中送銀子，他們居然還不知足，還靠幫人托門路大肆斂財！這種人，絕對不能留！否則早晚有那麼一天，他們貪圖別人的銀子把主公和大夥都給賣了！」

「那也分個輕重，至少跟幾個軍團牽扯太大的，需要勸主公先緩一緩，特別是三舍和雲升，必須等胡大海和王弼兩人回來後再做決定！」逯魯曾輕輕敲了下桌案，繼續給蘇先生潑冷水。

胡三舍是第二軍團都指揮使胡大海的長子，王勇王雲升則是第三軍團副都指揮使王弼的本家侄兒，這幾年兩人一直被安排在總參謀部裡，被當作重點苗子栽培。然而兩個小王八蛋行軍打仗的本事沒學到多少，卻無師自通地學會了狐假虎威，打著大總管身邊近臣和各自家中長輩的旗號，插手睢、徐、宿、濠等州的官府人事安排，干涉淮揚商號的正常運轉，甚至在府學中拉攏即將畢業的學子，許以光明前程，結黨營私。

如果不是前幾日韓建弘的家人過於高調，在酒樓中公然答應一干同鄉的請託，引起了逯魯曾和蘇先生兩個的警覺，在調查韓家的時候順藤摸瓜地發現了他們，這一支完全由少年人組成的集團，還不知道會壯大到何等地步。弄不好連他們的父輩都控制不住，被逼著捲進一大堆陰謀當中。

「我會立即提議主公，結束江南的戰鬥，調第二、第三兩個軍團回揚州休整！」蘇明哲知道事關重大，決定未雨綢繆。

第二軍團的大部分底層將佐都經歷過講武堂的輪訓。第三軍團的將佐則大多是當年朱重九在徐州起家的老班底。只要這兩個軍團回到朱重九身邊，任何人就很難再煽動他們叛亂，哪怕是萬人敬仰的胡大海，也沒有絲毫成功的可能。

「那也不急，康茂才已經答應投降了，就讓胡大海帶著第二軍團與康茂才麾下的兵馬一道回揚州休整。第三軍團那邊有徐達在就足夠了，王弼一直對主公忠心耿耿，不到萬不得已，他不會起什麼異心！」逯魯曾幫蘇先生出謀劃策。

二人你一眼我一語，正商量得熱鬧。猛然間，院子裡忽然傳來一陣嚎啕聲，緊跟著，便聽見有人大哭喊道：「主公，韓老六求見。韓老六約束家人不嚴，向您負荊請罪來了。」

「這廝倒是見機得快！」蘇明哲皺了皺眉，站起身，用包金拐杖挑開長史處的門簾。

朱重九一直主張各衙門集中起來處理公務，因此大總管府議事堂的兩側廂房內此刻坐滿了六大局的官吏。聽到院子裡的哭喊聲，一個個按捺不住心中好奇，紛紛將頭從窗口探出來觀望。隨即便被眼前的景象驚了個目瞪口呆。

只見第五軍都指揮使吳良謀的結拜兄弟，淮揚鹽政大使韓建弘，光著膀子，反捆著雙臂跪在地上。兩支胳膊中間則倒插一根小兒手臂粗細的荊條，上面的毛刺硬生生扎進肉中，血跡斑斑的。

「這小子究竟幹了什麼壞事，居然對自己下如此狠手？」眾官吏們互相看了看，小聲議論。印象中，鹽政大使韓建弘一直是個低調踏實的好官，上任兩年多來，很少和同僚發生爭執，兩淮的鹽政也被其梳理得井井有條。

正百思不解的時候，又聽那韓老六抽泣著說道：「主公，微臣知道您很生氣，但自古以來，只有當娘的教訓兒子，沒有當兒子的教訓娘親的道理。所以，千錯萬錯，微臣都願意一力承當，請主公將微臣明正刑典，以儆效尤，微臣死而無怨！」

眾官吏聽了，臉上不約而同地湧起幾分戚然。

從韓建弘的哭訴中推斷，他自己未必犯下什麼大錯，而是其老娘見識短，打著兒子的旗號在外邊惹下了麻煩，如果此言屬實的話，這廝的確是滿肚子冤枉卻無處可申！

「你給我起來，別裝孫子！朱某人帳下，只有寧死不彎腰的好漢，沒有磕頭蟲！」朱重九的聲音從議事廳裡傳出，隱隱帶著幾分恨鐵不成鋼。

早在蘇先生和逯魯曾聯手調查韓家時，就向他彙報過。

最近幾天，他也翻看了二人整理出來的檔案，所以對韓老六的事一點都不感到奇怪，只是詫異他不知道是受了哪路高人的點撥，居然搶在自己處置他之前，先玩起了負荊請罪的戲碼。

「唉，唉！」鹽政大使韓建弘聞聽，立刻掙扎著往起站。然而左半條大腿的木頭假肢終究沒有真實肢體靈活，才站了一半，立刻又「噗通」栽了下去。腦門碰到地磚上，立時頭破血流。

這下，他的模樣愈發令人同情了，眾官吏紛紛將頭側開，不忍繼續再看下去。

朱重九心頭不由發了軟，嘆了口氣道：「過去幾個人，把他的綁繩鬆開，扶他進來！蘇長史、祿長史，吏局、戶局，還有軍情處、內務處的正副主事，都進來議事！其他人各司其職，不要光想著看別人的熱鬧！」

「是！」被點到的官員齊聲答應，快步走進議事堂。

近衛團長劉聚則帶了四名彪形大漢，扶起韓老六，解開他身上的綁繩，攙扶他進了大堂。

「荊條，荊條！」韓老六一邊被扶著往裡走，一邊不忘提醒近衛別落下他責罰自己的刑具。

「你裝什麼可憐？當年在左軍裡就學了這種本事麼？」朱重九聞聽，心中火頭又起，厲聲呵斥道。

這下，韓老六不敢再提他的荊條了，掙扎著快走幾步，來到議事堂正中央，推開攙扶自己的親衛，給朱重九行了個端正的軍禮，口中稱道：「都督，末將知錯了，請都督按律嚴懲，以儆效尤！」

「怎麼懲處你，要看你究竟犯下了多大的罪！」

一聲都督，叫得朱重九心中再度發軟。當年在徐州任左軍都督時，他威望不足，物資補給又受到趙君用的惡意剋扣，麾下能上陣的人馬只有一千出頭。

其中能看得懂兵書和輿圖的更是鳳毛麟角，而吳良謀和韓建弘等少年正是在那時候被家族送到他的隊伍，非但極大地彌補他麾下人才匱乏的情況，同時也為徐州左軍向淮安軍的轉變打下了堅實的基礎。

所以對當年徐州時就跟著自己的老弟兄，對山陽湖畔各莊送來的少年豪傑，他都會高看一眼。哪怕後來他麾下的人才越來越多，徐州和山陽兩地出來的文武，卻始終把握著淮揚大總管府的要害位置，從來沒有因為能力和名望上的欠缺，而被他棄之不用。

但從目前蘇先生和逯魯曾挑選後送上來的情報中看，墮落最快的，恐怕也是徐州和山陽兩個山頭。彷彿問鼎逐鹿的大事已經可以手到擒來一般，這些人從現在起，就開始為親朋故舊謀起福利來。

「至於你娘親！」想到報告上那些令人憤怒的內容，朱重九抬手給韓老六還了個軍禮，沉聲說道：「你要真是個孝子，就別把事情都推給她。我就不信，她在外邊幫人活動的事，你一點都不知情！」

「末將知道，末將只是，只是，唉！」韓老六的臉色立刻漲成了豬肝色，低下頭道：「末將只是覺得都是些小事，無關大局，沒想到後來越幫越大，乃至後來想拒絕都沒勇氣了！」

「這就是你的問題所在！唉！」朱重九把目光轉向內務處主事張松，「關於他和他家人所做的事，你們調查到什麼程度了。可以結案了麼？」

「啟稟主公，內務處已經查明，韓大人自打出任鹽政大使之後，啟用自己的親朋故舊四十一人；幫二十七人遞過條子，將他們都安排在六局下面，或者揚州和淮安的地方官府當中；還有一百二十三人，是他的娘親出面幫人走的關係。韓大人知不知情，內務處沒有查清楚！」

「啊——！」饒是韓建弘自己也沒想到自己出任鹽政大使兩年多來，居然安插提拔了這麼多人，足足能湊齊兩個連了，其中很多面孔自己連見都沒見到過！

「軍情處呢，有什麼補充的沒有？」朱重九狠狠地瞪了韓老六一眼，將目光又轉向陳基。

「軍情處已經著手調查那些人，基本上沒發現什麼可疑的跡象。」軍情處主事陳基彙報道：「不少人在鹽政衙門幹得很盡職，公私方面也算分得清楚。還有十九名被韓大人引薦到軍中同族子弟，已經以身殉國了！」

「至於韓大人自己，在鹽政大使位置上，的確沒有收受過任何人的賄賂，也沒向親友和同鄉徇過私，只是他托門路送到淮揚商號做夥計的親戚中，有三人曾經試圖違規向彭和尚出售超出配額以外的火藥，被軍情處人贓俱獲，正在調查是不是有更多的人牽扯進來！」

「啊，這怎麼可能！」韓建弘如遭雷擊，身體晃了晃，差點又一頭栽倒。

他幫人素來有一個原則，那就是此人切實忠誠可靠，並且見識和本領都不能太差，如此，那些接受他請託的同僚們，日後才不會抱怨，而韓家在更長遠的將來，才能收穫成倍的人情。

現在，顯然事情已經脫離了他的掌控，那些憑藉人情輕鬆獲得好處的晚輩們，並不是每一個都珍惜他所給予的機會，而是**仗著他的庇護，開始肆無忌憚地啃噬大總管府的根基！**

想到那些被偷賣出去的火藥將來會炸在淮安軍的頭上，再想想吳良謀和劉魁兩個好兄弟平素對自己的叮囑，韓建弘就覺得自己沒臉再去面對任何人。猛的將頭一低，朝議事堂中的朱漆柱子就撞了過去！

「你想幹什麼?!」朱重九手疾眼快，一把將韓建弘的腰帶抓住，隨即一記「扛豬」，狠狠地將他慣在地上，「你是想告訴別人，朱某大事未成就開始屠戮功臣？還是想替別人隱瞞，讓朱某無法追查到底?!」

「都督！」韓老六趴在地上放聲大哭。

死並不可怕，他兩年多以前傷口感染已經死過一次，是自家主公不惜一切代價，才將他的小命從閻羅王那裡給搶了回來。

但是，如果他剛才真的撞死在議事堂的柱子上，消息傳揚出去，必然給人造成朱重九可共患難不可共富貴的印象，他的兩個好兄弟吳良謀和劉魁，還有其餘當年山陽湖畔被家族當作賭注送入淮安軍的眾多同鄉，也不可能不受到波及。

哪怕是吳良謀和劉魁兩個帶頭跟他劃清界限，哪怕是自家主公朱重九努力忘記自己的存在，結果都是一樣。因為人不可能忽略他留下來的陰影，而吏局和兵局各級主事們，從此也不可能放心地再把任務交給山陽籍的任何人。

「姓韓的，今天不把事情弄清楚，你想死沒那麼容易！」

見對方放棄了自殺的念頭，朱重九鬆開手，咬牙切齒地發出威脅。「弄清楚之後，該是什麼罪，就什麼罪，朱某可以保證不牽連你家中任何人，可是如果你敢繼續給老子搗亂，哼哼，老子就將你燒成灰，然後混進鐵水裡頭鑄成小人，跪在大總管府門口，讓過往弟兄都知道你韓老六是個敢做不敢當的殺材，讓你跟秦檜那樣遺臭萬年！」

「都督，末將不敢了，末將知罪，末將願領任何責罰！」韓老六被嚇得又打了個哆嗦。

鑄成鐵人跪一輩子，對他來說比抄家滅族還要殘忍十倍。畢竟刀砍了腦袋不過碗大個疤，二十年後還能再轉世；而骨灰鑄鐵長跪，可是幾萬年後都不得超生。

「你給我站起來！」朱重九狠狠瞪了他一眼，隨即將目光轉向逯魯曾和蘇明哲，「你們兩個那邊還有什麼發現？不用替他隱瞞，他是自己作死，怪不得任何人！」

「關於韓大人的事，已經都查清楚了。」逯魯曾回道：「吏局組織人手，核查了過去兩年多來鹽政方面所有公務的處理記錄，韓大人並沒有徇私枉法。過去兩年吏局對他的考績，也都是中上等！」

「整體來說，韓大人舉薦的那些親信，表現並不比其他同僚差！」蘇先生雖然恨得牙根癢癢，但看到韓老六伏地痛哭的模樣，忍不住替當事人說話。

「你們兩個什麼意思？能不能說清楚些，別兜圈子！」朱重九無法適應二人態度的變化，皺緊著眉頭問。

「主公見諒！吏局的考核結果表明，韓大人在鹽政大使任上並無太大過錯，而我准揚先前的律法，並沒有不准官員推薦人才這條；至於他的家人在幫人寫薦書時收取好處，還有所薦舉之人偷賣火藥諸事，需要分開處理，一件歸一件，不可混為一談。」逯魯曾解釋道。

「祿大人？」韓建弘艱難地抬起頭，看著逯魯曾，滿臉難以置信。

按照他先前的想法，主掌吏局的逯魯曾肯定會拿自己來殺雞儆猴，所以一開始，他就把主要裝可憐對象放在朱重九身上，誰料最後給自己求情的人，竟然是逯魯曾。

「微臣以為，韓大人最初的一些行為，或許是出於公心！」

讓他更無法理解的是，接下來，平素唯朱重九馬首是瞻的蘇明哲，居然也主動替自己說情。

只見老長史身體顫顫巍巍地道：「當初我淮安軍的確人才匱乏，主公也曾經說過，讓大夥舉賢不避親！」

「你說什麼？」話音未落，朱重九已經勃然大怒。三兩步走到蘇明哲近前，俯視著他的眼睛，「我什麼時候下過這種荒誕的命令？難道沒有了他韓家莊的子弟，我淮安軍就得散了架子不成？」

「主公的確說過！」逯魯曾主公上前，與蘇明哲一道分擔來自頭頂的壓力，「當時我淮安軍前途遠不像現在一般明朗，蘇先生幾度花費重金到揚州和江南搜羅人才，結果都差強人意；緊跟著主公就打下了高郵和揚州，地盤擴張過快，連各地縣衙裡六房書辦都湊不齊，更甭提大總管府、淮揚商號，還有各軍當中！」

「轟！」彷如晴天打了個霹靂，朱重九被炸得身體晃了晃，眼前一陣發黑。

他想起來了，自己的確讓麾下眾文武主動去搜羅人才，自己好像還曾經當眾宣布過，舉賢不避親。只要能力合格，大總管府和淮安軍不拒絕任何人。

當初自己說這些話的初衷，是為了滿足麾下巨大的人才缺口，卻不料只短短兩年，自己就要面對當初由於心急而造成的惡果。

正追悔莫及間，卻又聽見軍情處主事陳基低聲說道：「啟稟主公，韓大人推薦的子侄中，雖然出了三名不肖之徒，但其餘大多數卻都忠誠可靠，比起科舉選拔來……」

「你想說什麼？」朱重九怒目而視道：「是自己孩子用著放心?!既然如此，還要科舉何用，今後恢復九品中正制，不是我淮安軍文武的關係戶，一概拒之門外便是！」

他實在是被氣暈了頭，根本無法理解幾位重臣心裡的苦衷。

第八章

萬念俱灰

萬念俱灰，用這四個字來形容他此刻的心情絲毫不為過，
他本以為憑著自己記憶裡的經驗，
可以讓這個時代的百姓少承受一些苦難，
卻發現歷史的慣性是如此之強大，無論自己怎樣努力，
沉重的車輪都要返回原來的車轍。

來自另外一個時空的記憶，已經清楚地告訴了朱重九，**如果任由淮揚系墮落下去，會給這個政權帶來怎樣的災難。**

然而，**他卻發現自己的力量此時竟是無比的單薄**，所有部屬好像都在替韓老六開脫，所有的錯誤好像都出自於美好的初衷，並且大夥做法，理由都非常充足，凡是被自己人推薦來的才俊，也都是自己人，忠誠度遠比替他途徑得來的人才可靠，因為他們的身家性命早就跟推薦者，跟整個淮揚系綁在了一起，一損俱損，一榮俱榮，而那些通過科舉招募，或者自動前來投奔者，將來還可能有其他選擇！

原來朱某人到此註定白忙活一場！想到自己打下江山後，會建立起來一個怎樣的朝代，朱重九就覺得以前所幹的事都沒有任何意義，早知如此，還不如老老實實去投奔朱重八，至少他還有勇氣去剝貪官的皮，至少他還能一把大火將那些已經墮落到底的傢伙全都送上西天！

「噗！」越想越難過，越想越淒涼，猛然間，朱重九覺得自己嗓子開始發甜，一口心頭血從嘴裡竄了出來！

「都督，您小心！」看著朱重九的身體搖搖晃晃，馬上就要栽倒，韓老六嚇得單腿跪在地上，用脊背死死頂住了自家主公的後腰，「祿大人，蘇大人，你們別說了，求求你們，韓某人罪該萬死，韓某人願意領任何責罰！」

「主公息怒！」逯魯曾和蘇先生也嚇得魂飛魄散，衝上前，一人扶住朱重九的一支胳膊，避免他真的摔倒。

「主公息怒，微臣這就把韓家上下全都抓起來！」內務處主事張松被嚇得慘白著臉，吼叫道：「快來人啊，近衛團的人都死了麼，趕緊過來救駕！」

「主公！沒必要生氣，您說怎麼辦，大夥聽你的就是！」在場官吏都紛紛圍上前，不斷說好話給朱重九順氣。

大夥之先前所以努力給韓建弘脫罪，主要是怕打擊面過廣，因為如果將韓老六以「任人唯親，破壞吏治」的罪名懲處的話，淮揚大總管府上下大概人人都無法置身事外；但是如果非得在避免打擊面過大和把朱重九活活氣死之間做選擇的話，每個人都知道該選擇哪一個。

主公不喜歡殺人，大夥罪不至死，頂多是讓淮揚系的發展勢頭放緩，軍心士氣暫時陷入低落而已。但是如果朱重九不在了，淮揚大總管府和淮安軍就同時被抽去了靈魂，用不了太久，就得成為他人口中之血食。

「滾！」朱重九只用了一個字來回答在場所有人，他掙脫開逯魯曾和蘇明哲兩個的攙扶，像隻發了瘋的公牛般，跌跌撞撞地衝出人群。

才走了十來步，猛的眼前又是一黑，伸手扶住帥案，緩緩坐倒。

「主公！」眾文武見狀，再度上前攙扶。

朱重九卻擺手，喘息著命令：「出去，都給我出去，我需要安靜一會，求求你們，讓我安靜一會兒！出去，我現在不想見到你們任何人！劉聚，給我送客！」

「是，臣等遵命！」眾文武不敢再耽擱，搶在劉聚動手攆人前，灰溜溜退了下去。

「關門，點上蠟燭！」朱重九不想多看眾人一眼，向近衛們吩咐道。

萬念俱灰，用這四個字來形容他此刻的心情，絲毫不為過。他本以為憑著自己記憶裡多出來的那六百年經驗，可以讓這個時代的百姓少承受一些苦難，卻發現**歷史的慣性是如此之強大，無論自己怎樣努力，沉重的車輪都要返回原來的車轍**。

朱重八火燒慶功樓是對的，誰知道當年大明的開國功臣們墮落到了何等地步？

朱重八將貪官剝皮實草是對的，至少在他生前，大明朝的百姓受了官員欺負，能一直把狀子遞到紫禁城中。

朱重八一言不合就抄功臣九族也是對的，至少讓大明朝少了許多貪官，勳貴們從始至終沒有形成利益集團。

朱重八一不高興將臣子拖下去打個屁股開花還是對的，至少，他的臣子不敢公然阻止他追查某些人的罪責……

如此，朱重九將來最好的歸宿，豈不就是做另一個時空中的朱重八？如此，朱某人來這裡做甚？所謂淮安軍，**所謂革命，從頭到尾不過是一個笑話！只是鬧笑話的那個小丑，他自己不知道而已！**

「夫君，你這是怎麼了？」

不知道在議事堂內枯坐了多久，朱重九的耳畔忽然響起一個柔柔的聲音。

「天都黑了，夫君不想回家麼？妾身給你做的飯菜都涼了！」

「回家，回家！」朱重九慘笑著緩緩站起身，拉起祿雙兒慢慢朝議事堂後門處走。

無論他的到來對這個時空的歷史有沒有意義，至少在此時此刻，他就是身邊這個女人的全部。

如果他突然消失，蒙古人最後照樣會被驅逐，歷史的軌跡經過一陣動盪後，遲早會回到原來的車轍，甚至淮安軍的一眾文武，包括逯魯曾，只要野心不太大的話，憑藉各自的本事和手中所掌控的實力，都不難找到一個好東家，只有祿雙兒會徹底失去眼前的一切，萬劫不復。

這是從他們步入洞房的那一刻就早已寫好的契約，一旦寫就，就永遠無法再做改變，所以從那一刻起，他們就是對方這輩子最後的責任，哪怕放棄整個世界也無法放棄彼此。

這是不是愛情，非但這個時空的朱老蔫不懂，另一個時空的朱大鵬同樣不懂。但是融合了兩個靈魂的朱重九卻知道，無論外面發生多少事，他都不能將風雨帶進家裡面來。

他必須給身邊這個女人撐起一片晴朗的天空，這是他身為一個男人，身為丈夫的責任，不能，也永遠無法逃避。

默默牽著妻子的手，一步步走將煩惱和鬱悶拋在腦後。

祿雙兒任由丈夫牽著自己的手，有點害羞，也有點甜蜜，因為她從來沒見過家族中任何長輩女性被她們的丈夫如此親密地在眾目睽睽之下牽手而行。但是，除了羞澀和甜蜜，此時她心裡更多的，則是對丈夫的擔憂。

冷，丈夫的掌心非常的冷，冷得像一塊冰；丈夫努力挺直的身體，在這一刻是如此的虛弱，虛弱到幾乎每邁出一步，就有隨時倒下的可能。

她可以感覺到這種虛弱，也可以感覺到丈夫發自內心的絕望和疲憊，但是，她卻不敢喊任何人前來幫忙，因為她知道，朱重九不想讓他的虛弱被她發現，哪怕他的掩飾手段是如此笨拙。

丈夫吐血的原因，她早已摸得清楚，忠心的蘇先生無計可施，偷偷地派了一名親信，將事情的起因和經過都原原本本告訴了她。

起初，她心裡非常慌亂，覺得天都要塌了下來，但是很快，她開始履行當家大婦的職責，先穩定住內宅，然後通知蘇先生盡可能地對外封鎖丈夫吐血的消息，然後像什麼都沒發生過一般，前往議事堂催丈夫回家吃飯。

夫妻兩就像約定好般，並肩走在婆娑的樹影和燈影下，一個不說，另外一個也不問，任夜風吹花香盈袖，不知不覺間，變成了一道風景。

那些侍女和近衛們，則悄悄地拉開一段距離，不敢跟得太近，也不敢打斷此刻的溫馨。

自家主公太需要安心地休息片刻了，這半年來雖然沒有任何大的戰鬥，但是距離他越近的人，越能感覺到他內心深處的不安與焦慮。至於這種不安和焦慮到底因何而起，以他們各自的閱歷和見識，卻又半點都觸摸不到，因為最危險的時刻分明已經過去，淮揚大總管府的前途分明是一片坦蕩。

再長的路，也終有走完的時候，無論路上的人情願不情願，隨著燈光的越來越亮，朱重九的起居之所已經來到了眼前。

還沒等身後的侍女跑上去推門，祿雙兒的八名陪嫁，已經一窩蜂般衝了出來，先不由分說將朱重九拉進了屋，按在椅子上坐好，然後一邊上上下來打量著他，一邊抽泣了起來，「夫君，您，您這是怎麼了？」

「夫君，可嚇死妾身了，您要是有個三長兩短，讓我們可怎麼辦呢？」

「夫君，誰敢惹您不痛快，您下令殺他全家就是，何必把自己氣成這樣?!」

「嗚嗚嗚……」

「行了，都別哭了，我這不是好好的麼？」朱重九即便內心裡頭的火焰再高，這一會兒，也早被淚水給澆滅了，搖搖頭道：「還誰惹了我就殺他全家，你家夫君我有那麼凶殘麼？」

「這可不是凶殘，這是帝王之威！」

「您就是這淮揚的天，誰要是不忠心做事，就是欺君！」

「龍腋下有逆鱗，誰摸誰該死。哪有做天子的被手下氣成這樣子的道理？」

……

頓時，又是一片義憤填膺之聲，彷彿她們每個人都是女將軍，手裡握著三尺青鋒一般。

朱重九被眾女嬌憨的表情逗得直咧嘴，擺擺手，笑道：「行了，行了，大夥都別逗我開心了。飯菜呢，趕緊擺上來，我快餓死了！有什麼事情，吃飽了飯再慢慢說！」

「吃飯，吃飯，天大地大，吃飯最大！」眾女子立刻跳起來，鳥雀般朝廚房方向衝去，「夫君說得對，啥事也不能耽誤吃飯。況且蒙古人又沒打上門來，有什麼事情值得夫君費這麼大的神？」

對她們來說，朱重九更是自己唯一的依仗，如果哪天朱重九做了皇帝，大夥少不得都落個妃子的封號，身後的家族都跟著好處不斷；可萬一朱重九中途駕崩，她們和她們身後的家族，就徹底竹籃打水一場空了，甚至連她們本人平安終老都成了一種奢侈！

故而在眾女子心中，給朱重九消氣是第一位的，至於外面的事，根本不值得她們去管。

朱重九的心結原本就有很大成分是因為自己鑽了牛角尖所致，被祿雙兒和八名婢妾以柔情撫慰之後，這會兒傷口已經好了一大半，伸手拉住祿雙兒，「你也歇會兒吧，由她們幾個折騰去！」

「那你以後不會再自己生氣了吧！」難得聽丈夫說句體己話，祿雙兒再也忍不住泣不成聲。

朱重九被她突如其來的哭聲弄得一愣，意識到自己剛才努力裝出來的堅強，早被妻子看穿，心知發生的事都沒能瞞過祿雙兒的耳朵，她只是為了讓自己開心，強裝著什麼都不知道而已。

「別哭，我這不是好好的麼？」朱重九輕輕撫著妻子的長髮安慰道：「我保證，這是最後一次。該做的我都做了，大不了等把蒙古人趕出中原的那一天，我帶著你們泛舟出海，咱們一家子找個海島藏起來，想幹什麼就幹什麼，外邊天塌下來都不用理！」

「嗯，嗚嗚。」祿雙兒聞聽，哭得愈發大聲。

向來做事自信滿滿的丈夫，對親手打造出來的淮揚大總管府失望了，因為這個怪物漸漸有了獨立意識，想要脫離他的掌控，而自己只能眼睜睜地看著丈夫一次次敗給這個怪物，卻幫不上忙。

「不哭，不哭，眼睛哭腫就不好看了。」朱重九努力安慰道。

其實想想，**淮安軍今後的走向，又何必非要按照自己的想法來呢？難道真的能千秋萬載操心下去不成**？

順著這個思路想下去，眼前的燈光瞬間又明亮許多，無論如何，自己走過這一遭，也試圖改革過，這就夠了。

「不哭，乖！一會兒她們就回來了！還以為我把你怎麼了！」摸著妻子柔軟的身子，他心中柔情無限。

「她們其實心裡和妾身一樣害怕！」祿雙兒的哭聲漸止，抽泣著道：「只是她們不敢像妾身這樣放肆而已。」

「有什麼敢不敢放肆的，都是一家人！」朱重九笑了笑。

「妾身剛才真的覺得天都要塌下來了，真的想衝出去替你砍了他們！」祿雙兒抽了抽鼻子，道：「妾身沒用，如果妾身也會兵法就好了，至少還能幫上你！」

「砍誰啊？」朱重九笑道：「你把他們都殺了，誰給我幹活去？你阿爺和蘇先生是什麼人，你還不清楚麼？如果犯事的就只是韓老六一個，不用我發話，他們早就動手砍人了，何必拖拖拉拉等到現在？」

這才是今天令他最痛苦的關鍵所在，逯魯曾不是一個不知輕重的人，蘇先生更可謂他的影子和爪牙，而這兩位肱骨，卻同時在為韓老六開脫罪責。

這只能說明一個問題。那就是淮揚大總管府上下，**犯下類似錯誤的官員不止是韓老六一個，肯定還有人比韓老六更過分**。如果輕率的處置了一個韓老六，參照同樣標準，可能令整個大總管府徹底癱瘓。

自己的火器再犀利，也不可能把所有人都清洗乾淨，自己也沒有能力將大總管府推倒重來，因為**大總管府內所有問題，都是自己一手造成的；他等於在跟自己一手製造出來的怪獸作戰，並且連番兩次被打得潰不成軍**。

換句話說，大總管府早就不是他一個人的大總管府，它是所有淮揚系核心人物的利益共同體，也是大夥的意志共同體，即便是一手締造它的朱重九，也不可能跟所有人的共同意志對著幹；即便朱重九真的變成另外一個時空歷史上的朱元璋，殺貪官汙吏殺了一輩子，最後也不得不哀嘆著放棄，選擇一個心地最善良軟弱的孫兒作為自己的繼承人。

「妾身不管，誰惹你生氣了，妾身就去砍誰。哪怕把他們全殺光！」像所有戀愛中的女人一樣，祿雙兒此刻眼中根本沒有其他人存在。

「那下次蒙古兵再打過來，咱倆就得親自抱著火槍去上戰場了！就咱們倆，頂多再加上她們八個女兵！」朱重九笑著將妻子扶起來，替她抹掉臉上的淚水。

祿雙兒愣了愣，若有所思。

「真的有那麼嚴重麼？咱們才剛剛安穩下來幾年。」

「嚴重倒是未必，但萬丈之堤毀於蟻穴！」朱重九故作輕鬆地回道。

「那就還來得及！」祿雙兒很有信心地說：「妾身縱使覺得剛開始的時候就

下手用藥，總比病入膏肓時容易一些。」

「也是！」朱重九點點頭。

祿雙兒這句話只說對了一半，淮安軍和淮揚大總管府總計建立還不到三年時間，縱使爛，也還沒爛到根子上，所以現在想辦法還來得及。

但若說容易，卻是未必，數千年的人情社會傳統，不是自己砍幾顆腦袋就能改變的，而歷史的強大慣性，也令自己舉步維艱。

「開飯了！夫人親手做的魚羹，妾身聞著就想流口水！」正思量間，八名婢妾各端著一個盤子嫋嫋婷婷地走了進來。

走在最前頭的一個叫祿芙蓉，在諸妾中年齡最長。也是最有眼色的一個，特地支開侍女，挑了祿雙兒哭聲停止後，才帶領大夥魚貫而入，只是八雙紅彤彤的眼皮，卻將她們幾個躲在外邊哭過的事暴露無遺。

朱重九見狀，趕緊收起心事，安慰道：「好了，沒事了，都坐下吃飯。從今往後，老子跟誰都不生氣，只管娶一大堆老婆，生七八百個兒子！」

「夫君——！」眾女聞聽，頓時都羞紅臉，心中的悲戚頓時被沖了個七零八落。

「怎麼，你等不想給為夫我生兒子麼？」朱重九存心調節家裡的氣氛，故意裝出一副色迷迷的樣子。

眾女跟他成親多年，幾曾見過他如此沒正形？頓時一個個心頭鹿撞，嘴巴上卻嘀咕道：「當然願意！妾身既然嫁入朱家……只是，怎麼可能生那麼多？」

「要生，也是雙兒姐姐先生！我們還沒跟夫君圓房呢……」最小名叫祿娃兒的婢妾嘴快，話說到一半，才意識到此語不該出於淑女之口，低下頭，恨不得找個地洞趕緊躲進去。

「哈哈哈，不急，不急，慢慢來，既然娶了你們，總沒有趕出去的道理！」朱重九被她嬌憨的模樣逗得哈哈大笑。

無論他適應不適應，大戶人家娶老婆帶陪嫁小妾，是這時代的習俗，硬要扭轉它，只會令這八個無辜的女人過得更悲慘。

如此一想，他心中便輕鬆許多，抓起面前酒盞先抿了一口，然後對著祿雙兒和八名婢妾說道：「來，大夥一起喝一杯，成親這麼久了，咱們家居然連頓團圓飯都沒正經吃過幾次。乾了，從今以後，咱們努力造兒子！誰不喝，我以後就永遠躲著她！」

「夫君……」眾妻妾紅著臉，紛紛舉起酒盞，將瓊漿飲得一乾二淨。

「這就對了！家就要有家的樣子。要是回家之後還跟在議事堂裡頭一般，我活得豈不是太苦了！」朱重九抄起筷子，朝著菜蔬開始瘋狂進攻，「都吃菜，這個蘆芽是誰的手藝？相當不錯！」

「是妾身煮的！」一名平素很少說話的婢妾抬起頭，歡喜地道：「夫君喜歡就多吃一點，蘆芽去火。」

「嗯，你們幾個燒的菜我都喜歡，這個水晶羊肉也不錯，這道豆花蒸魚味道剛剛好！來，咱們再飲一杯。」朱重九一邊誇讚著，一邊與眾妻妾推杯換盞。

大夥知道他心結尚未完全打開，所以都儘量陪著迎合，一頓飯笑聲不斷，整座內宅充滿著溫馨的味道。

待酒足飯飽，祿雙兒命侍女們收去殘羹冷炙，又換上了當年的新茶，給自家丈夫和姐妹們消食止渴。

大夥天南地北說些有趣的事，又將平素市井中流傳的笑話添油加醋地抖了出來，倒也其樂融融，但是終究心裡都藏著事，所以說了一會兒，氣氛就慢慢開始降溫。

「夫君白天到底跟誰生氣啊，把他殺了還不能解恨麼？」

年齡最大的婢妾芙蓉將話題引了回來。「妾身不敢干政，但您說說，我們聽聽看，無論能不能幫上忙，至少好過夫君一個人把所有事情都憋在心裡。」

「是啊，夫君，您都說咱們是一家人，有福同享，有難同當！」年齡最小的娃兒，也小心翼翼地懇求。

朱重九知道大家出於一番好意，便笑了笑道：「殺一個人容易，但我總不能把整個大總管府上下所有人全都給殺光了吧！況且當初要他們舉賢不避親，是我親口下的令，現在出了問題翻臉不認帳，也的確不太妥當！」

「是他們大肆提拔了私人麼？」祿芙蓉問，旋即搖頭。「那有什麼鬧心的？夫君讓他們薦賢，又不是讓他們胡亂拉入夥！如果他們舉薦的人的確有本事，就不算錯；如果他們舉薦的全是些庸才，就該打板子打板子，該撤職法辦就撤職法辦，誰叫他們故意曲解夫君的意圖來！」

「這個辦法，我看可行！」朱重九笑了笑，帶著幾分鼓勵的口吻說道。祿芙蓉的想法，無疑過於簡單粗暴，但在沒有更好的選擇時，卻不失為一條解決之道。

「誰推薦的人犯了事，誰跟著連坐。」祿娃兒的想法更直接，揮舞著小拳頭說道：「這樣他們自然就會小心了。您當初讓他們薦賢，他們卻弄了一堆臭魚爛蝦糊弄差事，本身就犯了欺君之罪！」

「收了錢辦事的，就以貪贓受賄論處。無論是行賄的那個，還是收錢的那個，都抓起來送去挖礦石！」

「現在夫君這裡不那麼缺人了，就規定每個官員每年可以推薦的名額，人都有三親六故，一點人情都不讓他們講也不太可能，但規定了名額，自然就有個限度。」

……

眾女子見祿芙蓉和祿娃兒的「後宮干政」沒有受到責備，便都大起膽子，從各個角度給自家丈夫出起了主意。

還甭說，其中不少主意還的確切實可行，至少能達到頭疼醫頭腳疼醫腳的效果。朱重九聽了，心緒便一點點變得清明。

然而，想到大總管府漸漸變成自己也難控制其走向的怪胎，眉梢終究有一絲陰影，遲遲難以散去。

「夫君不用聽她們的，我們都是婦道人家，難免頭髮長見識就短！」祿雙兒聽朱重九的笑聲裡始終帶著幾分苦澀，起身替他捏了幾下肩膀，低聲耳語。

「你們出的主意都不錯，我估計最後蘇先生和祿公能拿出來的也就是這些辦法！」朱重九搖著頭回應。

「那夫君還有什麼不放心的？難道咱們做的還能比蒙古朝廷更差？」祿雙兒

的力氣拿揑得非常到位，很快就令朱重九渾身上下湧起一股慵懶的感覺。

「唉，怎麼說呢。」朱重九在她手背上拍了拍，然後將她抱在膝蓋上。

「夫君，姐妹們都看著呢！」祿雙兒連忙掙扎著準備逃走。

朱重九卻用胳膊攬住了她。「這邊還空著另外一條腿，誰喜歡就過來坐！」

「夫君又在說笑了！」眾女你看看我，我看看你，眼裡充滿了羨慕，卻誰也不敢去跟祿雙兒分享另外的膝蓋。

朱重九也不勉強，道：「都坐好，聽我給你們講個故事。」

「夫君等等，妾身給您添上茶！」

「夫君，您儘管抱著姐姐，妾身給您捶背！」

「夫君，妾身去拿些點心！」

「妾身把蠟燭端得遠些！」

……

眾女從沒跟朱重九如此長時間的閒聊過，一個個圍攏過來，滿臉期待。

朱重九沉吟道：「話說在很遠很遠的地方，有個大清國，國主是女真人之後，殘暴昏庸，動輒因言治罪……」

「女真人，是當年金兀朮的後人麼？」一名婢妾小心翼翼地問。

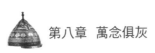

「算是吧！」朱重九點頭，「但不是在這裡，是在很遠的地方，他們馬背上得天下，用刀子治天下，凡是敢出怨言的，抓住殺頭；凡是敢借古諷今的，抓住殺全家；凡是敢針砭時弊的，抓住流放三千里，把全國百姓像養豬一樣養起來，把關於前朝的記載燒得燒，篡改的篡改，倒也殺出了一個太平盛世！」

「那算哪門子太平盛世，比蒙古人還要過分！」

「就是，拿人當豬來養，怎麼可能是盛世？」

……

眾女子都多少讀過一些書，這兩年又受朱重九的影響，思維活躍，出言便一針見血。

「反正他們自己說是盛世，你要是敢說個不字，改天兵丁就找上門！」朱重九苦笑道：「就這樣一下子盛了兩百多年，把前人積累典籍燒得差不多了，把華夏文明也糟蹋得差不多了……」

「怎麼可能？那全國的男人都死絕了麼？甘心被他們如此糟蹋？」祿芙蓉無法相信這個故事，瞪大眼睛反駁。

「不甘心又能怎樣？他們南下時，把有骨氣的全殺了，剩下的，骨氣都不怎麼樣！」朱重九嘆了口氣，笑容愈發淒苦。

除了他之外，這個時空裡，恐怕沒有人會相信，大夥趕走了蒙古殖民者以後不過短短兩百餘年，華夏大地就再度沉淪。有清一代竟然出現了幾百樁文字獄，簽署了上千個賣國條約，從肉體到精神野蠻摧殘，從科技到整個文明的整體大倒退……

「直到他們把一切能糟蹋的都糟蹋得差不多之後，才有一個大英雄從海外歸來，帶領一群志同道合者去反抗，他們跟我現在一樣，發誓要驅逐韃虜，恢復中華。但是這個大英雄手裡頭卻沒有一兵一卒，眾位豪傑也只能依靠自己的親朋好友，許多仁人志士都被他喚醒，站起來試圖重塑中華，他們前仆後繼，百死不悔，付出了無數條生命之後，終於趕走了女真人，建立了自己的國家！」

「夫君將來一定比他強，夫君是百戰名將，手裡有淮安軍！」祿芙蓉搶在朱重九的情緒再度陷入低落之前大聲說道。

「夫君，等您得了天下，一定傳一道聖旨，讓女真人全都併入漢人。誰再敢自稱為女真，就將他滿門抄斬！」

「對，直接防患於未然！」

眾女七嘴八舌給朱重九出謀劃策，至於清國到底在什麼地方，女真人是否犯了必死之罪，她們才懶得去管。

「夫君，妾身覺得，您和那個大英雄不一樣！」祿雙兒與朱重九接觸時間最多，也最理解丈夫的心思頭，望著丈夫的眼睛說道。

「夫君手裡有兵有將，那位大英雄沒有！」稍微整理了一下思路，她繼續說道：「夫君說一句話，大宗府上下即便心有抵觸，至少也能落到實處一大半，而夫君從現在就開始杜絕任人唯親，總比以後發現尾大不掉時再動手強。雖然一時半會未必能見到效果，但假以時日，慢慢總能改過來，只要夫君自己沉得住氣，不急於求成便好！」

徐徐圖之，這也許是朱重九眼下唯一能採用的辦法，除非他想將花費了無數生命和熱血建立起來的淮揚政權親手毀滅。

很顯然，他沒有殺伐果斷到那種地步，也沒有將眼前這一切成就推翻掉再重來一次的勇氣。在真正冷靜下來之後，他只能選擇代價最小，動作同時也最為溫和的解決方案，雖然這種解決方案的效果會非常緩慢，甚至非常可疑。

畢竟，他不是另外一個時空中的朱元璋，也不是法國大革命中的羅伯斯庇爾，前者可以毫不猶豫地殺死阻礙自己的任何人；後者，則通過一次次大革命，最後將他自己也送上了斷頭臺！

在朱重九的軀殼裡，缺乏與前二人同樣的勇氣與執著，況且在另一個時空的記憶當中，也清晰地證明，貪欲和私心會伴隨著整個人類歷史發展而行，沒有任何國家可以將其根除，天下為公的上古之治，只存在於儒家的夢囈當中。

所以躲在內宅中舔乾淨傷口之後，第二天上午，朱重九便主動將蘇明哲和逯魯曾兩個人召集到大總管書房，開始平心靜氣地跟二人一道商量解決辦法。

與頭天晚上猜測的差不多，蘇、祿二人的確是因為怕波及面太廣，才替韓老六說情的，而兩個老臣能想到的解決方案，大體上也不超出祿雙兒和祿芙蓉等人的議論範圍。

第一招，是劃定時間點，以情況變化為由，從今以後，停止各級官吏再大肆安插私人。

第二招，則是大總管府的核心官員們，每人每年擁有三個舉薦配額。額度內，他們可以自行分配，額度之外，則任何舉薦都要先到吏局報備，然後經過統一考核之後再決定是否錄用。

第三招，便是宣布由吏局對各級官員，兵局對各級武將定期進行考核，凡考績不合格者，無論背後的舉薦人是哪個，都會被降級使用，直至削職為民。

第四招，相對來說就比較嚴厲了。規定官員們在推薦人才的同時也負有連帶責任，頭五年內，當被舉薦人犯下大錯，舉薦人也要受到識人不明的追究；同理，頭五年內，被舉薦人立下了大功，伯樂也會受到一定程度的獎賞。

第五招，看似與前幾項規定都沒什麼關聯，實際上則是杜絕官員再「出售」推薦名額的機會。由大總管府命令宣告，凡接受禮物超過十貫，則以受惠罪論處。無論雙方之間有沒有權錢交易，行賄和受賄者將同時受到追究……

第六招，禁止領軍諸將和各級文官的親朋，長輩、子侄，干預軍務政務。如果有膽敢再犯者，則直接追究文武官員本人。若是發現賣官鬻爵，或者結黨謀私的情況，將一查到底，決不姑息。

……

林林總總，共計十二大條。每一條，都是針對目前已經發現的問題所設定，算是亡羊補牢。

如此一來，韓老六的罪責就非常容易判斷了。

兩年來大肆提拔私人屬於奉命而行，不能入罪；在鹽政大使位置上亦沒有明顯的徇私舞弊行為，帳目清楚，所以也同樣不受彈劾。至於接收被舉薦人的禮物，因為先前沒有規定不准收，並且金額沒達到十貫以上，亦可以既往不咎。但因為其所舉薦的人才當中，有三個私下盜售軍火，他註定難逃牽連。

因此，大總管府的吏局按照規矩，解除了韓老六的鹽政大使職務。但念在其以往的功勞和所舉薦的大部分人才還算合格的份上，將其降級安排為揚州路衙門兵科知事，負責新兵徵召及傷殘士兵撫恤安置等事務。那三名私自向友軍盜售火藥者，則交給兵局按照軍法嚴懲。

消息一出，許多人都鬆了口氣。以前偷偷給族人和親朋尋門路的舉動，就可以一筆勾銷了，只要今後不再重犯，上頭就不會追究。

還有一些消息相對靈通者，通過各種管道得知朱重九被氣吐血的事，心中忍不住接連打了幾個哆嗦，暗中發誓再也不幹這種因小失大的愚蠢舉動了，因為大總管雖然承諾不會追究，但誰知道他會不會將以前的事情記在心裡，萬一將來影響了大夥在新朝的位置，到時候可是哭都來不及。

只剩下極少數腦袋不靈光者，覺得朱重九出爾反爾，未免有些過於涼薄。

但他們所發出來的抱怨聲，很快就被周圍的吐沫星子給徹底淹沒。因為幾乎所有同僚都還記得，四年以前大夥被貪官汙吏禍害得有多悲慘，所以並不認為自己當了官之後，就可以做得和最初的蒙元官吏一樣過分，更不願意自己的行為哪天也激起民變來，讓自己落到當年被百姓誅殺的那些官吏同樣之下場。

畢竟這支隊伍還年輕，還沒有病入膏肓，各級官吏們還牢牢記得自己被逼著提刀造反的緣由，不願意重蹈蒙元官吏的覆轍。

所以在大總管府的「廉政」命令下達之後兩個月內，很多剛剛興起的風潮就迅速被遏制了下去。至少，從表面上看，各級官員任人唯親的情況大為改觀。

那些在府學和集賢苑當中表現出色，品行可靠的才俊，即便沒有薦書，也能得到一個比較不錯的職位；而那些靠著別人庇護走了捷徑者，發現除了入門時相對容易之外，自己在今後很長一段時間內，都要靠自己的本事行走。曾經答應照顧自己的親朋，變得非常不講情面，輕易不敢再為任何人出頭。

至於這場「廉政」風暴能刮多久，效果能維持多長時間，朱重九就很難判斷了。因為，很快就有更為要緊的情報擺在了他的案頭。

·第九章·

拖延戰術

河南江北行省的五分之四都歸各路紅巾所有，
朝廷卻封了察罕帖木兒和李思齊二將，一個左丞一個平章，
這不是明擺著要求二人跟紅巾軍去拼命麼？
怎奈二人也不是傻瓜，居然玩起了拖延戰術，
不見切實的好處絕不動身。

天完政權出事了！

六月中，天完國左丞相倪文俊，率領麾下十萬精銳倒戈歸順蒙元，被蒙元朝廷封為湖廣行省平章政事兼義兵都元帥。

天完政權剛光復沒幾天的黃州、德安、安陸三府，再度落入蒙元四川行省丞相答矢八都魯之手。天完朝的國都門戶洞開，危在旦夕！

「到底是怎麼回事？有沒有更詳細的情報？」朱重九將密報朝桌案上重重一拍，沉聲問道。

淮揚徐宿各地年初才剛剛擺脫戰爭的威脅，許多城鄉，特別是去年曾經被洪水吞沒過的地方，都急需休養生息，而淮安軍的五支主力部隊，上半年有三支剛剛結束對太平、集慶兩路元軍的征討，根本沒來得及休整，軍火糧草無一不缺。

偏偏這個時候位於長江中上游的天完政權岌岌可危，淮安軍如果出兵去救，肯定要損兵折將，萬一徐壽輝的老巢被蒙元和漢奸聯手攻破，恐怕蒙元朝廷的下一個進攻目標，就又要落在淮揚頭上！

「還有一些，但都未經證實！」軍情處主事陳基瞪著通紅的眼睛，聲音裡充滿了疲憊。每天從那麼多消息中甄別挑選，去蕪存菁，令他形神俱疲，身上再也看不出半點兒剛到淮安時那種翩翩儒者氣度，反而像一個終日埋頭於帳本的店鋪掌櫃。

「讓你的人都拿過來，包括帶消息回來的弟兄，如果還沒休息的話，也請他過來一下！」朱重九儘量掩飾住自己心中的煩躁道。

「是！主公！」陳基匆匆出門。須臾，又抱著厚厚的一大摞公文返回議事堂，緊跟在他身後的，則是一個滿臉市儈氣息的胖子，每走一步，肚皮上的肥肉都上下顫動。

「過來見過大總管！」陳基先將公文交給迎上來的近衛團長劉聚，然後向胖子吩咐道。

「報告，軍情處從不同途徑，共計獲得二十六份消息，除了倪文俊已經投靠蒙元的消息得到了核實外，其餘全都無法證實，微臣已經將負責長江上游情報收集任務的路宣節帶來了，主公隨時可以向他詢問詳情！」

「末將路汶，見過主公！」路校尉身上沒有半點軍人氣度，卻腆著圓圓的大肚子給朱重九行了個軍禮，看上去要多滑稽有多滑稽。

「路校尉請坐！」朱重九鄭重地回了個軍禮。

軍情處是他參照另一個時空的情報部門所建，專門負責收集對手和盟友的消息，因此選人的標準以忠誠為第一，形象和其他則遠遠排在後面。

當值的近衛手腳俐落地給路汶端來一把椅子。路汶有些受寵若驚，欠著屁股，忐忑不安地等待自家主公的垂詢。

只見朱重九緊皺眉頭，在一大堆檔案中迅速翻動，很快就過濾掉其中絕大部分，然後拿著剩下的幾份對比揣摩起來。

半晌後，抬頭問道：「倪文俊殺了徐壽輝的內宮採辦太監，這是怎麼一回事？」

「回主公，那個太監打著徐壽輝的名義，在集市上多次搶東西不付錢，並且，倪文俊的手下查明，大部分貨物後來又被太監轉手賣了出去，所得錢財都被大小太監們給瓜分掉了！」

胖校尉路汶雖然長得貌不驚人，言談卻非常有條理，三兩句話就將整個事件描述得清清楚楚。

大總管府一干文武聞聽，紛紛皺眉，臉上不約而同地露出幾分不屑之色。

徐壽輝本人是個布販子出身，當初被貪官汙吏逼得沒活路了才扯旗造了反，而他身邊的人搶起小商小販來卻毫不手軟，這不是忘本又是什麼？

「還不夠，光是這個原因，兩人不可能反目成仇。」朱重九的目光又落回檔案上。

倪文俊是天完政權的第三號人物，並且手握重兵，雖然狠狠地掃了徐壽輝的面子，但後者既然能成為一方諸侯，就肯定不是什麼莽撞之輩，不可能在沒有絲毫把握的情況下與倪文俊公然翻臉。至少，他需要先將右相彭瑩玉及其麾下的隊伍調回身邊來。

剩下的幾份檔案裡，記載的也都是天完政權的一些內部紛爭，從中可以清楚地分析出徐壽輝在稱帝後，的確有些得意忘形，倪文俊則多少還保持一些起義前的理想，試圖建立一個相對公平的國度，兩人的心思背道而馳，又沒有彭瑩玉在當中做緩衝，難免要起齟齬。

「還有一個消息，末將不知道該不該彙報！」見朱重九的眉頭越皺越緊，路汶小心地請示。

「說吧，把你知道的都說出來。哪怕沒有任何依據！」朱重九帶著幾分期待鼓勵他道。

「謠傳……」路汶用胖胖的手指在自己滿是肥油的脖頸上撓了撓，然後忐忑地道：「這種道聽塗說的東西，末將向來不願意寫到檔案中，一來，根本無從核實，二來，許多都是蒙元故意散佈的謠言，圖的就是向咱們紅巾軍頭上潑糞！」

「先別管真偽，先說來聽聽！」陳基等得心急，瞪了他一眼，催促道。

「是！末將一直扮作販貨布商，往來於長江之上，前些日子偶然聽人說起，徐壽輝的皇宮中藏著上千美女，很多女人他睡過一次就徹底忘了，根本不會再理睬第二次。但是為了保留天完皇帝的顏面，這些女人也不能放歸民間，只能養在皇宮裡一輩子不見天日！」

「那和倪文俊有什麼關係？」陳基越聽越納悶，低聲追問。

「據說其中有一個曾經與倪文俊有過數面之緣，因為耐不住深宮寂寞，就偷偷讓人請倪文俊救自己出去，然後倆人就暗中勾搭上了，倪文俊多次向徐壽輝要人，徐壽輝卻怎麼也不肯給倪文俊……」

「荒誕不經！」朱重九「啪！」地一聲放下檔案，打斷路汶的彙報，「你做得對，這種謠言的確沒有任何價值，不過……倪文俊領兵外出作戰期間，徐壽輝在他背後做沒做過什麼不利於他的事？倪文俊的家人呢，都接走了麼？」

「沒有，徐壽輝還宣布，要把自己的親妹妹嫁給倪文俊！同時被賜婚的，還有陳友諒、鄒普勝和張定邊三個，只待倪文俊班師回來，四人就一起拜堂。誰料倪文俊卻悄悄將家眷全都接走，然後轉身就投靠了韃子！」路汶回道。

「你說還有誰？陳友諒！他什麼時候回去的？」朱重九的眼睛一亮。

別人未曾留意到這個名字，他卻對此人知之甚深，照朱大鵬的記憶，在另一個時空中殺掉了徐壽輝，與朱重八惡戰鄱陽湖的，就是這位陳有諒。若不是朱重八的船隊中使用了大量的火炮，外加常遇春勇冠三軍，最後鹿死誰手未必可知！

「陳友諒？」路汶愣了愣，胖胖的腦門上滲出幾滴油漬，「末將不太清楚，他只是一個小小的千戶。對了，末將想起來了，他是彭和尚的手下，與張定邊一道，為了向徐壽輝獻俘而回！」

「怪不得倪文俊急著造反！他再不造反，就死無葬身之地了！」議事堂中，頓時湧起一陣低低的議論聲。

眾淮揚核心人物，在當年彭和尚派遣使節前來求救時，曾經見過陳友諒一面，對此人的印象極為深刻。此人回到徐壽輝身邊，則表明彭和尚已經暗中介入了徐、倪之間的衝突，並且極有可能站在徐壽輝那邊。

「末將失職，請主公責罰！」聽著周圍低低的議論聲，路汶的腦門上頓時滲出了更多的「油珠」，起身敬禮，紅著臉說道：「末將只顧著盯著徐壽輝的舉動，忘記了他還能從外邊調兵馬過來！」

「這也是大夥的推測，未必準確，況且你做得已經夠好了，何罪之有！」朱重九擺擺手，笑道：「你回來之時，答失八都魯已經跟倪文俊合兵一處了麼？」

「還沒！」路汶抬手擦了擦錚亮的腦門，回道：「只派了他的兒子孛羅帖木兒帶領數千兵馬，前往倪文俊的軍中封官許願，鼓舞士氣。韃子朝廷這次特別肯下本錢，直接給了倪某人一個湖廣平章的頭銜；他麾下的將領，也個個加官晉爵。末將還聽說，韃子朝廷決定重新啟用察罕帖木兒和李思齊，給這兩個人也都封了很大的官，隨時準備命二人南下扯我軍後腿！」

「北方誰負責，有這兩人的消息沒有？」朱重九心中立刻湧起一股警惕，向陳基詢問道。

「有！」陳基點點頭，「本月初十，韃子朝廷下旨，封察罕帖木兒為河南行省左丞，李思齊為河南行省平章，二人麾下各給了四個萬人隊的兵額，糧草輜重由韃子朝廷支付，但這兩人接到蒙古皇帝的聖旨後，卻遲遲沒任何動作！」

「這官封的！」朱重九撇撇嘴。

河南江北行省的五分之四都歸各路紅巾所有，朝廷卻封了察罕帖木兒和李思齊二將，一個左丞一個平章，這不是明擺著要求二人跟紅巾軍去拼命麼？怎奈二人也不是傻瓜，居然玩起了拖延戰術，不見切實的好處絕不動身。

「早在上個月，蒙元資政院使朴不花外出替奇皇后辦貨，路過察罕帖木兒的駐地，二人相談甚歡。隨即，察罕帖木兒便命令養子王保保帶領一百親兵，將朴不花的車隊一路護送回大都。偽太子愛猷識理達臘在東宮設宴招待了王保保，二人追溯族譜，王保保之父乃是賽因赤答忽，系出蒙古伯也台氏，其祖先做過忽必烈的怯薛長，陣亡於河南，所以偽太子愛猷識理達臘以禮敬功臣之後為名，與王保保結了安答。」

「呵呵呵……」四下裡，又響起一陣低低的笑聲。眾文武不約而同地輕輕搖頭。

結安答是很古老的蒙古族禮節，意思為相約為生死之交，才十六歲的蒙元太子愛猷識理達臘對王保保如此折節相待，明顯是受了他老爹妥歡帖木兒的影響，早早地就開始給自己培植起黨羽。只不過，他老爹妥歡帖木兒利用了脫脫一輩子，最後依舊將脫脫給活活逼死，這太子愛猷識理達臘跟王保保之間的友誼又能維持得了幾天？

朱重九也覺得愛猷識理達臘行為過於幼稚魯莽，將注意力轉往其他方向，「咱們的老主顧那邊呢，最近有什麼動靜？」

陳基報告道：「老主顧私下裡跟王將軍聯繫過，不到迫不得已，他不會主動向膠州和登萊發起進攻，即便蒙元朝廷苦苦相逼，他也會先給王宣將軍遞個信，然後雙方再一道商量怎麼打，打到什麼程度，以便糊弄差事。」

因為雪雪的存在，膠州半島雖然距離蒙元的都城更近，卻極為安全，從去年交易中嘗到甜頭的雪雪，根本不願意在戰場上獲取功勞，而益都、濟南和泰安等地的高門大戶，也從去年朝廷官兵的行為中，得到了充足的教訓，寧可幫著雪雪一道糊弄蒙元朝廷，也不願意被兵痞子們再「保護」一遭！

「其實蒙元朝廷未必全是聾子瞎子！」見在座眾人笑得十分曖昧，陳基又補充道：「年初的時候，就有御史老里沙彈劾雪雪虛報戰功，與我軍暗通款曲，並且脫脫麾下部將數人聯名為證，但罷黜脫脫之令，乃是蒙元皇帝妥歡帖木兒親手所下，雪雪的兄長哈麻又糾集一夥黨羽反告老里沙構陷大臣，太尉月闊察兒也伏地喊冤，最後雪雪非但沒事，老里沙反而被勒令歸家閉門思過，那些在奏摺上連署的蒙漢將領，也被降職的降職，放逐的放逐，以至於蒙元朝廷再也沒人敢彈劾哈麻和雪雪兩兄弟的過失。」

「呵呵呵……」聞聽此言，眾文武笑得愈發開心，敵人越愚蠢，大總管府的前途越光明，要是哈麻和雪雪兩兄弟能永遠把持住蒙元那邊的朝政才好，有個兩三年時間來養精蓄銳，淮安軍將不再畏懼任何敵人。

「軍情處做得不錯，但對蒙元方向的情報收集工作還是要加強，咱們不能總把希望全寄託在敵人的錯誤上頭！」朱重九正色道。

「微臣明白。」陳基點頭道：「但微臣從目前情況判斷，至少兩到三個月之內，蒙元朝廷集結不起足夠的力量向我淮揚反撲！」

「你說得對！」朱重九眼裡精光一閃，斷然做出決定，「既然北線暫時還算安寧，咱們就把精力集中放在西南。大夥考慮一下，如果徐壽輝向我軍求援，我軍最少要派出多少兵馬才能確保他不被蒙元朝廷剿滅；他可能為此付出多大代價？如果他沒堅持到我軍抵達就已經兵敗身死，接下來的局勢，我軍該如何應對更為妥當？」

救兵肯定得出，雖然朱重九對徐壽輝這個剛翻身就盤剝百姓的白眼狼半點好感也無，然而留著他在，至少能擋住長江上游的答矢八都魯父子，確保淮安軍在下一次與蒙元朝廷作戰時不至於三面受敵。而天完政權的存在，也能對羽翼日漸豐滿的朱重八起到牽制作用，令後者無法大步向湖廣擴張。

經歷了這麼多事，朱重九早已不是最初那個只想四處找人抱大腿的朱八十一，哪怕他在現實面前一次次被撞得鼻青臉腫，但是受一次傷，他就變得更現實一些，也變得愈發與眼前這個世界貼近。

即使淮揚大總管府有很多地方令他失望，清醒時的他都堅信自己親手打造出來的怪物，是目前世界上最健康的政權；哪怕自己將來真的做了皇帝，也不會比另一個時空中的朱重八來得更差。

換句話說，隨著實力的不斷成長，朱重九的野心也在迅速膨脹，理想和稚嫩在一次次碰撞中漸漸被磨去，現實和老辣慢慢取代了柔弱的位置，他的心慢慢變得冷硬無比。

如果換做現在的他，在兩年前的淮安遇到朱重八，他甚至不可能放後者平安離開。只是這個假設他很少去想，哪怕偶爾在心中一閃念也迅速被驅趕了出去，免得自己被自己嚇得不寒而慄！

經過連續兩年多的摸索，朱重九的大總管府內部早已有一套成熟的運轉機制，只要他做出了決策，各部門立刻就圍繞著這個決策開始行動，很快，兩份完整的應對方案擺在了他的面前。

第一份，是在假設徐壽輝的使者及時趕到揚州的前提下做出的，最小目標為打退元軍和倪文俊部的聯合進攻，確保天完政權不被徹底摧毀。

以這兩個條件為核心，參謀本部拿出的應對計畫是，先派遣水師快速逆流而上，在長江和浠水的交界處紮下營盤，如此，便可以隨時切斷元軍和倪軍的糧道，令他們不得不回頭自保。

如果元軍和倪軍依舊不知道進退，則淮安軍派遣一個主力軍團，直接從水路進駐蘄春，與徐壽輝、陳友諒等人共同防禦天完政權的國都，並尋機給來犯之敵造巨大殺傷，待敵軍知難而退後，便可以順理成章地要求徐壽輝放棄帝號，重新與北方各路紅巾聯合在一起。

第二個方案，則是假設徐壽輝迅速敗亡，蘄州全境被叛軍和蒙元奪取為前提，淮安軍的戰略目標，也相應地變成了扶植彭瑩玉，讓他帶領南派紅巾退保池州。如此，長江南岸的彭瑩玉和北岸的朱元璋，則成為阻擋答矢八都魯和倪文俊二人順流而下的兩道屏障，再加上淮安水師，足以確保淮揚一帶短時間內的安全。

「有沒有更好的選擇，比如說讓彭和尚打回蘄州去，完全佔領徐壽輝的地盤？」緩緩放下兩套方案，朱重九略帶著幾分不甘心詢問。

兩套方案看起來都有些保守，絲毫不像當年他領兵南下攻打揚州時那樣氣勢恢弘，而眼下他所掌握的兵力和錢糧卻超過當年二十倍不止。

「啟稟主公，這是對我淮揚最有利的方案！」諮議參軍馮國用想了想如實報告道：「臣等以為，彭瑩玉和徐壽輝二人區別並不大，無論是誰掌握了天完朝廷，跟我淮安軍的關係都不可能太長久，張士誠和朱重八兩個就是先例。淮安軍出兵之後所面臨的形勢卻非常複雜，且不說朱重八的地盤剛好卡在蘄州與揚州之間，南面的張士誠在我軍攻取集慶之後，也與泉州的蒲家往來不斷。」

「張士誠比朱重八還不可信，朱重八野心雖然大，卻不冒失；張士誠卻是貪心不足，外加傻大膽！」蘇明哲用金拐杖敲敲地面，氣哼哼地道。

這句話立刻引起了很多人的共鳴，張士誠和朱重八二人在起家初期，都得到淮安軍的大力扶持，但這兩個人翅膀硬了之後，卻都果斷地選擇了與淮安軍分道揚鑣。

特別是張士誠，因為心虛，居然跟當年給了南宋最後一擊的泉州蒲家勾結在一塊，完全忘記了當初起兵反元的初衷，敵我不分。

「主公，在紅巾群雄當中，我軍已經是木秀於林，實在不宜跨境作戰；且第七軍團尚未整訓結束，二、三、五三個軍團也正在休整當中，新光復各地也未完全納入掌控！」在一片嘈雜的議論聲中，中兵參軍劉伯溫走上前道。

局勢已經變了，當年朱重九只是芝麻李麾下一員虎將，所以蒙元朝廷的主要征剿目標為劉福通和徐壽輝，其他紅巾諸侯也不會對淮安軍虎視眈眈。現在，淮揚大總管府的實力已經躍居各路紅巾之首，非但蒙元將其視為第一剷除目標，所以其他諸侯絕對不願意看到它繼續發展壯大下去。在能偷偷使絆子時的時候，絕不會將腿收起來。

朱重九聞聽，立刻明白自己有些太貪心了，完全違背自己當初說過的「廣積糧，多造炮，緩稱王」的原則，於是點頭道：「也罷，誰叫那邊距離太遠呢，咱們自己也沒強大到可以藐視群雄的地步，那就先按照第一套方案去佈署吧，讓吳良謀部立刻結束休整，到江灣港集結，隨時準備登艦！」

「是！」馮國用答應一聲，提筆起草軍令。

「吏部抓緊時間，向集慶、太平和鎮江三地委派地方官員。這三地都是產糧區，最遲至冬小麥播種前必須將各級衙門建立起來。」

朱重九將目光轉向逯魯曾，「派有經驗的人去，別淨派剛剛選拔出來的新丁，他們太容易成為當地縉紳手中的玩物。實在不行的話，哪怕是從因傷退役的老兵中選拔也比用了不該用的人強！」

「老臣遵命！」逯魯曾佝僂著腰回道。

「劉參軍，你替我給徐達一道下命令。委任他為征南將軍，總督江南各地，如果遇到突發情況來不及請示，就自行決定戰守。眼下江南三個路的所有兵備，也由他全權負責！兵局主事的差事則暫時交卸給劉子雲來承擔！」

第三道命令是下給劉伯溫的，但具體針對目標卻是兵局主事徐達，令周圍的一眾文武聞聽之後，無不在臉上露出了羨慕之色。

總督江南各地，自行決定戰守，全權負責兵備事宜，這已經相當於擁有一方諸侯權力，只差最後一步就可以開府建牙了。

但是大夥羨慕歸羨慕，卻沒有任何人出言勸阻。首先，以當前的通信條件，江南會發生什麼變化，消息傳到揚州至少得兩到三天。許多機會將一閃而逝，再也追之不及。而朱重八的隊伍在長江南岸站穩腳跟之後，卻顯出了極大的進取姿態，大總管府雖然迫於高郵之盟的約束，不便出手打壓。卻無論如何不能落在他的身後。

其次，徐達有勇有謀，做事謹慎，又嚴於律己。在先前的廉政風潮當中，五大主力的其他幾個領軍人物，或多或少都被發現了有任人唯親之嫌，唯獨徐達，從未干涉過其他部門的人事安排，軍中選拔將領也完全做到了秉公而行，從沒給任何親朋好友開過後門。

第三，也是最重要的一點。徐達出身於當年的徐州左軍，是朱重九一手挖掘並提拔出來的心腹。受信任和倚重程度絲毫不亞於老長史蘇明哲。如果連他都沒有主持一方軍務的資格，其他人就更永遠沒有資格，凡事都由朱重九一個人來操持，早晚會把他活活給累垮。

「給第五軍補充的兵器儘量準備充足，讓吳良謀儘快趕到大總管府來見我，有些事我要當面安排！」朱重九掃視一周，繼續發號施令。

眾文武官員對這一條命令也沒有任何異議，出征之前面授機宜，原就是主帥體現存在感的一種方式。更何況朱重九過去對任何將領的指點，總能神準地預測出可能會發生的事。

這一次，第五軍都指揮使吳良謀和水師都督朱強連袂出征，當然也少不了自家主公的錦囊。說不定在關鍵時刻拿出來，又能讓二人茅塞頓開，收穫加倍。甚至有可能逢凶化吉，建立蓋世奇功……

正當大夥帶著幾絲羨慕胡思亂想的時候，朱重九自己主動揭開了謎底。

「吳佑圖一直抱怨說火繩槍怕水，不便在江南作戰，神機銃射程雖然遠，裝填起來卻麻煩無比。大匠院和工局上回立下軍令狀，說一定能找到解決辦法，如今新的火槍和神機銃都造出來了，剛好給第五軍裝備第一批，讓吳佑圖拿到戰場上去試試效果。」

「什麼，主公是說，神機銃可以像火繩槍裝填得一樣快了？」

聞聽此言，在座的武將一個個喜出望外，不約而同地忽略掉了朱重九的話語中關於火繩槍和火槍的區別，把全部注意力都集中在射程高達四百餘步的神機銃上。

「還是要慢一些，但比先前的那種神機銃已經提高了將近一倍！」朱重九點點頭。「並且受雨天的影響也不像原來那麼大了，已經完全可以取代強弩！」

「主公英明！」

「恭喜主公！」

「主公洪福齊天！」

……

眾武夫們喜笑顏開，用自己貧乏的詞彙大拍朱重九馬屁，誰都知道，前一段時間，自家主公幾乎每天都往江灣新城跑，除了操持鑄錢的事情之外，就是跟焦玉兩個在一起，對火繩槍和神機銃敲敲打打，所以神機銃的射速能提高一倍，在大夥看來，功勞肯定是自家主公的，至於焦玉焦大匠，充其量是給主公打個下手。

因人成事，而射程與四斤炮大抵相同的神機銃一旦解決了受潮和裝填問題，就可以將淮安軍的攻擊力再度提高一大截。今後哪怕遭遇了同樣裝備了大量火炮的友軍，也可以將後者打得毫無還手之力。

「大夥別高興得太早！」朱重九將手向下壓了壓，臉上的表情看不出有比較輕鬆，「神機銃的問題解決了，火繩槍今後也不需要再帶火繩了，但是，本總管肚子裡的東西差不多也被掏空了，將來很長一段時間，咱們淮安軍的武器不會再發生太大的變化，頂多是在耐用性上多少做一些改進……」

他的話被淹沒在更響亮的歡呼聲中，興高采烈的淮安文武們，誰也沒留意到自家主公眼神裡正露出淡淡的遺憾與擔憂。

短短幾年時間內，在朱重九的推動下，淮安大匠院的工匠們走完了另一個時空中接近一百年的武器升級進程。但是，**作為穿越者的「福利」，至此已經基本消耗殆盡，歷史也被攪得亂七八糟，距離另一個時空的樣子越拉越遠。接下來的路，他必須靠自己，稍錯一步，就是萬丈深淵。**

會議開完的當天，足夠裝備一整個團的新式火槍和一百支升級版神機銃，連同相應的彈藥，就劃撥到了第五軍手中。下午，第五軍都指揮使吳良謀的身影，也出現在大總管府的書房內。

「你上次總結出來的四疊橫陣，我覺得很不錯，所以新式迅雷銃和神機銃一造出來，我就立刻想到了第五軍。這裡都是我能想到的進一步戰術完善方向，未必正確，你拿去參考！」

朱重九拿起一疊資料，遞給吳良謀，「這一仗，我不要求你攻城掠地，以實驗新火器的威力，並且完善新戰術為主。蘄州南面臨江，西側靠水，背後還有兩座高山，守起來難度應該不會太大。需要提防的是友軍中的內奸，倪文俊畢竟是天完朝廷的左相，樹大根深，他跟徐壽輝之間的衝突，責任也不完全在他頭上，所以蘄州城內難免有人會同情他；或者對徐壽輝已經絕望，準備交出城池換取自家的活路！」

「是，都督教誨，末將一定牢記於心！」吳良謀起身敬禮，接過資料。

「坐吧，沒有外人，不必這麼拘束！」朱重九還了個禮，笑道：「因為不要你去攻城掠地，戰後咱們也不準備在蘄州駐紮，所以這次你去，只能帶第五軍團的一部分精銳戰兵。數量你自己來定，但是要跟水師協商。首先，要滿足守住蘄州，打退敵軍的戰略目標；其次，因為路途遙遠，中間還隔著朱重八和彭瑩玉的地盤，所以要考慮糧草輜重的補給問題，免得出現什麼意外，或者天氣原因，水師那邊一時無法給你輸送物資，你就立刻斷了糧。第三，就是要考慮傷亡問題，因為這一仗不是在家門口，也不是為了咱們自己而戰，如果傷亡太大，弟兄們的士氣肯定會受到影響。身為主帥，你必須通盤考慮，不得一味貪功！」

「末將明白！」吳良謀用力點頭。「末將準備採取輪戰之術，先帶兩個旅過去，然後每隔半個月，從水上再運一個旅替換其中一個。這樣，蘄州城內隨時都會有兩個旅的戰兵防守。替換下來的那個旅則可以回到揚州休整，同時總結作戰經驗！」

「辦法不錯！」朱重九嘉許道：「新式迅雷銃和新式神機銃的樣子，估計你已經看到了。最大改動就是把火繩引火改成了燧石擊發，速度提高了許多，但啞火率也跟著成倍的增加。特別是對於訓練不足的新手，臨陣時啞火情況恐怕要超過三成。另外，燧輪和扳機的壽命，百工坊只能保證在四百次擊發以上。如此一來，火槍的日常保養和維護就需要專門培訓。你和煥吾、德山三個心思細密，我希望打完這仗，你們能給我提出一套完整訓練的方案出來！」

「末將知道，末將一定不負都督所望！」吳良謀想了想，再度用力點頭。

「其他零碎事情也都寫在紙上了，你拿回去慢慢看。我今天不跟你多囉嗦。」朱重九笑著吩咐，「下去練兵吧，估計徐壽輝的信使不會來得這麼快，你應該還有幾天時間做戰前準備！」

「是！」吳良謀立刻起身，跨過門檻，又倒退回來，「主公，末將有幾句話，不知道當講不當講！」

朱重九瞪了他一眼，「有屁快放，別跟個應聲蟲似的，好像我是個不講道理的暴君一般！」

「主公，末將知錯，請主公寬宥！」吳良謀緊繃著的一顆心立刻鬆弛下來，訕笑道：「末將是心裡有愧，所以才不敢造次，絕對沒有對主公絲毫不滿的地方！」

「有不滿意的地方也儘管說，我好像沒禁止你們說話！」朱重九撇嘴道：「真要是存心收拾你的話，我早下令奪你的兵權了，不會等到現在！」

「主公相待之恩，末將絕不敢忘！」吳良謀趕緊拍了一個大馬屁，然後說道：「韓老六那廝的確辜負了主公的信任，他自己也後悔莫及……」

「怎麼，你覺得他很冤枉麼？」朱重九眉頭一皺，臉上的笑容慢慢變冷。

「不冤，不冤，他罪有應得！」吳良謀拼命擺手，「末將以為主公已經很念舊情了，如果是末將處理此事，少不得送他全家去挖煤！」

「你能下得了那個狠心才怪！」朱重九不屑地道：「沒等動手，他先哭兩嗓子，估計一切就都揭過去了，弄不好，你還得反過來給他賠禮道歉！」

「末將，末將……」吳良謀腦門上開始出汗，滿臉通紅。

臨來之前，他的確是受了韓老六的託付，來試探一下自家主公的態度。沒想到目的還未達成，自己的底細卻先被揭了個清清楚楚。

「算了，有情有義不算壞事，但把握好分寸就好，畢竟咱們是準備立國，而不是占山為王，大稱分金！」見吳良謀窘迫成如此模樣，朱重九擺擺手，笑著安慰道：「你是個好將軍，日後也必然是個帥才。但你還做不了一個文官，所以有些事情，就不要再操心了。」

「末將一定牢記都督教誨！」吳良謀額頭上汗水變得更多，再次向朱重九行禮。

朱重九笑了笑，「去吧，替我帶話給韓老六，他既然喜歡送人情，就把因傷退役的老兵都給我照顧好，這是他最後的機會，如果還不知道把握的話，那就怪不得我刻薄寡恩了。畢竟我現在是整個淮揚的大總管，一言一行都影響到咱們所有人今後的前程！」

「是！」吳良謀再次擦了一把額頭上的冷汗。

「對了，還有一件事！」朱重九叫住他，取了筆，在掌心寫了一個名字，「記住這個人，如果發現他有什麼不對的地方，立刻下手除掉他，不需要向任何人請示！」

「是！」吳良謀心裡猛的打了個冷戰。

「去吧！」朱重九揮揮手，將吳良謀送出書房門外。

吳良謀三兩步出了大總管行轅，飛身跳上馬背，在親兵的護衛下一路風馳電掣回到軍營中，這才吐了口氣。

「怎麼了，都督還不肯原諒六子？」副都指揮使劉魁正等得心急，聽到軍帳外的馬蹄聲，趕緊迎了出來。

「主公根本沒有怪過他，何談原諒不原諒！」吳良謀嘴角隱隱帶著一點苦澀。**沒有責怪，所以自然無從原諒**。在主公眼裡，韓老六早就成了一個普通文官，當年並肩而戰的情義，早已消耗殆盡。

「不會吧，主公既然還給他東山再起的機會，就說明沒有放棄他！你是不是領會錯主公的意思了？」劉魁沒聽懂吳良謀的意思。

「用心做事吧，都督對咱們第五軍抱的期許很重，你我今後只管好好帶兵打仗就行了，別多管閒事，畢竟保著都督坐上江山才是眼下最要緊的事！而想坐穩江山，凡事就不能沒個規矩！」吳良謀語重心長地說。

「那……那……」劉魁還是不懂，急得抓耳撓腮。

行軍長史逯德山笑著說道：「不是跟你說了麼，每個人有每個人的福緣，咱們是武將，就該幹武將的事，至於韓老六，以他那護短的脾氣，去負責安置傷兵未必是壞事！」

「的確如此！」吳良謀心中默念著一個人的名字，疲憊地點頭。

如果是兩年前的都督，絕不會給自己下這個暗示，那時候的都督身上缺乏帝王之氣，卻如朝陽般光明。**都督變了，早已不是當年黃河畔拎著把殺豬刀跟敵人拼命的朱八十一，然而，大總管府內的很多人卻還沒意識到這種變化。**

陳友諒單手扶在城垛上，臉色比天空中的彤雲還要黑，一串粉紅的色血珠，緩緩從他的掌心處淌出來，他卻絲毫感覺不到疼痛。

浠水防線被攻破了，蘄水大橋緊跟著易手，只用了短短不到半個月時間，天完帝國就僅剩下老巢蘄州一座孤城。

不對，假如把江南的池州和半個安慶路也算上的話，應該還不至於亡國，但那邊的繁華程度怎麼能跟蘄州比？天完朝的徐皇帝自打即位以來，把每年的大部分財稅，連同抄沒所得都用在了蘄州，將此城打造得宛若人間仙境。

丟了蘄州，就等於將天完帝國的家底丟了一大半，況且以皇帝陛下那個性情，撤到池州後，少不得又要把在蘄州的事情重來一遍。到時候，被逼反的可不是左相倪文俊了，右相彭瑩玉同樣未必忍受得了他的驕奢淫逸！

所以在天完帝國新任金吾將軍，五城兵馬司都指揮使陳友諒眼裡，守住蘄州，是保全天完帝國的第一關鍵。如果蘄州沒了，天完帝國也就徹底失去了存在的必要。

對於安慶和池州的其他南派紅巾弟兄來說，沒有徐壽輝這個暴發戶皇帝，比有這麼一個皇帝更要舒服，至少大夥不用把本該拿來打造軍備的錢花在給皇帝陛下娶妃子上。

不過話又說回來，正是因為徐壽輝的奢侈浪費，蘄州城才能堅守到今天，早在天完二年就用青色條石重新貼面的城牆，炮彈打上去只能砸出一個白色的小坑，憑著堅固的敵樓、箭垛，以及各類齊全繁雜的防禦設施，陳友諒從池州帶回來的三千精銳才能裹脅已經腿軟腳軟的御林軍，苦苦頂住城外的一輪又一輪瘋狂進攻。

只是如此一來，雙方的傷亡率可就成倍的增加了，並且死的全是天完帝國的老弟兄，城內城外都是！

急於在新主人面前有所表現的倪文俊，不惜血本將其麾下精銳部隊全都搬了出來，為了守住天完帝國的都城，陳友諒也使盡了渾身解術。

倒是蒙元四川行省丞相答矢八都魯和他手下的官軍，這些日子好整以暇地在城外山丘上看起了熱鬧，彷彿大戶人家的闊少在看著兩隻野狗撕咬一般。

答矢八都魯老賊的目的，是把南派紅巾的血徹底放乾，在他眼裡，其實城裡的徐壽輝也好，城外的倪文俊也罷，都屬於需要被消滅的對象。彼此之間根本沒太大區別。

然而明明知道老賊打的是驅虎吞狼的主意，城內和城外的紅巾軍卻誰也無法停手，仗打到現在，**雙方已經都沒了退路**，要麼倪文俊幹掉徐壽輝，憑藉昔日袍澤的鮮血證明他對大元朝的耿耿忠心；要麼徐壽輝幹掉倪文俊，證明他這個天完皇帝天命猶在，對方大逆不道。城內城外，誰都沒有第三種道路可選！

即使有第三種可能，答矢八都魯也不會准許其存在，他需要的是赫赫戰功，及一片永遠不會再造反的土地，借此平步青雲。至於戰爭結束之後，這片土地上還剩下多少人，根本沒必要在乎，反正在他和大部分蒙古貴胄眼裡，老百姓就是戶籍紙上的一個數字。今天割沒了，用不了多久便會再長出來。

你不見當年丞相伯顏南下時，殺得屍山血海。這才短短七八十年光景，長江兩岸的城市和鄉村就又變得人滿為患！

所以，今天的血還沒有流夠，太陽還沒有落山，答矢八都魯老賊還有寬裕的時間逼著城內城外的紅巾弟兄再流一回。

陳友諒抬頭看了看西邊的雲層，還有雲層下正在擺放火炮的敵軍，咬著牙推斷。

那是天完朝廷以每門六千貫的高價從淮安軍手裡求購來的六斤炮，射程遠，威力大，炮彈落處，周圍半丈遠就再也站不起來一個活人。然而，這批鎮國利器全都被倪文俊帶給了蒙元，現在反過頭來，又開始屠殺曾經的袍澤。

西邊的天空慢慢變成了暗紅色，彤雲被其所遮擋住的太陽燒出了一圈亮麗的金邊，絲絲縷縷陽光從雲朵的拼接處透出來，灑在周圍煙薰火燎的丘陵上，給所有風物都鍍上了一層暖暖的流蘇。

一座座暖金色的丘陵，與城外不遠處幾條狹窄的溪水輝映在一起，構成了一個靜謐的金色世界。在世界的外側，有幾層鉛灰色的霧氣，從天上到地下飄飄蕩蕩。

那是倪家軍的陣列經過時，用腳踩起來的煙塵，殘酷的老天爺最喜歡開玩笑，在惡戰即將到來之前的短暫時間裡，總會刻意製造出各種各樣美麗的景象，而被他所厭棄的人類，則按部就班地成為所有美好的破壞者。

他們像蝗蟲一般，成群結隊地淌過小溪，走過曠野，所過之處，一切色彩都變得黯淡，只留下醜陋冰冷的黑與白。

「人類最大的本事就是自相殘殺。並且樂此不疲。」下一個瞬間，陳友諒發現自己變成了一個得道高僧。冷靜而又睿智。

他迫切需要這種冷靜，否則，他很難保證自己會活到這一輪戰鬥的結束，更無法保證身後的孤城，還有孤城深處皇宮裡的那個暴發戶也能平安地繼續活下去，所以哪怕是內心深處充滿了厭倦，他都不得不再度將手掌從城牆上收回來，高高地舉起一面橙黃色的令旗。

「每個城垛後留下一名戰兵，其他人全都下去躲避火炮。沒有我的命令，誰也不准上來！」

說罷，將令旗朝身邊的親兵懷裡一丟，大步流星地衝進了敵樓。

「轟隆——」「轟隆——」一連串沉悶的雷聲貼著地面響起，緊跟著，天空中出現了淒厲的呼嘯，「嗤——！」「嗤——！」此起彼伏，連綿不斷！

那是六斤炮的彈丸穿透空氣的聲音，冰冷得令人絕望，再跟著，蘄州城的西牆開始晃動，無數破碎的石頭渣子隨著炮彈爆炸聲濺起，將炮彈落地點周圍砸得血肉橫飛。

「轟隆——」「轟隆——」擺放在敵樓和左右兩側馬面上的六斤炮迅速還以顏色，居高臨下地射出彈丸，砸進城外進攻一方的炮兵陣地當中，將陣地砸得硝煙滾滾。

同樣規格的火炮，同樣規格的彈丸，同樣配方的火藥，甚至連雙方的炮手所經受的，也是同一批師父的訓練，本領難分高下。轉眼間，城內城外就打成了一鍋粥，笨重的鑄鐵彈丸拖著淒厲的呼嘯聲，你來我往，奪走一條條鮮活的性命，將原本安寧靜謐的世界，炸得支離破碎。

「嗚！嗚！」號角在炮彈轟鳴的間隙裡倔強地響了起來，沉悶而又蒼涼。隨著進攻的號角聲，倪家軍的戰兵開始加快腳步。槍如林，刀如雪，包裹著水牛皮的靴子踩在地面上，將頭盔縫隙中的整個世界震得搖搖晃晃。

「六個千人隊，二十架鑿城車，一百多架雲梯！」站在敵樓頂層的瞭望手扯開嗓子，大聲彙報。「主攻方向還是西門右側馬面，他們又帶了大銃，很多很多大銃！」

「六個千人隊，二十架鑿城車，一百多架雲梯！數不清楚的大銃！」一名百夫長快步衝進敵樓深處，對陳友諒大聲複述觀察結果。「主攻方向西門右側馬面附近，其他方向暫時沒看到敵情！」

「潑張，兩分鐘後，你帶著咱們的火銃手上牆！」陳友諒非常冷靜地朝外邊掃了兩眼，然後果斷地命令。

「是！」綽號「潑張」的千夫長張必先站起身，抱著一個豬頭大小的「金鐘」衝出敵樓。

受淮揚方面的影響，如今池州紅巾和蘄州紅巾內也開始流行以分鐘來記時，而產自揚州的「金鐘」，更被每一名高級將領視作珍寶，與沙漏、水鐘、圭表比起來，此物非但精度高、計時準確，攜帶性也方便了許多。在作戰之前與主帥手裡的「金鐘」對準一次，接下來只要發條擰足，一整天之內，雙方就能達到協調一致。

「吳宏，讓四斤炮裝填毒藥彈，製造煙霧，擾亂敵軍炮手視線！」目送著潑張離開，陳友諒想了想，再度果斷地拔出第三支令箭。

「是！」千夫長吳宏起身接令，毫不猶豫地就向外走。

·第十章·

金吾將軍

他是陳友諒，金吾將軍陳友諒。
想當年，大漢光武皇帝劉秀，就是以這個職位開始，
一步步走向了人生的輝煌。
做官要做執金吾，娶妻當娶陰麗華。
陳某人雖然出身寒微，但陳某人的志向，
卻絲毫不比古時的英雄豪傑少。

隨著參戰各方對火器的熟悉，以及六斤炮的出現，早期從淮安軍手裡求購來的四斤炮，效果已經越來越雞肋。但工匠們的智慧是無窮的，至少在陳友諒麾下，工匠們充分發揮出了各自的潛能，讓瀕臨淘汰的四斤炮重新煥發了青春。

隨著千夫長吳宏的身影在城頭上出現，很快，擺放在城垛後的四斤炮陸續發起了轟鳴聲。

「轟轟轟！」「轟轟轟！」數十枚猩紅色的火球拖著長長的弧線，接二連三砸進了城外正在緩緩向前推進的隊伍裡。緊跟著，一團團暗黃色的煙霧從地面上湧起，高高地跳上半空當中。

「轟——！」六個整齊的方陣瞬間四分五裂，濃煙起處，每名被波及到的倪家軍將士都用手捂住自己的嘴巴和鼻子，佝僂著腰，拼命地咳嗽。煙薰火燎的臉上，眼淚和鼻涕滾滾而下。

「轟！」「轟！」「轟！」又一輪六斤重的炮彈破空而來，落在城牆內外，掀起大團大團的煙塵。

由巴豆、砒霜、茱萸、花椒等物燃燒生成的毒煙，對倪家軍戰兵的殺傷力不算太大，卻嚴重影響了更遠處操炮者的視線，令原本就非常一般的準頭，變得愈發乏善可陳，大部分炮彈連城牆都沒沾到，只在城牆內外的地面上炸出來一個個醜陋的大坑。

「快點，快點，不要慌，一個跟著一個！」趁著倪家軍炮手的視線受到毒煙遮擋的時候，陳友諒的好兄弟張必先帶領一千名大銃手，沿著馬道快速衝上了城牆。

整個千人隊在跑動中，迅速分成了三層。第一層將士推開被炮擊震得暈頭轉向的戰兵，將一根根胳膊粗細的鐵管，順著箭垛上面的射擊孔，探出城頭。

第二層將士迅速蹲下身體，將手中大銃護在兩臂和胸口之間，第三層袍澤也學著第二層的樣子果斷下蹲，頭頂的盔纓整齊得如盛夏時的麥田。

「快，把受傷的弟兄抬下去，把這裡的血跡擦乾淨！」

緊跟著火銃手之後，則是一群衣甲鮮明的御林軍，一個個慘白著臉，在隊伍中的百夫長指揮下，快速抬走剛才炮戰中受傷或者陣亡的袍澤，然後用大桶大桶的冷水潑灑地面，避免血跡影響其他參戰者的士氣。

敵樓和馬面等處，四斤炮的炮手們則繼續向敵軍發射毒藥彈，努力給進攻一方製造麻煩。六斤炮的炮手們，則利用敵方的炮擊出現停頓的間隙迅速清理自家炮膛，用拖把沾了家畜尿液給火炮進行強制降溫，一個個動作有條不紊，層次分明。

「點燃艾絨！」張必先頂著一個表面塗了黑漆的鐵盔，向城外看了看，然後繼續發號施令。

「點燃艾絨！」「點燃艾絨！」他麾下的幾個百夫長輪流重複，接力將命令傳遍整面西城牆。

手指粗細的乾艾絨繩子迅速被點燃，一股濃郁的清香在城頭上湧起，驅散人血的腥氣和動物尿液的臊臭。訓練有素的大銃手們，將艾絨繩子輕輕朝各自的頭盔護耳上一夾，然後低下頭，透過箭垛的射擊孔繼續觀察敵軍，每個人的動作都熟練無比。

「嗤──！」「嗤──！」「轟……」倪家軍的炮手們，顯然不願意讓自家戰兵單獨承受壓力。冒著誤傷自己的危險，再度朝城牆上方傾瀉彈丸。

只是這一輪的炮擊效果，還不如上一輪，幾乎所有炮彈都脫離了預計目標，徒勞地在城牆外側的青石條上留下一個個白色的斑點。

「來而不往非禮也，給我狠狠地打！」陳友諒快步衝上敵樓二層，向自家炮手大聲命令。

「是！」幾門六斤炮的炮長齊聲答應，然後憑著居高臨下的優勢迅速矯正炮口，瞄準城外倪家軍的陣地。

「一號大將軍炮準備就緒！」

「二號大將軍炮準備就緒！」

「三號大將軍炮準備就緒！」

……

乾脆俐落的報告聲，迅速傳回陳友諒的耳朵，後者滿意地點點頭，將右手高高地舉起，然後奮力向下揮動，「開炮！」

「砰！」天崩地裂般一聲巨響，五道濃煙推著巨大的火球飛了出去，越過六百餘步的距離，分為前後左右中五個方位，同時掉頭向下。

「轟！轟！轟！」五道粗大的煙柱呈花蕊狀騰空而起，緊跟著，又是巨大的一聲「轟隆隆！」有團黑色烈焰翻滾著扶搖而上，將破碎的木頭箱子，人馬肢體和火炮殘骸丟的到處都是。

「打中了，打中了！」敵樓二層和腳下的城牆上響起一陣興奮的歡呼，倪家軍的炮陣中剛剛發生過一次巨大的爆炸。

有經驗的將士能清晰地判斷出這是裝火藥的箱子被炮彈直接命中的後果，雖然最後造成的傷亡情況無法判斷，但經歷了這場災難之後，倪家軍的炮手們必然心驚膽戰，再也不敢像以前那樣囂張。

「打得好，就這麼幹！老子就不信了，姓倪的玩炮還能玩得過咱們！」

陳友諒非常會鼓舞士氣，邁動腳步，快速從幾門六斤炮後方跑過，同時用手掌和操炮者的手掌當空相擊。

「接著來，別心疼火藥。打跑了姓倪的，老子給你們每人官升三級！」

「謝大將軍！」眾炮手們興奮地回道，也不管陳友諒的承諾能不能兌現，反正能跟金吾將軍並肩作戰，親手擊毀敵軍的大炮，已經足夠眾人吹噓一輩子了，哪怕是立刻就戰死，也了無遺憾。

「小心——！」一名親兵猛的撲上前，將陳友諒死死壓在身下。

「轟！」有枚近距離射來的小開花彈在距離他三步遠的位置爆炸，炙熱的氣浪裹脅著彈片和碎石頭四下迸射，將幾名躲避不及炮手同時掃翻在地。

「大將軍，大將軍！」有人低聲驚呼，舉著盾牌衝上敵樓二層，翻動血肉模糊的親兵，從屍體底下翻出陳友諒。

「別喊，亂我軍心，我必殺你！」陳友諒一個魚躍跳了起來，親手抓住敵樓中的戰旗，探出城外，來回搖動，「給我還擊，炸死他們！老子就站在這兒，不信他能打得著！」

「大將軍小心！」千夫長張定邊和太師鄒普勝雙雙上前抱起陳友諒，不由分說衝下敵樓，鑽進下層的城牆內部。

戰旗又被親兵們插回了原處，繼續在傍晚的江風中獵獵飛舞。然而剛才那短短的一瞬間招搖，卻極大地鼓動了城頭上守軍的士氣，頓時，十幾門四斤炮同時調轉炮口，朝著城外敵軍方陣內突然冒出來的炮車展開了反擊。

「轟！轟！轟！」「轟！轟！轟！」彈丸的發射聲不絕於耳。

被倪家軍推在車上前行的，同樣是四斤輕炮，憑著偷襲占了一輪便宜，但很快就因為四周缺乏可靠掩體而敗下陣來。

那些先前被「毒煙」熏得滿臉是淚的兵勇們，則在百夫長和千夫長的指揮下，迅速拉開彼此之間的距離，冒著炮彈的狂轟濫炸，加速衝向了城牆。

他們手中有鑿城車，他們手中有雲梯，他們手中也有大銃、強弩和其他神兵利器，只要讓他們推進到合適距離，就能立刻向守軍還以顏色。

迅速變稀疏的隊形，使進攻方的士兵數量顯得非常龐大，從城頭上打下去的四斤炮彈，每次總能帶走一兩條性命，但跟龐大的士兵總數比起來，就顯得十分微不足道了。

憑藉著對火器性能的熟悉和豐富的戰鬥經驗，倪家軍將士距離城牆越來越近，很快，就從兩百余步推進到了五十步之內，一個個手臂粗的鐵管子也被他們豎了起來，管尾支撐於地面，管身向前傾斜，鐵管下，則是兩個精鐵打造的支撐。

「大銃手，開火！」張必先當機立斷，搶先下達了射擊命令。

「開火！開火！」

傳令兵一邊大聲重複，一邊快速在他頭頂扯起一面畫著彈丸的紅色三角旗。早就蓄勢以待的大銃手們接到命令，迅速將艾絨按在銃管後部的導火線上。數點火星跳躍著向前飛奔，鑽進銃管，隨即引發出一連串的雷鳴。

「砰砰砰，砰砰砰！……」數百支大銃同時發威，聲勢若驚濤駭浪。一團猩紅色的雲彩，拖著密密麻麻的彈丸從城頭上飛下去，砸入城牆下的倪家軍隊伍，將目標削去了整整一層。

沒等慘叫聲傳回城頭，張必先已經再度跳起，手指著城下的敵軍，大聲呼喝：「換銃，換人，再給我轟。轟得他娘都認不出他來！」

「換人，換人！」命令聲被百夫長們接力傳出。剛剛發射完了一輪的大銃手扯著自己的兵器，迅速向後翻滾。跟在他身邊的第二層將士則撲上前補位，將另外數百支大銃探出箭孔，對準城外的敵軍。

「砰砰砰，砰砰砰，砰砰砰！」連綿射擊聲又起，在城下掀起一團團血光。

無數還穿著紅巾軍衣服的「義兵」中彈倒下，煙薰火燎的臉上寫滿了迷茫。

「換人，換人！」單調的喊叫聲再次湧起，第二波大銃手迅速向後翻滾，把射擊孔讓給身後蓄勢以待的袍澤。

他們手中的大銃模樣非常怪異，既沒有火繩槍上常見的扳機，繩夾、銅簧等精密配件，也沒有供射擊者架在肩膀上的木托，只是一根光溜溜的鐵管子，尾部像蟋蟀一樣分出兩個短短的鐵叉，然而，對於箭垛和城牆這類狹窄地形，一根光溜溜的鐵管子，反而顯得更為靈活。

第二波將士剛剛將發射完畢的大銃抽出來，第三波將士就將裝滿了火藥的新大銃迅速填進了射擊孔，然後瞄都不瞄，只是大概調整了一下射擊角度，就用艾絨點燃了位於大銃後部的導火線，隨即用掛著木板的右肩牢牢頂住銃尾的鐵叉。

「砰砰砰，砰砰砰，砰砰砰！」連綿不斷的射擊聲第三次響起。

大銃受到火藥的反推向後猛縮，卻被大銃手肩頭上的木板牢牢頂住，數以千計的散彈從城頭狂瀉而下，將城外的敵軍打得屍骸枕籍。

「後退，速速後退！」一個沙啞的聲音在城外響起，有名全身穿著鍍金全身板甲的漢子高舉鐵皮喇叭大聲呼喝。

「後退，後退二十步，分散列陣！」隊伍中的百夫長們果斷地重複，收攏各自身邊的部屬，丟下架在地上的大銃和血泊中翻滾的同伴，迅速閃到距離城牆六十步之外。

同樣經驗豐富的他們，非常清楚大銃的缺陷所在，一個非常簡單的戰術調整，就將剩餘的自家兄弟從絕境中解脫了出來。

「來啊，有種繼續來啊！」

「放著好好的人不做，卻去給蒙古韃子做奴才，這種玩意，怎麼會有骨頭……」

城牆上，則響起了一陣刺耳的叫罵聲。張必先麾下的大銃手們，一邊飛快地解下腰間的黑白兩隻布袋，用勺子向大銃內裝填火藥和散彈，一邊用汙言穢語撩撥城外進攻者的神經。

身穿板甲的叛軍將領卻絲毫不生氣，從旁邊的侍衛手裡搶過一面畫著黑色的角旗，舉過自家的頭頂，緩緩舞動。

「噹噹噹……」單調的破鑼聲響起，剛剛退下來的倪家軍士卒，又繼續朝更遠的地方退去，誰也不肯多做任何停留。

「噢！噢！」「噢！噢！噢！」城頭上的辱罵聲變成了歡呼，輕鬆就打退了敵軍一輪進攻的天完王朝將士們興奮地站起來，沿著城牆跑來跑去。

「陳將軍真乃我天完國第一虎將也！」太師鄒普勝也高興得老臉通紅，搖晃著衝進敵樓，對著陳友諒猛挑大拇指。

最近一段時間，多虧了陳友諒和他帶來的張定邊、張必先和吳宏等人賣力死戰，才確保了蘄州城不被叛軍攻破，所以除了徐壽輝這個皇帝陛下之外，其餘滿朝文武都把金吾將軍陳友諒當成了天完王朝的武曲星，對他的百般奉承，有求必應。

然而，陳友諒臉上卻絲毫看不到歡喜之意，皺著眉頭問道：「太師，向淮揚大總管府求救的第二波信使派出去了麼？怎麼這麼久了依舊沒收到任何回應！」

「這個……」鄒普勝聞聽，興奮的老臉上立刻湧現了幾分尷尬，猶豫了好一陣，才道：「派肯定是派了，但是陛下那個脾氣，陳將軍也應該知道，他好歹也是個皇帝，而那朱重九卻……」

「陛下不會是又給朱總管下了一道聖旨吧？」陳友諒微微一愣。

「好像，那個，嗯……」鄒普勝的神情，就像新娘子談起房事一樣扭捏，紅著臉支唔了半天，才道：「差不多吧，陛下這回封了朱總管一個淮陽王，食邑萬戶，並賜予淮陽王白璧十對，絕色美女二十名，金珠……」

「夠了！」陳友諒大怒，一拳捶在柱子上，震得頭頂瑟瑟土落。

「你這個太師是喝稀飯的麼？居然不去進諫！如果淮安軍五天之內還沒趕到，咱們大夥全都死無葬身之地！」

「老夫勸過了，但陛下，他被倪賊傷透了心，根本聽不進去老夫的勸，並且他也怕請神容易送神難啊！」鄒普勝被嚇了一哆嗦，後退兩步，倚著牆壁解釋。

「朱總管至少不會要你我的命！」陳友諒恨得牙根癢，卻無可奈何。

「彭相不是馬上就到麼？還有朱重八，他也答應發救兵來著。」鄒普勝自知理虧，卻掙扎著強辯。

「彭相手中總共才兩萬兵馬，給我帶來五千，剩下的如果再往這邊調，池州那邊怎麼辦？萬一守不住蘄州，咱們可就連退路都沒了！」陳友諒咆哮著：「至於朱重八，連遠交近攻你們也不懂麼？他已經有了廬州和半個安慶，再趕來救咱們一次，另外半個安慶也得歸了他！到時候，咱們一樣是要仰人鼻息！」

「那，那……」鄒普勝聽得似懂非懂，眨巴著眼睛，嘴角不停囁嚅。

就在此時，城外又傳來一陣連綿的角鼓之聲。緊跟著，千戶張定邊又跑了進來，先向鄒普勝拱了拱手，然後報告道：「阿三，壞事了，官軍這次來真的了，倪文俊的人，還有答矢八都魯的人一起逼上來了，黑壓壓地根本看不清多少！」

「該死！」陳友諒聞聽，再顧不上跟鄒普勝生氣，抄起一具重金求購來的望遠鏡，舉在眼前，快速向城外張望。

只見金色的晚霞下，大隊大隊的倪家軍開始向蕲州城靠近，緊跟在他們身後的，則是數十個由蒙元官兵組成的方陣。槍如林，刀如雪，巨大的盾牌舉在陣前，組成一道道移動的城牆。

「轟！」「轟！」「轟！」架在敵樓和馬面上的六斤炮果斷開火攔截，但由於距離過於遙遠，大部分彈丸都落在方陣之間的空地上，徒勞地激起一團團濃煙。

偶爾一枚彈丸命中目標，瞬間將官兵的方陣炸出一個巨大的塌陷，蒙元四川行省丞相答矢八都魯的衛隊策馬衝過去，砍翻驚惶失措者，迅速恢復方陣的秩序，令其隨著鼓角的節奏繼續緩緩前行。

「轟！」「轟！」「轟！」倪文俊手中的重炮手們也重新振作士氣，操縱著屬於自己的六斤炮，遙遙地跟城頭上的昔日袍澤展開了對轟。

敵樓和馬面上的火炮不得不放棄對蒙元官軍方陣的阻攔，調整角度，奮起迎戰。雙方的炮彈於晚霞下你來我往，在半空中拉出一道又一道淒厲的尾痕。

粉紅色霞光中，擔任前鋒的倪家軍繼續向城牆推進，不緊，不慢。

這次，走在最前方的變成了盾牌手，每一個人都用力推著一面齊肩高的盾車，木製的車輪「吱吱呀呀，吱吱呀呀！」，奏出一曲嘈雜又刺耳的旋律。

大銃手、弓箭手、長矛兵、攻城鑿……其他各式各樣的兵種，在盾車之後排成一條長長的縱隊，每個縱隊和縱隊之間，都保留著相當寬的距離，哪怕再遇到一次大銃齊射，也不會像先前那樣付出巨大的傷亡。

「四斤炮，四斤炮給我開火！」陳友諒越看越驚心，越看越覺得頭皮發麻，舉起令旗，大聲呼和。

「轟！」「轟！」「轟！」「轟！」分佈於城頭各處的四斤炮快速做出回應，將一輪又一輪彈丸砸向三百步之內的敵軍。

他們堪稱訓練有素，每一輪射擊都能打翻幾十名進攻者，然而對方過於分散的陣形，卻令四斤炮的戰果很難再繼續擴大，身經百戰的倪家軍精銳也絕不可能因為區區幾十人的傷亡，就立刻開始士氣崩潰。

「轟！」「轟！」「轟！」倪家軍手中的四斤炮也努力向城頭開始反擊，雙方很快就又陷入對轟狀態，你來我往，打得不可開交，但雙方的準頭都乏善可陳，往往對轟上三、四輪才能偶爾蒙上一發，於整個戰局沒絲毫影響。

「停下，停下，不要上當！」

陳友諒心中突然一凜，再度咆哮著揮舞令旗，倪家軍炮手的表現非常不對勁，按道理，沒有遮蔽物藏身的他們，應該儘量避免火炮之間的對決才是正理。可他們偏偏反其道而行之，其中必有貓膩！

「注意，注意炮管，小心炸膛！」幾名有經驗的老炮長也跳起來，向城頭的同行們示警。

購自淮揚的火炮，按說都有連續發射三十次不炸膛的保證，但仗打到酣處，誰會還記得三十炮的限制？萬一其中某一門除了差錯，肇事者可是百死莫贖。

就在這個瞬間，西門右側的馬面（編按：一種防禦工事，因外觀狹長如馬臉而得名。）上猛的傳來一陣巨響「轟隆隆！」緊跟著腳下的城牆開始來回搖搖晃晃，巨大的煙柱於距離敵樓近在咫尺處湧起來，濃烈的硫磺味道四下翻滾。

「炸膛了！誰他娘的在操炮。老子剮了他！」

陳友諒第一個反應就是六斤炮因為過度使用而炸膛，然而，接下來看到的一幕，卻令他肝膽俱烈。幾隊正在幫忙搬運火藥的御林軍忽然從腰間抽出佩刀，朝著距離自己最近的大銃手亂砍。緊跟著，又一大隊御林軍沿著馬道急衝而上，手中火把毫不猶豫，就朝擺在城牆內側的火藥箱丟去。

「轟隆，轟隆，轟隆！」城牆上，馬面內，敵樓旁，火藥的爆炸聲不絕於耳，毫無防備的大銃手們要麼被人從身後砍翻，要麼被火藥炸得粉身碎骨，一瞬間血流成河。

「老匹夫！」張定邊的第一反應，就是太師鄒普勝要跟反賊倪文俊裡應外合，舉起鋼刀，衝著後者頭上猛剁。

太師鄒普勝卻以與其平素表現絕不相稱的敏捷側身躲入柱子後，一邊繞路逃命，一邊大聲自辯，「不是我，不是我！此事與我無關。趕緊，他們人不多，趕緊想辦法除掉他們，免得敵軍趁機攻城！」

後半句話算是救了他一條命，已經兩眼通紅，準備與張定邊一道將他剁成肉醬的陳友諒聞聽，立刻放棄了對他的截殺，單手抄起一面盾牌，高舉著佩刀翻出敵樓，「給我殺，殺光這群吃裡扒外的傢伙！」

「殺！殺光他們！」親兵千戶王溥帶著百餘名侍衛，緊隨著陳友諒的身影衝出敵樓。見到身穿御林軍服色的人，不由分說，兜頭就剁。

一些被突發之變驚得不知所措的御林軍將士，稀裡糊塗地就做了刀下冤鬼。更多的無辜者則嘴裡發出一聲慘叫，拔出佩刀，拼死自保。

「陳友諒反了，陳友諒反了！」有人渾水摸魚，大聲喊叫。

「是鄒普勝，鄒普勝帶領御林軍勾結外賊！」無數人扯著嗓子回應。

混亂迅速沿著敵樓和馬面向南北兩個方向蔓延，一些在突然打擊下回過神來的陳部將士，紛紛抽出兵器，撲向距離自己最近的御林軍，令後者無論參與沒參與殺人放火，都不得不挺身迎戰。

雙方在狹窄的城牆上戰做一團，彼此眼睛裡都寫滿了仇恨，誰也無暇去辨別是非對錯，更無暇去管城外越來越近的敵人。

「不想造反的放下兵器，沿著馬道向下退！」關鍵時刻，又是太師鄒普勝率先發現了問題所在，高舉著陳友諒常用的鐵皮喇叭，站在敵樓窗口大聲喊道：

「我是鄒普勝，我沒造反！有人冒充御林軍炸毀了火炮！大夥不要上當！陳將軍，刀下留人！御林軍的弟兄們，放下兵器，沿著馬道向下撤退！」

「不想造反的，趕緊後退。陳將軍，有人冒充御林軍！」張定邊也如夢初醒，帶著自己的一干親信衝上敵樓二層，居高臨下喊叫道。

城牆上的御林軍原本就是被迫自保，聽見敵樓中的喊聲，立刻察覺事情不妙，紛紛掉轉身體，或者沿著馬道向下飛奔，或者沿著城牆朝南北兩側逃命。很快，留下來繼續跟陳友諒拼命者，就只剩區區兩三人。

只見這兩三百名亂兵，個個臂纏白布，在一名高鼻深目的大食人指揮下且戰且退，每路過一段城牆，必然想方設法將附近的火藥箱子引燃數個，哪怕是自己人受到了波及，也在所不惜。

追過來砍殺他們的陳友諒等人，卻一次次被火藥的爆炸所阻，遲遲無法將叛軍清理乾淨，直到張必先帶領另外幾百精銳，從叛軍的背後繞了過去，將那名大食人一刀梟首，才勉強結束了戰鬥。

「該死的色目人，養不熟的白眼狼！」陳友諒被累得筋疲力盡，手杵著鋼刀，氣喘如牛。

他從所在位置放眼望去，所看到的情景慘不忍睹，被無辜砍死的大銃手和御林軍將士的屍體挨著屍體，血流成河。

然而，敵軍卻根本不給他鼓舞士氣的機會，隨著爆炸般的一通戰鼓聲，躲藏在盾車後的倪部將士猛然加速前衝，三步併作兩步，就再度衝進了大銃的有效射程之內。

「啊——！」有名身穿百夫長袍服的小將慘叫著，將手中大銃尾部狠狠地戳在地上，另外一隻手，則飛快地架起了一個八字形梯子，穩穩地拖住了銃身。

緊跟在他身後的倪家軍悍卒迅速彎腰，將早已準備好的艾絨戳在了引線處，一串猩紅色的火花跳躍著鑽進銃管，「砰！」數十枚蠶豆大小的鉛彈噴射而出，打得城頭火花四濺。

二人這種近於自殺式的悍勇，鼓舞了更多的倪家軍兵卒，轉眼間，就有數十人狂叫著衝出盾牌的保護範圍，搶在城頭上組織起有效反擊之前架好大銃，點燃引線。

「砰！」「砰！」……硝煙彌漫，無數鉛彈冰雹般砸上城頭，打得守軍渾身上下全是彈孔。與此同時，更多的倪家將士衝上來，快速支起更多的銃口。

「弟兄們，反擊，將他們壓下去！」城頭上，張必先急得兩眼冒火，大聲催促。

他麾下的弟兄們的確在反擊，但是剛剛經歷過一輪偷襲，大夥再也無法保持先前那種層次分明的三疊陣，只能根據各自的判斷，搶向距離自己最近的一個箭垛，爭先恐後地朝敵軍噴射彈丸。

「砰砰砰，砰砰砰！」硝煙瀰漫，正在城下發射大銃的倪家軍精銳，像割麥子般被紛紛割倒。但在彈雨的遺漏範圍，卻有無數支同樣規格的大銃繼續朝城頭攢射，將防守一方也打得死傷慘重，苦不堪言。

「啊——！」城頭上，一名衝上前補位的大銃手慘叫著倒地。胸前密密麻麻佈滿了彈孔，血流如注。

他身邊的另外幾名大銃手動作開始變得僵硬，倉促射出的彈丸或者沒落進目標所在範圍，或者與周圍的其他大銃步調明顯脫節，令城外的「安全點」越來越多，射上城頭的彈雨也越來越密集。

畢竟都是追隨倪文俊四下轉戰多年的精銳，城外的叛軍很快就把握住了機會，更多的人冒著被轟成篩子的危險衝上前，或者將自家的大銃用鐵架子支在地上，朝城頭傾斜彈丸；或者用艾絨點燃先前被遺棄的大銃，令後者再展神威。

一時間，城牆上，箭垛兩側，甚至敵樓中，都有數不清的彈丸四下飛舞，凡是被彈丸擊中的人，輕者血流如注，重者當場氣絕，下場慘不忍睹。

「潑張，你幹什麼吃的！」陳友諒的腦袋上也挨了一下，雖然被精良的鐵盔擋住，但鉛子中殘留的巨大動能依舊令他頭暈目眩。「居高臨下還被人打成這態樣子，要是……」

「他們人多，並且個個悍不畏死！」張必先拎著一個染滿鮮血的盾牌，衝到陳友諒面前，大聲報告，「姓倪的這次把全部家底都亮出來了，帶頭進攻的都是他的親兵，咱們這邊剛才被內鬼殺了個措手不及，連火藥都供應不上……」

他的話音旋即被一連串爆炸聲吞沒，「轟！轟！轟！」數以百計的火光在城頭閃動，火藥燃燒湧起的濃煙遮天蔽日。

不是炸膛！天完帝國打造的大銃雖然沒有淮安軍的火繩槍精良，但也不至於才發射了幾輪就開始成批成批的炸膛，是城外倪文俊又喪心病狂地使出了新的殺招，將無數顆拳頭大的彈丸施展妖術拋了上來。

「主公小心！」站在敵樓頂層的瞭望哨及時地衝下來，大聲向陳友諒示警：「蒙古人也上來了！他們在箭桿上綁了火藥包！」

話音剛落，數支拖著紅星的利箭猛的竄上了城牆，「啪」地一聲釘在陳友諒身後的敵樓的橫梁上微微顫抖。

緊跟著，綁在箭桿前端的火藥包轟然炸裂，將細碎的鐵砂如瘟疫般向四下散發開去。

「叮叮噹噹！」儘管被兩名親兵捨命壓在了身下，陳友諒依舊聽到了一陣雨打芭蕉般的聲響。

那是鐵砂與他頭盔撞擊的聲音，雖然力道遠不如鉛彈大，卻勝在細密，令他感覺自己的腦袋像被無數桿鼓槌敲打過一般，隨時都可能炸成一個血葫蘆。

猛然間將嘴巴一張，「哇！」早晨和中午所吃的東西全都從嗓子裡噴了出來。

「舉盾，快下去拿盾牌！」張必先的聲音在他頭頂上迴盪，隨即又是一陣「叮叮噹噹」一聲，有的來自四下飛射的鐵砂，有的卻來自鵰翎羽箭，打得張必先等人不得不蹲身自保，半晌都無法組織起有效反擊。

當外邊的敲擊聲漸漸停止，陳友諒推開自己的親兵，從一片狼藉中爬起身。兩名忠心耿耿的親兵都沒有當場死去，但是手臂、脖頸、小腿等凡是沒有被鎧甲保護的地方，都被鐵砂炸得黑一塊，紫一塊，慘不忍睹。

幾處箭傷淌出猩紅色的血水和火藥餘燼混在一起，淅淅瀝瀝地順著靴子往下淌，每挪動一寸，腳下就是一個巨大的血窪。

「將軍！」這兩名親兵卻好像已經失去了對疼痛的感覺，咧開嘴，雙雙給了陳友諒一個憨厚的笑容，「沒事，沒事，韃子的火藥箭不頂用，都是一些皮外傷。」

「主公小心，別太靠近垛口，這幫王八蛋根本就是亂射，蒙上一個算一個，並且箭上還抹了……」

說著話，二人的聲音就慢慢低了下去，勉強半跪起來的身體軟軟栽倒，轉眼間氣若游絲！

「張定邊，張定邊！」陳友諒心裡又氣又痛，抄起一面盾牌舉在手裡，衝著附近的自家袍澤大喊大叫：「張定邊，去調擲彈兵上來對付他們，我就不信了……」

「擲彈兵上不來，大銃手也上不來，韃子這次玩真的了！」

素有天完第一勇將美譽的張定邊跌跌撞撞衝上前，聲嘶力竭的報告：「數不清的弓箭手，弟兄們被壓得根本無法露頭！」

「怎麼可能！」陳友諒不敢相信自己的耳朵，單手用盾牌護住自己的身體，定神細看。

只見薄暮籠罩的城牆下，不知道什麼時候已經站滿了蒙元官兵，數以萬計的角弓被拉滿，將冒著紅星的火藥箭和閃著寒光的破甲錐一波波地射上城來。

「三哥小心！」

張定邊一個虎撲，將陳友諒壓在了箭垛後，手中盾牌向上斜舉，在身體和箭垛之間勉強遮蔽出一個狹小的掩體。

「叮噹叮噹叮叮噹！」破甲錐砸在盾牌上的聲音宛若大珠小珠落玉盤。隨後，二人腳邊不遠處，就跳起了密密麻麻的爆炸聲，不似炮彈爆炸那樣響亮，卻勝在規模龐大，震得二人骨頭發顫，五臟六腑都往嗓子眼處鑽。

「快走！」趁著一輪爆炸剛剛結束的間隙，張定邊扯起臉色慘白的陳友諒，跌跌撞撞朝馬道處衝去。

「再不走就來不及了！咱們哥倆死在這裡不值得！」

陳友諒力氣遠不如他大，被拖著接連踉蹌了十幾步，一隻腳轉眼就已經踏上了馬道邊緣，然而他卻猛的一扭腰，用手中盾牌死死卡住了城牆，「不走！你自己走，老子不走！老子不能把弟兄們全都丟在這兒！」

話音未落，天空中又響起了一陣細細的風聲，緊跟著，一片黑壓壓的彤雲急墜而下，數以千計的精鋼箭簇，在彤雲裡閃著妖異的寒光。

「走啊！」張定邊急得大叫，猛的一扯陳友諒，帶著他順馬道朝城內翻滾。黑色的羽箭緊跟著他的動作落到城頭，跳起，迸發出一團團暗藍色的火花，守城的士兵們接二連三倒在箭雨下，血順著城牆的磚石縫隙轉眼彙聚成溪。

「轟！轟！轟！」「轟！轟！轟！」夾在羽箭中的火藥箭接二連三炸裂，將死亡的陰影於城頭上盡情播撒。

蒙元將士和他們的祖輩們一樣，從不拒絕殺人利器，當年能自西域引進回回炮，如今就能毫不猶豫地接受火藥，並且充分利用自己的特長，因陋就簡，將其威力發揮了個淋漓盡致。

鐵砂打在精鋼護甲上，效果幾乎為零，鐵砂打在牛皮甲上，效果也會被抵消大半。然而，無論是造價高昂的精鋼護甲，還是價格相對普通的牛皮護甲，在城頭守軍中都遠遠沒達到人手一件的標準。

大部分士卒只有布甲護身，只要被鐵砂和彈丸波及就是千瘡百孔，而蒙元火藥箭的配方當中，顯然混加了一些劇毒之物，凡是傷口面積稍大一些的兵卒，無論被傷到軀幹還是四肢，都很快出現了抽搐和昏迷症狀，轉眼就徹底喪失了抵抗能力。

「啊！呃，呃……」一名百夫長像喝醉了酒般，搖搖晃晃從陳友諒頭頂跑過，腳下猛的一滑，仰面朝天栽倒，黑色的血漿從嘴巴、鼻孔和耳朵成股成股的往外噴。

「箭上有毒！」另外兩名正互相攙扶著下撤的傷兵尖叫著停下腳步，拔出刀，砍向各自被破甲錐射中的胳膊。

然而，一切為時已晚。沒等鋼刀與上臂接觸，他們全身的力氣已經被毒藥抽走，雙雙軟倒，圓睜的雙目中寫滿了不甘。

「是**見血封喉**！」陳友諒猛然間想到了一個可怕的名字，大叫著推開張定邊，舉起盾牌繼續逆人流而上，「有甲的人跟我來，沒甲的人全往下撤，韃子在箭上抹了見血封喉！」

不用他提醒，城牆上的守軍也在紛紛後撤。無論是身穿板甲的將領，還是身穿布甲的普通兵卒，生活在長江沿線的他們，對「見血封喉」這四個字都不陌生，傳說此毒產於四川行省的一種古樹的汁液，而答矢八都魯麾下的兵馬恰恰來自四川。

「沒鐵甲穿的都下去，有鐵甲留下！」陳友諒像個瘋子般，繼續逆著人流向上衝。「鐵甲衛趕緊上城，該你們用命的時候到了！」

正在沿著馬道下撤的人群中，有幾名身穿鐵甲的將領愣了愣，遲疑著放慢了腳步。

高價購自淮揚的全身甲，無論對鐵砂還是對破甲錐都有極強的防護力，這一點在剛才的混亂中已經被證明。然而，就這麼幾個穿鐵甲的人，怎麼可能擋住城外數萬大軍？即便不被火藥箭和破甲錐攢射而死，等敵軍爬上城頭，也會活活被剁成肉醬。

「老子是陳友諒，執金吾陳友諒！」陳友諒不敢回頭看身後到底有多少人跟著自己，腳步卻片刻不肯停留，「老子種過地，打過魚，還當過獄卒，可老子是在投了徐大帥之後，才終於活得像個人樣！」

正在倉惶下撤的人群又出現了停頓，幾名百夫長朝地上狠狠吐了口吐沫，咬著牙轉身。徐壽輝這個天完皇帝的確做得很不合格，但他對弟兄們卻著實不錯，特別對這些遠道趕回來保護他的弟兄，用「待若上賓」四個字來形容也不為過。

「老子是陳友諒，執金吾陳友諒！老子好不容易才活出個人樣來，老子今天就要死出個人樣來，而你們……」回頭用刀尖指了指，「你們今天跑了，這輩子就只配給人當奴才！你們的兒子、孫子和你們一樣，永遠都是當奴才的命，永遠不得超生！」

更多身穿鐵甲的將領停了下來，咬著牙轉身。

那些只有皮甲和布甲的小頭目和普通兵卒，則自動讓開一條狹窄的通道，供前者能迅速跟陳將軍會合。陳將軍是個混蛋，但至少他剛才說得對，大夥當了半輩子奴才，不能讓兒子和孫子也跟自己一樣沒出息。

「瘋子，真他娘的是個瘋子！」早已撤到城牆根處的張定邊氣得破口大罵。然而，他卻不能眼睜睜地看著好兄弟自己去死，罵過之後，再度撿起丟在腳邊的盾牌，扯開嗓子高喊：

「鐵甲衛都死哪裡去了！該拼命的時候到了！」

「鐵甲衛！」正在努力趕過去跟陳友諒會合的張必先、吳宏、王溥等人，也向著城內藏著預備隊的位置高喊：

「陳三哥在等著你們，大夥都在城牆上等著你們！」

「三哥莫急，俺來了！」

正對著城門不遠處，有人大聲回應。緊跟著，有名九尺高的壯漢出現在火光下，左手拎著一把又寬又長的鋼刀，右手則拎著一面包鐵大盾，每向前走一步，都踩得腳下地面亂顫。

「陳將軍，我們來了！」在壯漢身後，三百餘名全身包裹著鐵甲的精壯漢子緩緩走出。一手持刀，一手持盾，緩緩衝向馬道。

「好兄弟，這邊來！」陳友諒的臉上終於綻放出一抹笑容，舉著盾牌，再度衝向城牆上的垛口，「臨陣不過三矢，老子就不信他們能沒完沒了的射！誰帶著轟天雷，過來給他們嘗個新鮮！」

「帶把的，跟我上！」張必先一個箭步，跳過層層疊疊的屍體，左手高舉用盾牌，與陳友諒並肩而立，另外一隻手則快速自腰間解下一枚彈丸。

吳宏、王溥等將領各自帶著親兵緊緊跟上，用剛剛撿來的盾牌，組成一個小小的方陣，牢牢將陳友諒護在核心。

城外的弓箭手很快就發現了他們，紛紛調整目標，黑漆漆的箭矢如潮而至，這區區十幾面盾牌卻始終屹立不倒，彷彿驚濤駭浪中的一塊礁石。

「轟！」一枚火藥箭在盾牌上炸開，將盾牌分成了四瓣。盾牌後的親兵踉蹌著坐倒，另外一名親兵則抄起盾牌上前補位，再度封死被炸出來的缺口。

「好兄弟，夠種！」陳友諒咬著牙誇了一句，將張必先遞過來的手雷點燃，迅速甩向城外。

「轟隆！」突如其來的爆炸，將靠近城牆的弓箭手放翻了四五個，臨近的敵軍卻像被捅了窩的馬蜂一般，瘋狂地開始反擊。

不斷有盾牌被火藥箭炸碎，但不斷有新的勇士手舉盾牌補位。張定邊、歐浦祥、于光，一個個身穿鐵甲的將領，還有他們的親兵；一名名手舉盾牌的鐵甲衛，還有身上只有皮甲和布甲，卻寧願站直了赴死的男人，在屍骸枕籍的蘄州城頭上越聚越多，越聚越多。

城下射過來的亂箭愈發瘋狂，走向城頭的男人們，腳步卻越來越堅定。

一面面盾牌在城牆上接連豎立了起來，一開始零零星星，但轉眼就變成了一道又一道堅實的城牆。

不斷有盾牌被火藥箭炸飛，不斷有持盾者被毒箭攢射而死，但是每出現一個缺口，就有一面新的盾牌頂上去，已經無路可退的天完將領前仆後繼。

「臨陣不過三矢，老子看你們能再射幾輪！」陳友諒抬手向城外甩出第二枚轟天雷，嘴裡繼續瘋狂的大叫：「老子今天就站在這兒等你們上來，你們攻得越急，老子心裡頭越高興，咱們看誰先認慫！」

「老子是陳友諒，執金吾陳友諒，老子做過最有面子的官，睡過最漂亮的女人，老子早就活夠本了。老子死也要像個男人！哈哈哈哈哈……」

「老子是陳友諒，執金吾陳友諒……」囂張的笑聲，不斷於爆炸聲的間隙中鑽出來，頑強得如春日裡的野草。

「瘋子！」太師鄒普勝吐了口帶血的唾沫，搖搖晃晃走下馬道。

「老子是陳友諒，執金吾陳友諒，**做官要做執金吾，生子當若陳友諒！**」陳友諒一邊朝城外扔著手雷，一邊繼續大喊大叫，蒼白的臉上，寫滿了桀驁不馴。

他是陳友諒，金吾將軍陳友諒。想當年，大漢光武皇帝劉秀，就是以這個職位開始，一步步走向了人生的輝煌。

做官要做執金吾，娶妻當娶陰麗華。陳某人雖然出身寒微，但陳某人的志向，卻絲毫不比古時的英雄豪傑少。

「瘋子！」

御林軍千戶張洪生從門洞裡探出半個腦袋，如果換作平時，聽到這幾聲叫喊，他一定會衝上去，問一問陳友諒該當何罪。但是現在，他卻只想站起來，跟那個瘋子站在一起，死在一起。

「他奶奶的，老子算是倒了八輩子楣！」張定邊一邊罵，一邊揮動鋼刀左格右擋，儘量將冒著火星的毒藥箭撥離城頭，同時用自己的身體牢牢地將陳友諒護在了背後。

「不用管準頭，只管往人多的地方招呼！」千夫長張必先也點燃了手雷，一邊朝敵軍頭上擲，一邊大聲提醒周圍的袍澤跟進。「一命換一命，老子就不信韃子不怕死！」

他臂力奇大，憑藉居高臨下的優勢，幾乎每一枚手雷都能扔出三十步遠，落在敵軍當中，就是一片鬼哭狼嚎。

看到三位最有權勢的人都冒著被萬箭攢身的危險站出來帶頭反擊，其他將士愈發捨生忘死，將點燃了引線的手雷像冰雹般，一波接一波朝城外砸去。

「轟轟轟！」「轟轟轟！」

爆炸聲此起彼伏，正在城外彎弓搭箭的蒙元官兵，沒想到這世界上還真有不怕死的人，瞬間被炸翻了上百個，碎肉殘肢四下飛濺。

未被爆炸波及的弓箭手們立刻放緩了動作，倒退著遠離城牆，沒等他們穩住陣腳，更多的轟天雷拖著猩紅色的火光當空而落。

「轟隆隆，轟隆隆！」

灰暗的薄暮中，轟天雷爆炸所迸射的火光，顯得格外絢麗。

數不清的蒙元弓箭手被送上了天空，數不清的倪家軍兵卒慘叫著抱頭鼠竄。

然而，卻有更多的蒙元官兵衝上前，砍翻那些倉惶逃命者，然後繼續舉起強弓硬弩，將塗了毒藥的羽箭和點燃了的火藥箭，再度一波波送上城頭。

又一排黑色羽箭以不同的角度落下來，落入盾牆後。

兩名持盾者後頸受傷倒下，更多的羽箭和火藥箭則從他們露出的缺口射進來，將數名身上只有皮甲的擲彈兵像割麥子般割倒。

「頂上去，鐵甲衛，頂到最前頭去！」百夫長于光高舉盾牌，頂著箭雨向前。閃著寒光的破甲錐砸在他的小腹和大腿等處叮叮噹噹亂響。

「嗖！」一支火藥箭拖著猩紅色的尾跡疾飛而至，千夫長歐普祥搶上前揮刀猛拍，火藥箭在半空中打了個旋，倒飛回去，轟然炸響。

「砰！」鐵砂和摻雜在火藥中的劇毒之物紛紛揚揚，朝城牆下正在架設雲梯的倪家軍頭上落去，嚇得對方抱頭鼠竄。

「頂上去，鐵甲衛，頂到最前頭去，破甲錐破不開淮安甲，只管注意火箭就好！」于光用盡全身力氣跟周圍的弟兄們分享經驗。

「韃子的破甲錐不管用！」不遠處有人大聲附和。

重金購自淮安的板甲防護力天下無雙，二十步外可擋住大部分羽箭的攢射，這是早就廣為流傳已久的消息，但聽說過和親眼看到畢竟不一樣，當發現抹了毒藥的箭矢根本奈何不了淮安甲分毫之後，一眾鐵甲衛們士氣大振，沿著城牆快速散開，替換掉隊伍最前方那些無甲者，用自已的身體和盾牌替袍澤們構築起第二道防線。

太師鄒普勝帶領一夥御林軍沿著馬道跑上來，兩兩一組，放下成筐的手雷。這些手雷都是天完帝國的工匠所製，威力比淮安軍對外出售的手雷略有不及，但勝在造價低廉，並且可以敞開量供應，完全不用擔心斷貨問題。

陳友諒等人扭頭抓起手雷，用艾絨點燃了引線，一個接一個朝城外丟去，速度遠遠超過了四斤小炮。

正在彎弓搭箭的蒙元兵卒被一排排放倒，不得不倉惶後撤。然而很快，新的一波兵卒就又湧到城牆下，向城頭上潑灑出新一輪死亡之雨。

「轟！」一門被推到城下不足五十步遠的四斤炮猛然發威，將一枚實心鑄鐵彈丸，呼嘯著送上了城頭。

「啪！」被彈丸命中的盾牌四分五裂，鐵彈卻餘勢未衰，借著慣性再度撞上了持盾者的胸口。

性能優良的淮安板甲被砸得向內凹進一個深坑，持盾者哼都沒來得及哼一聲，就被彈丸推著向後飛去，鮮血和破碎的內臟從張大的嘴巴裡噴射而出。

「轟！」又一門四斤炮被推上前，朝著城頭開火，黑漆漆的彈丸掠過陳友諒等人的頭頂，將背後的敵樓砸得碎瓦亂飛。

「幹掉它，趕緊幹掉它！」有人在陳友諒身後大叫，卻想不出任何對策。

先前城頭上那場突如其來的「內亂」，令大部分炮手都死於非命，佈置在城頭上的火炮要麼被叛亂者炸毀，要麼沒人操作，根本發揮不了作用。

「那邊有床子弩！」太師鄒普勝跳著腳大叫，鋼刀所指，正是馬面上一具古老的守城利器。

一小隊御林軍士卒高舉著盾牌，迅速向馬面上的床子弩跑動。這具古老的武器威力巨大，只是生不逢時，在六斤炮和四斤炮出現後，沒等投入使用就宣告淘汰。

城外的蒙元士兵迅速發現了城頭上移動目標，調整方向，箭如雨落。試圖去操作床子弩的御林軍將士沒等靠近目標就已經陣亡過半，但剩下的四個人，卻依舊舉著盾牌和床子弩猛衝。

「轟！轟！轟！」有人在敵樓中冒死開火，用四斤炮吸引走了大部分弓箭手的關注。

「轟！轟！轟！」「轟！轟！轟！」火藥箭和炮彈從城下交替射進敵樓，陸續炸開，將敵樓炸得搖搖欲墜。

「鐵甲衛，給我護住他們的身後！」陳友諒紅著眼指揮道。

六名身穿重甲的勇士沿著城牆斜站成一排，用身體和巨盾擋住大部分飛向御林軍的箭矢。

「轟！」一枚實心彈飛至，將一名鐵甲衛連同手裡的盾牌一道送上天空，四分五裂。

剩下的五名鐵甲衛收攏隊形，堵住死者留下的缺口，繼續護住袍澤的後背。四名御林軍將士利用自家袍澤以性命換來的機會，靠近了床子弩。有人迅速將十幾枚手雷掛在弩桿上，另外一人用艾絨點燃引線。

無數支羽箭飛來，把他們兩個射成了刺蝟。剩下的兩名勇士一人舉盾，護住袍澤，另外一個卻用身體撲在弩車上，將巨弩的角度盡力下壓！

「啪！」舉盾的勇士用自己的腳取代擊發錘，踹開了扳機。

巨大的弩箭凌空飛起，將壓在弩車上的勇士一併帶出了城外。

十幾枚手雷與弩桿一道，飛出三丈多遠，一頭扎在了炮車上。

「轟隆！」紅光四射，黑色的煙塵扶搖而起。爆炸點周圍兩丈範圍內的元軍，像被一把巨大的鐮刀割過一般，紛紛倒地，更遠處，弓箭手們慘叫一聲，潮水般後退。

「吹角！繼續調人上城！」陳友諒吐了口暗紅色的血水，咬著牙發出命令。

「沒人了，三哥，真的沒人了！敢上來的全上來了！」張定邊氣急敗壞地道。

「讓你吹你就吹，我就不信天完帝國就這麼幾個男人！」陳友諒根本聽不進他的話，繼續大聲叫道。

「嗚嗚嗚，嗚嗚嗚……」激越的號角聲響了起來，將不屈的意志迅速傳遍全城。

幾名蹲在城牆根瑟瑟發抖的火銃手愣了愣，遲疑地抬頭，隨即嘴裡發出一聲叫喊，踉蹌著朝馬道衝去。

幾名擲彈兵將艾絨湊在被炮彈炸塌的民房上，點燃，然後大步追向人群。

幾名炮手從倒塌的敵樓中爬了出來，合上前輩的眼睛，從血泊中扶正四斤炮和六斤炮。

御林軍千戶張洪生帶著六七八百剛剛收攏起來的殘兵從街巷中鑽出，沿著馬道衝向了城頭。新上來的盾牌手跨過前輩的屍骸，在自家袍澤的頭頂豎起最後一道防線。

新來的大銃手從箭垛中抽出已經發射和尚未發射的銃管，將自己背後的大銃塞進去，探出城外，對準敵軍，然後點燃引線。

「轟！轟！轟！」火炮和大銃的射擊聲如雷。

「嗚嗚嗚，嗚嗚嗚，嗚嗚嗚……」號角聲宛若龍吟，穿雲裂石。

憑空冒出來的兵馬，打了進攻方一個措手不及。幾門距離城牆過近的炮車，先後被城頭的床子弩和四斤炮炸翻。

躊躇滿志的蒙元弓箭手們，也被接二連三的爆炸逼得距離城牆越拉越遠。答矢八都魯和倪文俊幾度重整旗鼓，試圖再度將守軍逼入絕境，但他們各自麾下兵卒的士氣卻一次比一次低落，再也無法重複先前的瘋狂。

當夜幕終於降臨後，元軍潮水般退了下去，搖搖欲墜的城牆下，躺滿了橫七豎八的屍骸。

這一輪交鋒，持續的時間並不算太長，但激烈程度卻超過了前幾天中的任何一場戰鬥，蒙元官兵和倪家叛賊在短短的半個多時辰之內，就損失了五千餘人，而守城的天完將士死傷也超過了三千。

勇士們的鮮血將半截城牆都染成了紅色，被跳動的火把一照，從上到下都閃爍著妖異的光芒。

「這幫王八蛋，今晚到底發了哪門子瘋？」鄒普勝拄著一面扎滿了羽箭的盾牌，氣喘如牛。

作為一名文官，他的體力消耗已經到達了極限，此刻只要有人在旁邊輕輕推上一把，也許就會讓他倒下，永遠無法再站起來。

「淮安軍馬上就要到了！」陳友諒一改戰鬥時的瘋狂模樣，咧了下嘴，苦笑著說：「如果賊人今夜破不了城，等明天淮安軍一到，就永遠別想著再拿下蘄州，所以今夜就是最後的機會，要麼徹底滅了天完，要麼鎩羽而歸，答矢八都魯老賊別無他選！」

「你說等會兒韃子還要夜戰？」鄒普勝嚇得一哆嗦，差點踉蹌跌倒，多虧張定邊在旁及時扶了一下，才勉強穩住了身體。

請續看《燕歌行》13 上兵伐謀

燕歌行 卷12 權謀天下

作者：酒徒
發行人：陳曉林
出版所：風雲時代出版股份有限公司
地址：10576台北市民生東路五段178號7樓之3
電話：(02) 2756-0949
傳真：(02) 2765-3799
執行主編：朱墨菲
美術設計：許惠芳
行銷企劃：林安莉
業務總監：張瑋鳳

初版日期：2020年9月
版權授權：蔡雷平
ISBN ：978-986-352-862-3
風雲書網：http://www.eastbooks.com.tw
官方部落格：http://eastbooks.pixnet.net/blog
Facebook：http://www.facebook.com/h7560949
E-mail：h7560949@ms15.hinet.net
劃撥帳號：12043291
戶名：風雲時代出版股份有限公司

風雲發行所：33373桃園市龜山區公西村2鄰復興街304巷96號
電話：(03) 318-1378
傳真：(03) 318-1378
法律顧問：永然法律事務所 李永然律師
北辰著作權事務所 蕭雄淋律師

行政院新聞局局版台業字第3595號 營利事業統一編號22759935

國家圖書館出版品預行編目資料

燕歌行 ／酒徒 著. -- 初版 -- 臺北市：風雲時代，
2020.04- 冊；公分

ISBN 978-986-352-862-3（第12冊；平裝）

857.7 109000129